# VERNON GOD LITTLE

DBC Pierre

# VERNON GOD LITTLE

Tradução de
DOMINGOS DEMASI

EDITORA RECORD
RIO DE JANEIRO • SÃO PAULO
2004

CIP-Brasil. Catalogação-na-fonte
Sindicato Nacional dos Editores de Livros, RJ.

Pierre, D. B. C.
P677v Vernon God Little / DBC Pierre; tradução de Domingos Demasi. – Rio de Janeiro: Record, 2004.
384p. :

ISBN 85-01-06960-4

1. Ficção americana. I. Demasi, Domingos, 1944- . II. Título.

CDD – 813
04-2671 CDU – 821.111(73)-3

Título original em inglês
VERNON GOD LITTLE



Direitos exclusivos de publicação em língua portuguesa para o Brasil adquiridos pela
DISTRIBUIDORA RECORD DE SERVIÇOS DE IMPRENSA S.A.
Rua Argentina 171 – Rio de Janeiro, RJ – 20921-380 – Tel.: 2585-2000
que se reserva a propriedade literária desta tradução

Impresso no Brasil

ISBN 85-01-06960-4

PEDIDOS PELO REEMBOLSO POSTAL
Caixa Postal 23.052
Rio de Janeiro, RJ – 20922-970

EDITORA AFILIADA

# Primeiro Ato

# Deu merda

# um

Está quente para diabo em Martirio, mas os jornais na varanda estão frios com as notícias. Nem tente adivinhar quem passou a noite toda de terça-feira na rua. Dica: a velha ranhosa Sra. Lechuga. É difícil dizer se ela tremia de frio, ou se mariposas ou luzes de varandas através dos salgueiros franziam sua pele como cetim de forro de caixão numa ventania. De qualquer modo, a alvorada revelou uma poça entre os pés dela. Isso mostra para você que os tempos de normalidade se mandaram da cidade. Talvez para sempre. Sabe Deus que tentei da melhor maneira possível aprender os modos deste mundo, até mesmo tive uma vaga idéia de que podíamos ser maravilhosos; mas, depois de tudo o que aconteceu, deixou de ser fácil ter idéias. O que quero dizer é... que porra de mundo é *este*?

Agora é sexta-feira no escritório do xerife. Parece até uma sexta-feira na escola. Escola — nem mesmo mencione essa porra.

Estou sentado entre os feixes de luz de uma fileira de vãos de portas, despido, exceto pelos tênis e a cueca de quinta-feira. Parece que sou o primeiro que eles recolheram até agora. Não estou numa roubada, não me entenda mal. Eu não tenho nada a ver com o que aconteceu terça-feira. Mesmo assim, você não ia querer estar aqui hoje. Você lembraria Clarence Sei-lá-o-quê, o coroa negro que andou no noticiário no inverno passado. Foi o doidão que cochilou nesta mesma sala de paredes de madeira, bem diante da câmera. As notícias destacaram o quanto ele pouco ligava para as conseqüências de seus crimes. Por "conseqüências", acho que se referiam aos golpes com o machado. Tosaram o velho Clarence-de-Tal e o deixaram liso como um animal, vestiram nele aquele tipo de roupa de hospital que os malucos usam, com óculos fundo de garrafa e tudo o mais, o tipo de óculos usado por gente cheia de gengivas e sem dentes. Construíram para ele, no tribunal, uma jaula de zoológico. E o sentenciaram à morte.

Eu só olho para o meu Nike. Jordan New Jacks, cara. Eu daria uma guaribada nele, com uma cusparada e uma esfregadela, mas isso me pareceu fora de propósito, já que estou nu. De qualquer modo, meus dedos estão grudentos. Essa tinta sobreviveria ao armagedom, juro. As baratas e a porra da tinta para tirar impressões digitais.

Uma enorme sombra se funde com o escuro do fim do corredor. Em seguida, surge a dona dela, uma coroa. Ao se aproximar, a luz de um vão de porta flagra nos seus braços uma caixa do *Bar-B-Chew Barn* e um saco com as minhas roupas — e um telefone no qual tenta falar. Ela é lenta, ela sua muito, as feições se amontoam no meio do rosto. Mesmo de uniforme, você vê logo que é uma Gurie. Outro policial a vem seguindo pelo corredor, mas ela o manda embora com um abanar da mão.

— Deixa que eu faço o inquérito preliminar... Eu te chamo pra confissão. — Desliza o telefone de volta até a boca e pigarreia. A voz sobe de tom até um guincho. — *Ghhhrr*, não estou chamando você de burro, estou explicando que, estás-tisticamente, a Armas e Táticas Especiais pode determinar o número de *vítimas*. — Guincha tão alto, que a caixa do *Barn* cai no chão. — Almoço — grunhe, ao se abaixar. — Apenas salada, cara... Juro por Deus. — A ligação se encerra quando ela me vê.

Eu me inclino na cadeira, para saber se minha mãe tinha vindo me apanhar; não tinha. Sabia que não viria, como sou idiota. Mas continuo esperando por isso, que puta gênio. Vernon Gênio Little.

A policial joga as roupas no meu colo.

— Venha comigo — diz.

Mamãe já era. Deve estar zanzando pela cidade, em busca de solidariedade, que é o lance dela. "Pois Vern está *arrasado*", vai dizer. Só me chama de Vern na presença das amigas de café matinal, para mostrar a porra do quanto nós somos chegados, em vez de toda aquela merda risível. Se minha coroa viesse com um manual de instruções, no fim das contas, ele diria para você mandar ela cair fora, garanto. Todo mundo sabe que a culpa pela terça-feira é essencialmente de Jesus; mas olhem para minha mãe. Só o fato de eu estar ajudando nas investigações é o bastante para lhe dar a porra da Síndrome de Tourette, ou seja lá como se chama o tique nervoso que faz seus braços se agitarem aleatoriamente.

A policial me leva para uma sala com uma mesa e duas cadeiras. Sem janela, apenas uma foto do meu amigo Jesus presa com fita do lado de dentro da porta. Pego a cadeira suja. Visto minhas roupas e tento imaginar que é o fim de semana passado; apenas o de sempre, momentos enferrujados pingando na cidade através dos aparelhos de ar condicionado em que faltam os controles; spaniels tentando beber água dos regadores, mas, em vez disso, sendo atingidos nos focinhos.

— Vernon Gregory Little? — A coroa me oferece uma

costela ao molho barbecue. Mas sem muito entusiasmo, e, francamente, você fica com pena de aceitar aquela coisa, se vê o modo como o queixo dela treme por aquilo.

Devolve a minha costela para a caixa, e pega outra para ela.

— Gh-*rr*, vamos começar do início. Seu local habitual de residência é Beulah Drive dezessete?

— Sim, dona.

— Quem mais reside lá?

— Ninguém, só minha mãe.

— Doris Eleanor Little... — O molho barbecue pinga no crachá dela. *Delegada Vaine Gurie* lê-se embaixo. — E você tem quinze anos? Idade complicada.

Ela está de sacanagem ou o quê? Esfrego meus New Jacks um no outro para apoio moral.

— Dona... isso vai demorar muito?

Os olhos dela se arregalam por um instante. Depois, se estreitam até ficarem bem apertados.

— Vernon... estamos tratando aqui de cumplicidade em assassinato. Vai demorar o quanto for necessário.

— Tá, mas...

— Não venha me dizer que não era íntimo do garoto chicano. Não venha me dizer que não era o único amigo dele, em nenhum instante me diga isso.

— Mas, dona, tem uma porção de testemunhas que viu muito mais do que eu.

— É mesmo? — Olha em volta da sala. — Pois não estou vendo mais ninguém aqui... você está? — Olho em volta, como um babaca. Dãã. Ela prende meu olhar e o traz de volta. — Sr. Little... sabe por que está aqui?

— Claro, eu acho.

— Hum-hum. Quero lhe explicar que o meu trabalho

é descobrir a verdade. Antes que pense que é uma coisa difícil de se conseguir, quero lhe lembrar que, estás-tisticamente, apenas duas grandes forças regem a vida neste mundo. Sabe me dizer quais as duas forças a que toda a vida neste mundo está subordinada?

— Hã... riqueza e pobreza?

— Não são riqueza e pobreza.

— O bem e o mal?

— Não... *causa e efeito*. E, antes de começarmos, quero que cite os dois tipos de pessoas que habitam o nosso mundo. Sabe dizer quais são esses dois tipos já comprovados?

— Causadores e efeitadores?

— Não. Cidadãos... e *mentirosos*. Está me acompanhando, senhor Little? Está entendendo?

Tipo, dãã. Quero dizer "não, estou no lago, com a porra das suas filhas", mas não digo. Pelo que sei, ela nem mesmo tem filhas. Agora vou passar o dia todo pensando no que deveria ter dito. Mas que merda.

A delegada Gurie arranca um pedaço de carne de um osso; ele passa vibrando pelos lábios dela como uma cagada ao contrário.

— Imagino que saiba o que é um mentiroso. Um mentiroso é um *psicopata*... alguém que pinta áreas cinzentas entre o preto e o branco. É meu dever adverti-lo que não existem áreas cinzentas. Fatos são fatos. Ou são *mentiras*. Está entendendo?

— Sim, dona.

— Espero realmente que sim. Sabe dizer onde estava às dez e quinze da manhã de terça-feira?

— Estava na escola.

— Refiro-me à aula.

— Hã... matemática.

Gurie baixa o osso para me encarar.

— E as coisas importantes que acabei de explicar para você, sobre preto e branco?

— Eu não disse que estava na *sala de aula*...

Uma batida na porta evita que o meu Nike seja esfolado. Uma mulher com penteado armado enfia-se na sala.

— Vernon Little está aí? A mãe dele está no telefone.

— Está bem, Eileena. — Gurie dispara-me um olhar que diz "não fique calmo", e aponta o osso para a porta. Sigo o penteado armado até a recepção.

Seria uma puta felicidade, não fosse minha coroa telefonando. Cá entre nós, é como se ela tivesse enfiado uma faca nas minhas costas, quando nasci, e agora, cada porra de ruído que ela emite simplesmente faz a lâmina afundar. E corta ainda mais fundo agora que meu pai não está presente para dividir a dor. Meus ombros se encolhem, quando vejo o telefone, e minha boca se abre, tipo, dãã. Eis exatamente o que ela vai falar; com a porra de sua lamúria de ferrar-numa-cruz, ela vai perguntar: "Vernon, você *está bem*?", eu garanto.

— Vernon, você está *legal*? — Sinto a lâmina talhar e picar.

— Tô legal, mãe. — Minha voz fica baixa e estúpida. Trata-se de um apelo subliminar para ela não ser patética, mas funciona como uma boceta para a porra de um cachorro.

— Você foi ao banheiro hoje?

— *Pô*, mãe...

— Pois você sabe que tem aquela... inconveniência.

Não precisa muito para ela girar a faca, ou substituí-la pela porra de uma lança ou coisa assim. Você não tem que saber isso, mas, quando era criança, eu costumava realmente ser um tanto imprevisível para o "número dois". Sem levar em conta os detalhes repugnantes, minha coroa simplesmente acrescentou essa particularidade à minha faca, para que pudesse dar uma torcida de vez em quando. Uma vez, até escreveu sobre isso para a minha professora, que tinha o seu próprio programa de punhaladas para mim, e aquela vaca contou para a turma. Dá pra acreditar? Eu seria capaz de bater as botas ali mesmo. Hoje em dia, a faca da minha vida é como a porra de um espeto de churrasco, com toda a merda sendo acrescentada.

— Pois você não fez esta manhã — lembra ela —, e fiquei preocupada que, talvez... sabe como é...

— Estou legal, juro. — Banco o educado, antes que ela enfie todo o estojo de facas Ginzu. Eu sou um refém.

— O que está fazendo?

— Ouvindo a delegada Gurie.

— LuDell Gurie? Pois diga a ela que conheço Reyna, a irmã dela, dos Vigilantes do Peso.

— Não é LuDell, mãe.

— Se for o Barry, você sabe que Pam se encontra com ele sexta sim, sexta não...

— Não é o Barry, mãe. Preciso desligar.

— Bem, o carro ainda não ficou pronto, estou preparando uma fornada de bolinhos-alegria para os Lechuga e por isso Pam vai apanhar você. E, Vernon...

— Hein?

— No carro, sente-se direito... a cidade está *coagulada* de câmeras.

Aranhas de velcro se apoderam da minha espinha. A gente sabe que áreas cinzentas são invisíveis em vídeo. Você não ia querer estar aqui no dia em que a merda foi apresentada em preto e branco. Não estou dizendo que sou culpado, não me entenda mal. Estou tranqüilo em relação a isso, sabe? Por baixo da minha aflição arde uma serenidade que vem do fato de eu saber que, no fim, a verdade sempre triunfa. Por que os filmes têm um final feliz? Porque imitam a vida. Você sabe disso, eu sei disso. Mas minha coroa carece da porra desse aprendizado, mané.

Arrasto os pés pelo corredor de volta para a minha cadeira suja.

— Senhor Little — diz Gurie —, vou começar novamente... o que significa que você deve me fornecer alguns fatos, meu jovem. O xerife Porkorney já tem sua opinião sobre terça-feira, e você devia agradecer por estar falando apenas comigo. — Vai tocar na xoxota, mas desvia no último segundo para o revólver.

— Dona, eu estava atrás do ginásio, nem mesmo vi acontecer.

— Você disse que estava na aula de matemática.

— Eu disse que era *hora* da aula de matemática.

Olha-me de banda.

— Você faz matemática atrás do ginásio?

— Não.

— Então por que não estava na sala de aula?

— Fui resolver uma parada pro Sr. Nuckles e fiquei um pouco... atrasado.

— Sr. Nuckles?

— Nosso professor de física.

— Ele ensina matemática?

— Não.

— G-*hrrr*. Essa área está parecendo muito cinzenta, senhor Little. *Terrivelmente* cinzenta.

Você nem imagina o quanto eu quero ser Jean-Claude Van Damme. Enfio a porra daquele revólver no rabo dela e fujo com uma modelo só de calcinha. Mas olhe só para mim: uma moita de cabelos castanhos rebeldes, pestanas de camelo. Feições de um velho filhote de cachorro, como se Deus tivesse me feito com a porra de uma lente de aumento. Você saca de imediato que o meu filme é aquele em que vomito no colo e mandam uma enfermeira para me entrevistar.

— Dona, eu tenho testemunhas.

— Certo.

— O Sr. Nuckles me viu.

— E quem mais? — Cutuca os ossos limpos na caixa.

— Um monte de gente.

— Certo. E onde está toda essa gente agora?

Tento lembrar quem era essa galera. Mas a lembrança não chega ao meu cérebro, vai para o olho, como uma lágrima disparada de minha pestana que nem uma bala encharcada. Fico atordoado.

— Pois é — exclama Gurie. — Não formam um bando, não é mesmo? Vernon... deixe-me fazer duas perguntas simples. Primeira: está envolvido com drogas?

— Hã... não.

Ela caça as pupilas dos meus olhos através da sala, e depois as arrebanha de volta para as dela.

— Segunda: você tem uma arma de fogo?

— Não.

Seus lábios se contraem. Puxa o telefone de um coldre no cinturão e levanta um dedo acima de uma tecla, olhando-me o tempo todo. Então, pressiona a tecla. O tema de *Missão Impossível* toca num telefone lá no corredor.

— Xerife? — fala. — Talvez queira vir à sala de interrogatórios.

Isso não teria acontecido, se houvesse mais carne na

caixa. O desalento pela falta de carne fez com que ela procurasse outros consolos, isso é algo que acabo de aprender. Agora eu sou a porra da carne.

Um minuto depois, a porta se abre. Uma faixa de couro de búfalo raspa para o interior da sala, presa em volta da alma do xerife Porkorney.

— É este o rapaz? — pergunta. Não, é a Dolly Parton. — Ele está colaborando, Vaine?

— Não posso dizer que está, senhor.

— Me dê um momento com ele. — Fecha a porta atrás de si.

Gurie recua o peito abundante do meio da mesa, e permanece no canto como se isso a tornasse ausente. O xerife exala um bafo de podridão na minha cara.

— Tem gente preocupada lá fora, filho. Gente preocupada julga depressa.

— Eu nem mesmo estava lá, senhor... Tenho testemunhas.

Ergue uma sobrancelha para o canto de Gurie. Ela retribui agitando um dos olhos.

— Estamos investigando, xerife.

Apanhando um osso limpo da caixa do *Bar-B-Chew Barn*, Porkorney vai até a foto na porta, e traceja uma linha em volta do rosto de Jesus, sua franja de sangue, seus olhos desamparados. Em seguida, torce um olhar na minha direção.

— Ele falou com você... não?

— Não sobre isso, senhor.

— Mas vocês eram íntimos, você admitiu isso.

— Eu não sabia que ele ia matar ninguém.

O xerife se volta para Gurie.

— Examinou as roupas de Little, não?

— Meu parceiro examinou — explica.

— Cueca?

— Normal, com abertura na frente.

Porkorney pensa por um instante, mordisca o lábio.

— Checou a parte de trás, não, Vaine? Sabe que certos tipos de práticas fazem soltar a caca de um homem.

— Ela parece limpa, xerife.

Eu sei aonde vai levar essa porra. É típico do lugar onde vivo ninguém falar direto o que quer. Tento manter algum controle.

— Senhor, eu não sou *gay*, se é isso que está querendo dizer. A gente era amigo desde criança, e não sei por que ele se tornou...

Um sorriso desqualificado surge debaixo do bigode do xerife.

— Você é então um rapaz normal, não é mesmo, filho? Gosta de carros e de armas? E gosta de... garotas?

— Claro.

— Muito bem... vamos ver se é verdade. Quantos ofícios tem uma garota em que se pode enfiar mais de um dedo neles?

— Ofícios?

— Cavidades... buracos.

— Hã... dois?

— Errado. — O xerife bota a maior banca, como se tivesse descoberto a porra da relatividade.

Caralho. Como é que eu ia saber? Certa vez, enfiei a ponta do dedo num buraco, mas não me pergunte qual. Isso deixou lembranças do setor de descarga de mercadorias do Mini-Mart depois de uma tempestade; o cheiro penetrante de papelão encharcado e leite azedado. Seja como for, não creio que é disso que trata a indústria pornográfica. Nem sobre essa outra garota que conheço, chamada Taylor Figueroa.

O xerife Porkorney joga o osso na caixa e sinaliza com a cabeça para Gurie.

— Faça o registro e o mantenha sob custódia. — Sai rangendo da sala.

— Vaine? — chama um policial pela porta. — Fibras.

Gurie volta a ficar em posição vertical.

— Você ouviu o xerife. Vou voltar com outro policial para pegar o seu depoimento.

Depois que se extingue o roçar das coxas dela, empino as narinas à procura de qualquer remoto consolo; um cheiro de torrada quente, um hálito de hortelã. Mas tudo que farejo, além do suor e do molho barbecue, é escola — o tipo de vibração que os pitboys tem quando avistam um cara caladão, um pensador, numa esquina. O cheiro de madeira sendo cortada para fazer a porra de uma cruz.

# dois

A melhor amiga da minha mãe se chama Palmyra. Todo mundo a chama de Pam. É mais gorda do que minha mãe, portanto minha mãe se sente bem perto dela. As outras amigas são mais magras. Não são as melhores amigas dela.

Pam chegou. Três municípios a escutam berrar para a secretária do xerife.

— Céus, *cadê* ele? Eileena, você viu Vern? Ei, adorei o seu cabelo!

— Não está muito extravagante? — pipila Eileena.

— Céus, não, o castanho combina perfeitamente com você.

Você acaba gostando de Palmyra, acho eu, não que você queira imaginá-la trepando ou coisa assim. Ela tem uma agradável carência de maldade. Tudo que faz é comer.

— Vocês deram comida pra ele?

— Acho que Vaine trouxe umas costeletas — diz Eileena.

— Vaine Gurie? Ela devia estar fazendo a dieta de Pritikin... Barry vai ter um *troço*!

— Já era, ela praticamente mora no *Bar-B-Chew Barn*!

— Oh, céus.

— Vernon está lá dentro, Pam — informa Eileena. — É melhor esperar aqui fora.

Então a porta se abre. Pam saracoteia para dentro, toda empertigada, como se tivesse livros sobre a cabeça. É por causa do seu centro de gravidade.

— Vernie, você comeu costeletas? O que comeu hoje?

— Tomei café da manhã.

— Meu Deus, é melhor a gente passar no *Barn*. — Não importa o que você diga para ela, ela está indo ao *Bar-B-Chew Barn*, pode acreditar em mim.

— Não posso, Pam, tenho que ficar aqui.

— Bobagem, vamos logo. — Dá um puxão no meu cotovelo. A força dele faz o chão sumir dos meus pés. — Eileena, estou levando Vern... diga pra Vaine Gurie que esse menino ainda não comeu, estou estacionada em fila dupla aí na frente, e é melhor que ela esconda alguns quilos antes de eu falar com Barry.

— Deixe ele, Pam, Vaine ainda não acabou...

— Não estou vendo algemas, e uma criança tem o direito de se alimentar. — A voz de Pam começa a estremecer os móveis.

— Eu não faço as regras — Eileena alega. — Só estou dizendo...

— Vaine não pode manter ele preso... você sabe disso. Vamos embora — ordena Pam. — Adorei seu cabelo.

O suspiro de Eileena nos acompanha pelo corredor. Meus ouvidos se movimentam à procura de sinais de Gurie ou do xerife, mas as salas parecem vazias; isto é, a sala do xerife. O lance que você percebe é que estou a meio caminho da saída do prédio, no vácuo de Palmyra. Simplesmente não dá para discutir com essa mulher excessivamente moderna, estou lhe dizendo.

Lá fora, uma selva de nuvens cresceu sob o sol. Elas irradiam o bafo de cachorro molhado que sempre sopra por aqui antes de uma tempestade, arrotando relâmpagos sem produzir um ruído. Nuvens do Destino. Elas querem dizer: dê o fora da porra desta cidade, vá visitar a vovó ou algo assim, até as coisas acalmarem, até a verdade vir à tona. Livre-se das drogas que estão em casa e depois bote o pé na estrada.

Uma luz trêmula se eleva do capô do velho Mercury de Pam. Os prédios bundões de Martirio tremulam através dela, bombas de extração de petróleo derretem e cintilam por toda a extensão da rua Gurie. É isso aí: petróleo, lebres e Guries, eis tudo o que você encontra em Martirio. Antigamente, depois de Luling, esta era a segunda cidade mais violenta do Texas. Qualquer um que tivesse sido surrado em Luling devia ter passado antes por aqui. Hoje em dia, o que há de mais brutal é o congestionamento no drive-thru num sábado à noite. Não posso dizer que conheço muitos lugares, mas tenho estudado bem este aqui, e a conclusão deve ser a mesma: só dinheiro, e a importância que as pessoas dão em consertar coisas, desfile pelo centro da cidade, e então, espalhar pelos arredores numa onda agonizante. Garotas saudáveis saltitam pelo centro, com calcinhas branco-mais-branco; em seguida, áreas de shorts e camisetas estampadas surgem das beiras, onde meninas complicadas vagam com suas roupas de baixo púrpuras gastas. Apenas uma velha loja ferrada de silenciadores nos arredores; não há mais regadores, não há mais gramados.

— Céus — exclama Pam —, não me diga que não posso apenas provar um Chik' n' Mix.

É isso aí, porra. Até no inverno o Mercury fede a frango frito, sem contar hoje, quando parece o ventre do demônio. Pam pára para arrancar uma tela refletora sob o limpador de pára-brisa; quando olho em volta, vejo que todos os carros têm uma. Seb Harris percorre a neblina no fim da rua, distribuindo-as com sua bicicleta. Pam abre a coisa e olha de relance para o que está escrito: "Loja do Harry", e se lê "Mais, Mais, Mais!"

— Olha só pra isso — diz ela. — Acabamos de economizar o preço de um Chik' n' Mix.

A porra da encrenca séria mantém contida a minha euforia. Pam apenas se acomoda dentro do carro. Sua alma já amarrada à escolha de um acompanhamento, dá até pra sacar. Ela vai acabar mesmo na salada de repolho, porque minha mãe disse que é saudável. É verdura. Hoje eu preciso de algo ainda mais saudável. Como o ônibus da tarde que sai da cidade.

Uma sirene passa uivando por nós, na esquina da rua Geppert. Não me pergunte por que, pois eles agora não conseguirão salvar nenhuma criança. Pam vai mesmo perder essa entrada — é tradicional, porra, lá vai ela. Agora, terá que retornar dois quarteirões, e vai dizer: "Cruzes, nada fica quieto nesta cidade". Repórteres e operadores de câmeras perambulam pelas ruas em bandos. Mantenho a cabeça baixa, e esquadrinho o chão atrás de formigas-de-fogo. "Fôurmigas", como Pam as chama. Sabe-se lá que porra de outra fauna embarca durante o século que ela leva para entrar e sair da porra do carro. A *Porra do Reino Animal*, juro.

Hoje, todo mundo no *Barn* se veste de preto, exceto pelos Nikes nos pés. Identifico os diferentes modelos, enquanto eles embalam os frangos. A cidade é como um clube, sabe. Você reconhece os sócios pelos tênis. Nem mesmo vendem certos tênis para forasteiros, isso é um fato. Olho as formas negras numa correria para lá e para cá com pés de cores diferentes e, da mesma maneira como qualquer lance esquisito que se desenrola através da janela do Mercury, Glen Campbell começa a cantar *Galveston* no velho som de Pam. É uma lei da natureza. Pam só tem esse cassete, sabe — *The Best of Glen Campbell*. Ficou preso no toca-fitas, na primeira vez que ela o tocou, e simplesmente continua tocando. Destino. Toda vez, Pam canta junto a mesma parte da música, a parte que fala da garota. Acho que, certa vez, ela teve um namorado de Wharton, que fica mais perto de Galveston do que daqui. Não existem músicas sobre Wharton, acho eu.

— Vern, coma os pedaços de baixo, antes que fiquem empapados.

— Assim, os pedaços de cima vão ficar embaixo.

— Oh, céus! — Ela apanha depressa o tubo, mas só passa o desodorante depois de virarmos na Liberty Drive. Ela deve ter esquecido como estaria hoje a Liberty Drive.

Veja todas as garotas chorando perto da escola.

*Galveston, oh Galveston...*

Outra caminhonete de luxo estaciona adiante, com mais flores ainda, mais garotas ainda. Manobra silenciosamente, evitando as manchas na rua. Estranhos com câmeras recuam para enquadrar tudo.

*I still hear your sea waves crashing...**

Atrás das garotas, atrás das flores, estão as mães, e atrás das mães estão os advogados; escoteiros idosos em um zoológico de animais dóceis.

*While I watch the cannons flashing...***

*Ainda ouço suas ondas quebrando... (*N. do T.*)
**Enquanto vejo os canhões lampejando... (*N. do T.*)

O pessoal de cima a baixo da rua está atrás de suas portas de tela, arrasado. A suposta amiga de minha mãe, Leona, já tinha ficado arrasada, semana passada, quando a Penney entregou as cortinas da cozinha com a cor errada. É típico dela querer se antecipar.

— Oh, céus, Vernie, oh, meu Deus... todas aquelas cruzes pequeninas... — Senti a mão de Palmyra no meu ombro, e me descobri soluçando de raiva.

A foto de Jesus pendurada atrás da porta do xerife foi tirada na cena do crime. De um ângulo diferente da última vez em que o vi. Ela não mostra todos os outros corpos em volta, todos cobertos, rostos inocentes. Nem a imagem da minha alma. A terça-feira rebentou em mim como a porra de uma hemorragia.

*I clean my gun, and dream of Galves-ton...**

Jesus Navarro nasceu com seis dedos em cada mão, e isso não era o lance mais estranho nele. Foi o que surgiu no fim, no finzinho de tudo. Ele não esperava morrer na terça-feira; eles o encontraram usando calcinha de seda. Agora, a roupa de baixo das garotas é o foco principal da investigação, é mole? O velho dele disse que os tiras plantaram a calcinha nele. Tipo, "*Polícia da lingerie! Não se mexa!*". Me inclui fora dessa porra.

Aquela manhã abarrota minha mente. "Ai, Jesus, mais devagar com essa porra!", lembro de ter gritado para ele.

Um vento contrário assola nossas bicicletas a caminho da escola, ele as deixa tão pesadas como essa última terça-feira antes das férias de verão. Física, depois matemática,

*Limpo minha arma, e sonho com Galveston... (*N. do T.*)

depois física novamente, uma experiência idiota no laboratório. O inferno na porra da terra.

O rabo-de-cavalo de Jesus turbilhona entre raios de sol; ele parece rodopiar com as árvores adiante. Está mudando, o velho Jesus, ficando mais bonito, de um jeito índio. Os tocos de seus dedos a mais já quase desapareceram. Mas continua desajeitado como o diabo, e a mente dele também é desajeitada; a certeza de nossa lógica infantil foi arrastada pela água, deixando seixos de ira e dúvida, que se espatifam uns nos outros com cada nova onda de emoção. Meu amigo, que certa vez fez a melhor imitação de David Letterman que já se viu, foi abduzido por ácidos glandulares. Cantiga insolente e hormônios fedorentos devem emanar do seu cérebro, o tipo que azeda, se sua mãe os sente. Mas você percebe que não são hormônios comuns. Ele guarda segredos de mim, como nunca fez antes. Ficou esquisito. Ninguém sabe por quê.

Vi um programa sobre adolescentes que dizia que exemplos a serem seguidos são o segredo do desenvolvimento, o mesmo valendo para os cachorros. Mas dava para sacar que, quem produziu o programa não conhecia o pai de Jesus. Ou o meu, aliás. Meu pai era melhor do que o Sr. Navarro, até mesmo no fim, embora eu ficasse puto por ele não me deixar usar o seu rifle, como o Sr. Navarro deixava Jesus usar o dele. Agora amaldiçôo o dia em que vi o rifle do meu pai, e acho que Jesus amaldiçoa o dia dele também. Ele precisava de um modelo diferente, mas não havia ninguém lá para isso. O nosso professor, o Sr. Nuckles, estava com ele todo o tempo depois das aulas, mas não tenho certeza se o velho efeminado Nuckles e seu circo de palavras bonitas contam realmente. O que eu quero dizer é que o cara tem mais de trinta anos, e a gente sabe que ele se senta pra mijar. Passa todo esse tempo com Jesus, na casa dele, e andando no seu carro, falando baixinho, com a cabeça baixa, como aqueles caras caridosos que você vê na TV. Certa vez, vi os dois se abraçarem, acho que como irmãos ou coisa assim. Nem mesmo queira se intrometer, tá? A questão é que, no fim das contas, Nuckles recomendou um psiquiatra. Jesus piorou depois disso.

Lothar "Cu Gordo" Larbey passa na caminhonete do velho dele, e bota a língua pro meu amigo.

— Cucaracha entubador de caramelo! — grita.

Jesus apenas baixa a cabeça. Às vezes, sofro por ele, com seus surrados Jordan New Jacks de segunda mão e o seu maldito estilo de vida alternativa, se é assim que se chama esse novo lance de sensibilidade. Sua personalidade encaixava tão bem nele, como uma meia soquete, antigamente, quando éramos reis do universo, quando sujeira num tênis importava mais do que o próprio tênis. A gente arrasava nas áreas fora da cidade com a espingarda do pai dele, aterrorizava latas velhas de cerveja, melancias e lixo. É como se a gente fosse homem antes de ser menino, sendo muito antes qualquer que seja a porra que somos agora. Sinto os lábios se contraírem com a estranheza da vida, e observo meu amigo parar a meu lado com sua bicicleta. Seus olhos vidrados fitam além, como fazem desde que passou a consultar o tal psiquiatra. A gente saca que se recolheu para uma das suas pirações filosóficas.

— Cara, lembra do Grande Pensador que ouvimos na classe, semana passada? — pergunta.

— O tal que falava tipo o "Imanual Kuant"?

— É, que disse que nada acontece, a não ser que você veja acontecer.

— Tudo do que me lembro é de perguntar a Naylor se

ele já tinha ouvido falar no Imanual Kuant, e ele respondeu: "Eu só dirijo carro automático". A gente se cagou todo.

Jesus estala a língua.

— Que merda, Vermin, você só pensa em cagar. Só em cagar, e, merda, nas rachas das garotas. Isto é real, maluco. O Imanual Kuant perguntou o lance do gatinho... a charada, que, se houver uma caixa com um gatinho dentro, e se a caixa também contiver uma garrafa aberta de um gás venenoso, ou coisa parecida, o gatinho certamente vai bater as botas a qualquer momento...

— De quem é esse gatinho? Aposto que o dono deve estar puto da vida.

— Porra, Verme, tô falando sério. É uma questão filosófica de tempo real. O gatinho está na caixa, certamente vai morrer a qualquer momento, e o Imanual Kuant pergunta se isso, tecnicamente, já pode ser chamado de morte, a menos que haja alguém lá pra ver se ele ainda vive, pra saber se ele existe.

— Não seria mais fácil dar um pisão na porra do gatinho?

— Não se trata de apagar o gatinho, babaca. — Atualmente, a gente pode tirar facilmente Jesus do sério. A lógica dele é toda séria.

— Que porra quer dizer isso, cacete?

Ele franze a testa e responde lentamente, cavando cada palavra com uma pá.

— Que se as coisas não acontecem, a não ser que você veja elas acontecendo, e elas acontecem mesmo assim, se você sabe que estão acontecendo... mas não conta pra ninguém?

Quando as palavras atingem meus ouvidos, as formas do mausoléu da Escola Secundária de Martirio surgem à vista, batendo com força entre as árvores. Um friozinho escava como uma minhoca através de mim.

# três

Tarde demais, porra. Quando você avista uma lebre, automaticamente ela avista você de volta; é um fato da natureza, caso você não saiba. O mesmo vale para Vaine Gurie, que avisto na rua perto da minha casa. Nuvens de tempestade estacionam sobre o carro da polícia.

— Pam, pare! Me deixe aqui mesmo...

— Vai com calma, estamos quase chegando. — Pam não é fácil de parar, depois que ela começa.

Minha casa é uma construção de madeira com pintura descascando numa rua de construções de madeira com pintura descascando. Antes de enxergá-la através dos salgueiros, você vê a bomba de petróleo bem ao lado. Não sei como é na sua cidade, mas aqui a gente decora as nossas bombas. Tem até mesmo concurso para elas. A nossa bomba está cravada como um louva-a-deus e com a cabeça e as pernas pra cima. Esse louva-a-deus gigante apenas bombeia, bombeia, bombeia sem parar no terreno vizinho. As mulheres do lugar a decoraram. Mas o prêmio deste ano foi para a bomba Godzilla na Calavera Drive.

Quando Pam volta a acelerar o carro, vejo os repórteres rua acima e um estranho vadiando ao lado de uma van na sombra do salgueiro dos Lechuga. Ele afasta um galho para nos observar passar. Sorri, não me pergunte por quê.

— Esse homem está aí a manhã toda — diz Pam, olhando de esguelha para o salgueiro.

— É um forasteiro ou é da imprensa? — pergunto.

Pam sacode a cabeça, parando diante da minha casa.

— Não é daqui, é tudo o que eu sei. Mas tem uma *camcorder*...

Merda, merda, merda, segue o louva-a-deus, como faz a cada quatro segundos da minha vida. Acelera, freia, acelera, freia, Pam manobra o carro como uma barcaça. Merda, merda, acelera, freia, estou preso nos mecanismos de Martirio. Do outro lado da rua, as cortinas da Sra. Lechuga estão totalmente fechadas. No número vinte, a velha Sra. Porter olha por trás da porta de tela, com Kurt, o cachorro preto e branco tamanho médio. Kurt merece um lugar na porra do Salão da Fama do Latido, se bem que não tenha emitido um som desde terça-feira. Esquisito como cachorros sabem das coisas.

A seguir, você percebe uma sombra baixando sobre o carro. É Vaine Gurie.

— Quem temos aqui? — pergunta, abrindo a minha porta. Sua voz vibra no fundo da garganta, como a de um papagaio. Você quer tapar a boca dela, por causa da língua tipo uma luvinha de boxe.

Minha mãe percorre apressada a nossa varanda com um tabuleiro de velhos bolinhos-alegria sem importância. Está na modalidade Corça Assustada. Ela parecia assim na última vez em que vi o meu pai vivo, embora Corça Assustada possa significar qualquer coisa, desde a sua luva térmica em forma de rã fora do lugar até o próprio armagedom. Mas a luva dela está bem ali, debaixo do tabuleiro. Desce os degraus, passa pelo nosso salgueiro, o tal com o seu banco dos desejos logo abaixo. Esse banco de jardim é um artigo bem novo por aqui, mas a porcaria já está adernando no chão. Ela não liga, e se precipita na direção do carro de Pam.

— Olá, *parcero* — diz pra mim, transbordando daquela merda irritante de gracejo provinciano de um amigão do peito, que ela começou a fazer assim que dei provas de ter um pau. Sinta o sacana murchar agora. Salto fora, em vão, pois ela me persegue, me cobre de saliva e batom e sabe-se lá que porra mais. Placenta, provavelmente. Todo o tempo ela sorri um sorriso que você sabe ter visto antes, mas não consegue localizar exatamente. Dica: o filme no qual a mãe visita uma jovem família, e, no fim, eles têm que arrancar a porra de uma tesoura da mão dela.

— Gh-*rrr*. — Vaine coloca-se entre nós. — Receio que o seu *parcero* tenha se evadido de nosso interrogatório.

— Pois me chame de Doris, Vaine! Sou quase uma Gurie, sou assim com LuDell, e Reyna e tudo o mais.

— Certamente. Sra. Little, deixe-me explicar em que pé estão as coisas...

— Pois estes bolos estão pedindo para serem provados... Vaine?

— Eu não faço as leis, senhora.

— Pelo menos, dê uma entradinha... não faz sentido esquentar a cabeça e ficar irritada, se a gente pode ajeitar as coisas — diz minha mãe. Gelo. Você não ia querer Gurie escarafunchando o meu quarto ou coisa assim. A porra do meu armário ou coisa assim.

— Receio que Vernon tenha que ir comigo — diz Gurie. — Depois, queremos dar uma olhada no quarto dele.

— Pois, meu Deus, Vaine... ele não fez nada de errado, *sempre* faz o que lhe dizem...

— Exatamente. Até agora, ele não fez nada além de

mentir, e, quando o deixei sozinho, ele se evadiu. Ainda não conseguimos o relato dele sobre a tragédia.

— Ele nem estava lá!

— Não foi o que nos contou, ele disse que estava na aula de matemática.

— Era *hora* da nossa aula de matemática — corrijo. Me imprimam a porra de uma camiseta, pelamordedeus.

— Então, não tem motivo para se preocupar — diz Gurie. — Se não tem nada a esconder.

— Pois, Vaine, o *noticiário* diz que está tudo claro... todo mundo sabe a causa.

As pálpebras de Gurie palpitam.

— Todo mundo pode conhecer o *efeito*, Sra. Little. Veremos qual foi a causa.

— Mas o *noticiário* disse...

— O noticiário diz muita coisa. O fato é que esgotamos o estoque de sacos para cadáveres deste município, e, em primeiro lugar, sou da opinião de que é preciso mais do que um solitário atirador para fazer isso.

Minha mãe desaba no seu banco dos desejos, deixando os bolinhos de lado. Ela se desequilibra um pouco, quando o banco se acomoda irregularmente no chão. A porra do banco se acomoda de um modo diferente a cada semana, como se estivesse indexado à cabeça dela ou coisa assim.

— Pois eu não sei por que tudo tem que acontecer *comigo*. Nós temos testemunhas, Vaine... *testemunhas*!

Gurie suspira.

— Senhora, sabe o quanto as supostas testemunhas estão acessíveis. Talvez o seu filho saiba. Talvez não. O fato é que ele se evadiu antes de encerrarmos o interrogatório... pessoas com um álibi incontestável simplesmente não fazem isso.

Esse foi o tempo que Pam levou para conseguir sair do Mercury. Ele grunhe de alívio, quando deixa o chassi. Formigas de fogo catapultam para o assento.

— Fui eu que o tirei de lá, Vaine. Eu o encontrei quase morto de fome.

Gurie cruza os braços.

— Foi oferecida comida a ele...

— Bobagem, a dieta de Pritikin nem mesmo alimentaria o faro de um rapaz em idade de crescimento. — Um olhar suado dispara para Gurie. — Como vai indo, Vaine... a dieta de Pritikin?

— Ah... bem. Gh-*rr*.

Essa é Gurie, espetada como um inseto. O estranho de aparência desleixada com a *camcorder* capta o meu olhar por baixo do salgueiro dos Lechuga, e depois olha para Vaine. Ele ainda mantém um sorriso sem esperança, um risco de giz de sorriso que me tira do sério, não me pergunte por quê. Gurie não liga. Apenas crava-o com o rabo do olho. O cara usa um macacão marrom sobre um summer, igual ao velho Ricardo Montalbomba, ou fosse lá quem fosse o favorito de mamãe que andava com o anão em *Ilha da Fantasia*. Finalmente, ele saltita pela rua, instala a *camcorder* num tripé. Isso mostra a você que é um turista ou um repórter. Hoje em dia, o único jeito de distinguir um repórter é pelo nome — já notou que porra de nomes esquisitos têm os repórteres locais? Tipo, Zirkie Hartin, Aldo Manaldo, e essas merdas.

— Bem — prossegue Gurie, ignorando Montalbomba. — Vamos levar essa criança para a cidade. — Criança é o caralho.

— Pois espere — intercede minha mãe. — Tem uma coisa que precisa saber... Vernon sofre de uma espécie de... *moléstia*. — Pronuncia isso como se fosse câncer.

— Pô, mãe.

— Vernon Gregory, você sabe que sofre dessa *inconveniência*!

Puta merda. Minha oclusão dental aumenta um metro. Montalbomba ri lá do outro lado da rua.

— Nós cuidaremos dele — promete Gurie, limpando a mão na perna. Ela me empurra com o corpo para adiante da entrada para carros; um eficaz método de imposição da lei, se você tem uma bunda como se fossem duas bolas de demolição.

— Mas ele não fez nada de errado! Ele tem *uma condição clínica*! — Condição clínica, no cu.

Nesse instante, o Destino joga uma carta. O sibilar do Eldorado de Leona Dunt ecoa na rua. O útero-móvel do inferno. Vem completo com outras duas supostas amigas da minha mãe, Georgette e Betty. Elas sempre estão só de passagem. Até terça-feira, a Sra. Lechuga era a líder desse bando; agora, sente-se indisposta até segunda ordem.

Leona Dunt só aparece quando tem pelo menos duas coisas para se vangloriar, e é assim que você fica sabendo que posição ocupa na vida. Ela precisa de cerca de cinco coisas para ir até os Lechuga; portanto, a gente é da divisão dos dentes-de-leite. Divisão dos fetos, até. Fora o fato de ter as coxas e a bunda de uma vaca, e peitos minúsculos, Leona é praticamente uma loura bonita com uma voz de madressilva, que você saca que foi polida com esfregadelas da carteira do seu último marido. O marido que morreu, e não o primeiro, que se mandou. Ela nunca fala do que se mandou.

Georgette Porkorney é a mais velha da turma; um velho busardo murcho com cabelo laqueado de fumaça de tabaco. A gente chama ela simplesmente de George. No momento, está casada com o xerife, não que você queira imaginar os dois fazendo alguma coisa. E saca só: iguais aos rinocerontes que a gente vê nas selvas da TV, ela tem uma ave que vive empoleirada em suas costas. O nome dela é Betty Pritchard, outra suposta amiga de mamãe.

Betty tem aquela cara de palerma, e a segue de perto falando, "Eu sei, eu *sei*". O filho dela de dez anos se chama Brad. O sacaninha quebrou o meu PlayStation, mas não admite. Não se pode mandar ele fazer porra nenhuma; tem uma *disfunção* legitimada que age como um cartão de Liberou Geral. Quanto a mim, sofro apenas de um problema.

Desse modo, o Destino joga a carta onde os aros de arame de Leona cintilam ao estacionar atrás da viatura. Ricardo Montalbomba, o repórter grã-fino, faz um floreio tipo toureiro, depois recua para o lado, enquanto meio hectare de celulite escoa pelo chão de terra que chamamos de nosso gramado. O momento mostra a você que o mundo hermético de mamãe é sustentado por uma rede de nervos de algodão-doce. Agora veja eles se derreterem.

— Oi, Vaine — brada Leona. Ela vai na frente, já que é a mais nova, o que significa ter menos de quarenta anos.

— O que houve, Vaine? — brada Georgette Porkorney. — O meu coroa se cansou de você lá no distrito?

Mamãe aproveita a deixa.

— Vaine está apenas fazendo uma verificação de rotina, meninas... entrem para um refrigerante.

— Mais problemas, Doris? — pergunta Leona.

— Pois puxa vida — exclama mamãe. — Os bolinhos estão transpirando! — Podem acreditar, não há vida nesses bolinhos para eles transpirarem.

Vaine Gurie prepara a garganta para falar, mas, nisso, Montalbomba aproxima-se dela, com a *camcorder* e o sorriso de crocodilo.

— Umas palavrinhas para a câmera, capitã?

Uma platéia se forma em volta deles, consistindo de Pam, Georgette, Leona e Betty. O cigarro de Georgette aparece. Ela se prepara. O ar palerma de Betty muda para uma carranca, e ela dá um passo para trás.

— Não vai fumar na TV, vai... George?

— Shhh — faz Georgette. — Eu não estou na TV... é *ela* que está. Não me enche o saco, Betty.

Os lábios da delegada Gurie se contraem. Inspira fundo e franze a testa para o repórter.

— Primeiramente, senhor, sou uma delegada, e, segundamente, devia consultar a assessoria de imprensa, para se atualizar.

— Na verdade, estou fazendo uma matéria de pano de fundo — explica Montalbomba.

Gurie olha para ele de cima a baixo.

— Certo. E o senhor é...

— CNN, senhora... Eulalio Ledesma, a seu dispor. — O sol desfere alguns dourados em sua boca. — O mundo aguarda.

Gurie dá uma risadinha e balança a cabeça.

— O mundo fica muito longe de Martirio, Sr. Ledesma.

— Hoje o mundo *é* Martirio, dona.

Os olhos de Gurie dardejam na direção de Pam. A boca de Pam se escancara como a de uma criança em comercial de fast food. A forma da palavra “TV!” resplandece.

— O seu Barry vai ficar tão orgulhoso — diz ela.

A delegada Gurie se olha toda.

— Mas não posso aparecer deste jeito, posso?

— Você está impecável, Vaine... não enche — impacienta-se Pam.

— Está bem. *Gh.* E o que devo dizer, exatamente?

— Tenha calma, eu vou orientá-la — diz o Sr. Ledesma. Antes que Gurie possa contestar, ele instala o tripé, aponta a câmera para ela, e vai para a frente. Sua voz impregna o mato liqüefeito. — Mais uma vez, vestimos o manto do luto... um manto andrajoso, gasto pela devastadora explosão de um mundo em transformação. Hoje, os bons cidadãos de Martirio, Texas Central, juntam-se a mim na pergunta... como curar os Estados Unidos?

— Gr-*hh* — Gurie abre a boca, como se tivesse a porra da resposta. Não, Vaine, dãã... ele ainda não acabou.

— Começaremos na linha de frente, com as pessoas cujo papel nas conseqüências da tragédia está mudando; os nossos profissionais que impõem a lei. Delegada Vaine Gurie... a comunidade está se relacionando de modo diferente com vocês, numa ocasião como esta?

— Bem, esta é a nossa primeira vez — responde. — Tipo, *dãã*, porra.

— Mas estão sendo solicitados cada vez mais para advogar causas, fornecer apoio moral assim como civil?

— Estás-tisticamente, senhor, há mais advogados na cidade do que policiais. Eles não impõem a lei, e, portanto, nós não advogamos.

— A comunidade, então, está enfrentando o desafio... se recompondo?

— A gente conta com uma força-tarefa de Luling, e os cães que estão aqui certamente são de Smith County. Uma comissão de Houston até mesmo nos enviou alguns caramelos caseiros.

— Obviamente, liberando vocês de um tempo valioso

para cuidar dos sobreviventes... — Ledesma gesticula na minha direção.

Gurie hesita.

— Senhor, os sobreviventes sobreviveram... o meu trabalho é descobrir a causa. Esta cidade não descansará até identificar a causa do problema. E corrigir.

— Mas não é um caso encerrado?

— Nada acontece sem uma causa subjacente, senhor.

— Está dizendo que a comunidade precisa buscar dentro de si mesma, talvez enfrentar duras verdades sobre o seu papel na tragédia?

— Estou dizendo que precisamos descobrir o tal que causou isso.

Um brilho espeta os olhos de Ledesma. Alcança o meu ombro e me enquadra com a câmera.

— Foi este jovem o causador?

As papadas de Gurie se retraem como lesmas atingidas por vinagre.

— Gh-*rrr*... eu não disse isso.

— Então, por que os contribuintes americanos a estão pagando para detê-lo durante o primeiro dia desse trauma que provavelmente durará toda uma existência?

Outros repórteres vêm pela rua, na nossa direção. Suor se forma no rosto de Gurie.

— É tudo, por enquanto, Sr. Ledesma.

— Delegada, é um assunto de domínio público. Nem mesmo Deus pode deter a câmera.

— Eu não faço as leis.

— Esse rapaz infringiu as leis?

— Bem, eu não sei.

— Vai detê-lo, por via das dúvidas?

— Gh-*r*.

A carranca da mulher do xerife está quase batendo nos peitos. Que são bem caídos. Ledesma faz uma avaliação dela, a língua passeia incansável por dentro das bochechas. Gurie tenta se desvencilhar, mas ele maneja a câmera como uma arma.

— Talvez possa dizer o nome do xerife que a encarregou do caso.

Do jeito como Georgette Porkorney fala você não imaginaria que ela dá a mínima para o velho xerife. Mas, agora, ela dá. Seu telefone voa para fora da bolsa, em meio a uma chuva de lenços de papel.

— Bertram? Vaine está na TV.

Um segundo depois, o telefone de Gurie toca no bolso dela.

— Xerife? Não, senhor, juro por Deus. Bandera Road? Cerca de dois quarteirões daqui. Cães? Sim, senhor, imediatamente.

Ledesma recolhe a câmera e observa Vaine arrastar os pés na direção da viatura, derrotada. Então, quando o estrondo de um relâmpago afugenta o último brilho da bomba, ele se vira para mim e pisca em câmera lenta. Só pode ter sido em câmera lenta, pela rapidez daquela porra. Tento não sorrir. Ou soltar um cagalhão do tamanho da porra do Texas.

"Você me deve uma história", faz com a boca, silenciosamente, apontando um dedo curto e balofo. Eu apenas faço que sim, e sigo minha coroa para a varanda, com Leona, George e Betty. Ela as conduz para dentro, depois volta até a porta de tela, para ver se a velha Sra. Porter, a Sra. Porter sem filhos, a Sra. Porter longe dos refletores, ainda está observando da porta dela. Está, mas finge que não. Mas Kurt, o cachorro, está olhando. Ele não liga para fingir.

A última coisa que você vê, antes de a nossa porta fechar com um estalido, é Palmyra seguir num bamboleio acelerado pela nossa entrada para carros. Passa por Gurie, e espeta um dedo na mancha de seu crachá.

— Oh-oh, Vaine... molho barbecue.

Num mundo de preto no branco, tudo no meu quarto é a porra de uma prova contra mim. Uma névoa de meias e cuecas crivadas de sonhos secretos. Meu computador tem história para apagar do drive, como as fotos de sexo com amputados que imprimi para o velho Silas. Ele não tem computador, sabe. Silas é um velho sacana — nem tente ir lá, não mesmo. Ele descola uns trecos para gente, os garotos, em troca de fotos, se é que entende o que eu quero dizer. Faço uma anotação para limpar o computador, ou "Executar uma Higienização Virtual", como diria o Sr. Nuckles. Meus olhos rastejam pelo resto do quarto. A roupa suja da semana passada repousa em uma pilha sobre a cama, o catálogo de lingerie da minha mãe debaixo dela; preciso devolver para o quarto dela. Torço como o diabo para ela não abrir nas páginas 67 ou 68. Sabe como é que é. Depois, tem o meu armário, com a caixa do Nike no fundo. Dentro, há dois baseados e dois pontos de LSD. Não me entenda mal, só estou guardando isso para Taylor Figueroa.

Uma luz turva rompe o escuro do lado de fora da minha janela. O brilho me atrai para observar uma porrada de flores e ursinhos de pelúcia chegar à varanda dos Lechuga. Agora, está parecendo a casa da princesa Debbie, ou seja lá como se chamava a tal princesa que morreu. Está tudo empilhado, ainda embrulhado. Aí, você saca que foram os Lechuga que compraram. Ninguém mais mandaria flores para Max, e isso é o mais triste de tudo. Patético, mesmo.

Estou analisando todo esse lance de tragédia no fundo do meu cérebro gelatinoso. Os Lechuga tendo que mandar ursinhos para eles mesmos, por exemplo. Sabe por quê? Porque Max era um babaca. Sinto os dentes serreados da danação só de pensar nisso, esperando que os cães de fogo mastiguem a porra da minha alma e caguem ela no inferno. Mas, ao mesmo tempo, aqui estou eu, com água nos olhos, por Max, por todos os meus colegas de turma. A verdade é um lance corrosivo. É tipo todo mundo que costumava maldizer a morte estar agora fazendo fila para declarar que perfeitos anjos de Deus eles foram. O que estou aprendendo é que o mundo ri todos os dias através da bunda, e depois dá um drible quando a merda desce. É como se a gente estivesse fazendo a porra da dieta de Pritikin de mentira. O que eu quero dizer é — que porra de vida é esta?

Arrasto uma ponta dura de sujeira de uma camiseta para cima dos olhos, e tento me recuperar. Devia limpar a minha bagunça, vendo todo mundo inquieto, mas me sinto como se estivesse lambuzado de merda. Então, um aprendizado vem rapidamente à minha mente, que, assim que você planeja fazer alguma coisa e imagina o quanto vai durar, esse é exatamente o tempo que o Destino lhe dá antes que a coisa seguinte aconteça.

— Vern? — minha mãe berra da cozinha. — *Ver*-non!

# quatro

— Ver-non?

— O que é? — grito. Minha mãe não dá a porra da resposta. Um lance típico de mãe, elas apenas monitoram o tom da sua voz. Se, depois, você pergunta o que disse, elas nem mesmo sabem, porra. Apenas os ruídos precisam soar legais, tipo idiotas o bastante.

— Ver-*non*.

Fecho a porta do armário e saio para o corredor da cozinha, onde uma cena familiar se desenrola em volta da mesa do café. Leona na cozinha com mamãe, que está às voltas com o forno. Brad Pritchard está no tapete da sala, fingindo que você não consegue ver o dedo dele enfiado na bunda. Todo mundo finge que não vê. Está vendo como são as pessoas? Não querem sujar suas vidas de balas de hortelã dizendo: "Brad, tira a porra do dedo do maldito ânus", e então fingem que não estão nem aí. Do mesmo modo, tentam e evitam o ferrão do luto que envolve esta velha cidade. Mas não conseguem. Suas costelas estão pressionadas fortemente pelo peso da dor. A única visão esperançosa é Pam encalhada no velho sofá do meu pai no canto escuro da sala. Uma barra de chocolate surge das dobras de suas tetas.

Vou para o lado da cozinha do balcão, onde Leona continua se gabando; antes, ela teve que elogiar minha mãe, a voz resvalando acima e abaixo, "Oh, que *maravilha*, *uau*, Doris, *genial*", como uma sereia de espuma. Depois, com mamãe de bola cheia, ela enche a sua.

— Ei, já contei que arranjei uma empregada?

A boca de mamãe se enruga.

— Ah... *é*?

Prendam a respiração para a segunda coisa. George sopra a fumaça de um cigarro ultrafino em cima de Betty, enquanto fingem ver TV; o sorriso ultra-suave delas vem do fato de saberem quantas coisas há. Minha mãe se inquieta diante do forno. Pelo menos é alguma coisa para ela enfiar a porra da cabeça, se não surgirem mais coisas. Uma gota de coriza rasteja pelo seu nariz abaixo, "tuc", até o linóleo marrom.

— É — diz Leona —, ela começa depois que eu voltar do Havaí.

A casa cede sob o peso do alívio.

— Pois, puxa, outras férias? — pergunta mamãe.

Leona sacode os cabelos para trás.

— Todd ia querer que eu fizesse coisas *legais*, sabem... enquanto sou *jovem*. — Tipo: é isso aí.

— Diabos, mas não consigo acreditar no dia de hoje — diz George lá da sala. Isso sinaliza o fim das bravatas.

— Eu sei, eu sei — concorda Betty.

— A gente acha que as coisas já foram longe demais, e então... *bum!*

— Por Deus, eu *sei*.

— Três quilos como se fosse um grama, e eu a vi ainda na semana passada. Três quilos em uma *semana*! — George trança trombetas de fumaça em volta das palavras. Betty as abana com a mão.

— É aquela dieta, todos aqueles carboidratos — afirma Leona.

Pam resmunga sombriamente lá atrás.

— Eu sei — diz Betty. — Por que ela não se manteve nos Vigilantes do Peso?

— Querida — observa George —, Vaine Gurie tem sorte de se manter dentro das malditas calças. Não sei por que ela tenta.

— Barry ameaçou ela — lembra Pam. — Ela tem um mês para se livrar daquela flacidez, ou ele se manda.

George direciona a boca para cima, para que as palavras voem de sua cabeça até Pam.

— Então, é melhor esquecer Pritikin... ela precisa do Plano *Wilmer*.

— Mas, Georgette — diz mamãe lá da cozinha —, o Wilmer não funcionou pra *mim*... pelo menos, ainda não.

Leona e Betty erguem os olhos uma para a outra. George tosse baixinho.

— Não creio que você pegou o jeito do plano, Doris.

— Bem, acho que ainda estou tentando, sabe... Em todo caso, contei pra vocês que encomendei a geladeira de portas duplas, lado a lado?

— Uau — exclama Leona —, a Edição Especial? De que cor?

O olhar da minha mãe desaba para o chão.

— Bem... castanho sobre castanho.

Olhe para ela: ruborizada e reluzente de suor, curvada sob seus velhos cabelos castanhos, na sua velha cozinha castanha. Bem lá dentro, seus órgãos bombeiam em ritmo dobrado, tentando transformar bile em leite de sabor morango. Por fora, sua velha vida castanha ulcera futilmente em volta do desajeitado laço vermelho do vestido.

Eu a chamo da extremidade da lavanderia.

— Mãe?

— Pois aí está você... vá perguntar ao homem da TV se ele quer uma Coca, deve estar fazendo uns trinta e dois graus lá fora.

— O tal vestido como Ricardo Montalbomba?

— Bem, ele é muito mais jovem do que Ricardo Montalban... não é, meninas? E mais bonito...

— Hunf — faz Pam.

George inclina-se na cadeira para encarar mamãe.

— Vai convidar pra entrar um perfeito *estranho*, sem mais nem menos?

— Ora, Georgette, nós, os martirianos, somos conhecidos pela nossa hospitalidade...

— Hum-hum — grunhe George. — Não vejo mais daquelas líderes de torcida por aqui depois que o ônibus delas quebrou daquela vez.

— Mas isso é diferente.

Todas as meninas, exceto Pam, trocam olhares com os lábios contraídos. George pigarreia um pouco.

Brad Pritchard termina com a bunda. Agora, inicia o esquema no qual inventa novos motivos para enfiar o dedo no nariz. Ao escapar pela porta da cozinha, capto o olhar dele, aponto para a minha bunda e depois chupo o dedo.

— Ma-*nhê* — berra.

Beulah Drive está esponjosa com o calor. Perambulo até uma barraquinha de limonada que algumas crianças montaram na entrada da garagem do número doze; pedem cinqüenta centavos por informação sobre o repórter, então perambulo de volta, e dou uma checada na van vermelha sob o salgueiro dos Lechuga. Meu nariz se achata contra o vidro traseiro. Dá para enxergar uma lancheira atrás do assento, com meia maçã marrom dentro dela. Alguns fios no chão. Um velho livro gasto intitulado *Aconteça na Mídia*.

Depois você vê a cabeça de Ledesma descansando sobre um par de botas velhas. Está nu, largado sobre uma lona estendida lá dentro, olhos fechados, músculos fortes e lustrosos. Tem um sobressalto quando o olho.

— *Merda!* — Levanta-se de um tranco sobre um cotovelo, esfregando os olhos. — Grande homem... dê a volta até a porta.

Chuto um ursinho desgarrado no gramado dos Lechuga, e faço a volta para o outro lado. Uma rajada de suor me atinge, quando a porta se abre. O rosto do cara é pálido. Comprovadamente, mais de trinta anos. Posso ver por que minha coroa gosta dele, mas não tenho tanta certeza.

— Você mora na van? — pergunto.

— Tsc... o motel está lotado. De qualquer modo, dá uma folga pro meu cartão empresarial da Amex. — Uma porção de frascos de vidro rola pelo chão quando ele apanha as roupas.

— Minha mãe disse que você pode entrar pra tomar uma Coca.

— Eu gostaria era de usar o seu banheiro. E talvez uma coisinha pra comer.

— A gente tem bolinhos-alegria.

— Bolinhos-*alegria*?

— Não me pergunte.

Ledesma apanha do chão um punhado das garrafinhas e empurra para o bolso, enquanto se enfia no macacão. Ele me examina com olhos negros velozes.

— Sua mãe está estressada hoje.

— Este é um dos melhores dias dela.

Ele solta uma risada asmática, "Hururrr, hrr", e me dá um tapinha no braço. O tipo de tapinha que meu pai costumava me dar, quando estava se sentindo numa boa. Seguimos pela rua e subimos a entrada para carros, mas Ledesma pára diante do banco de jardim para ajeitar o saco. Em seguida, balança a cabeça e olha para mim.

— Vern... você é inocente, não é mesmo?

— Hum-hum.

— Não sei por que saquei logo, tsc. Com toda essa merda chovendo sobre você, não posso deixar de pensar... que porra de vida é esta?

— Vai perguntar logo pra mim?

Põe a mão sobre meu ombro.

— Estou pronto pra ajudar.

Eu apenas olho para o meu New Jacks. Para ser honesto, momentos íntimos não fazem mesmo o meu gênero, principalmente depois de ter acabado de ver o cara nu. A próxima coisa é estar na porra de um filme para a TV, tremendo todo. Acho que ele percebe isso. Recolhe a mão, ajeita novamente o saco, e se apóia no banco de jardim, que, imediatamente, se inclina.

— Merda — exclama, recuando. — Não pode dar um jeito nessa coisa?

— Posso... tipo devolver pra loja.

Ele ri.

— Você devia contar a sua história, pequeno grande homem, limpar o seu nome... o mundo adora um injustiçado.

— Que tal a gravação que você fez com a delegada Gurie?

— Tsc... a câmera não estava ligada.

— Sem essa.

— Considere um favor... entre injustiçados.

— Você é um *injustiçado*? — A Sra. Porter abre a porta quando digo isto; o focinho de Kurt fareja fora.

— Neste mundo, só há injustiçados e psicopatas — afirma Ledesma. — Psicopatas como aquela delegada bunduda. Pense nisso.

Não pensei por muito tempo. Você tem que tremer na TV, é a porra de uma lei da natureza. Você tem que tremer e ficar arrasado a porra do tempo todo. Eu sei disso, com certeza, e você também saberia, se visse mamãe assistindo à TV Justiça. "Veja como ele parece impassível, retalhou dez pessoas e comeu suas entranhas, mas não está nem aí." Eu, pessoalmente, não vejo lógica em tremer, se você é inocente. Se quer minha opinião, quem não come suas entranhas tem mais probabilidade de permanecer impassível. Mas não, uma coisa que aprendi é que os jurados assistem aos mesmos programas que a minha coroa. Se você não tremer, é a porra de um culpado.

— Não sei, não — digo, virando em direção à varanda.

Ledesma pára.

— Não subestime o grande público, Vern... ele quer ver a justiça ser feita. Tem que dar a ele o que ele quer.

— Mas... tipo, eu não fiz nada.

— Tsc, e quem sabe disso? As pessoas decidem com ou sem os fatos... se não for lá e estabelecer o seu paradigma, alguém vai estabelecer para você.

— Meu *o quê*?

— Pa-ra-dig-ma. Nunca ouviu falar em mudança de paradigma? Exemplo: você vê um homem com a mão na bunda da sua avó. O que você pensa?

— Sacana.

— Certo. Depois, você descobre que um inseto mortal rastejou até ali, e o homem, na verdade, colocou de lado o nojo para salvar a vovó. O que pensa agora?

— Herói. — Vê-se logo que ele não conhece a minha avó.

— É isso aí, uma mudança de paradigma. A ação não muda... mas muda a informação que você usa para julgá-la. Você estava pronto para crucificar o sujeito porque não tinha os fatos. Agora quer apertar a mão dele.

— Tô fora.

— Estou falando de forma figurada, seu babaca — ri e soca seis dedos das minhas costelas. — Os fatos podem parecer preto no branco, quando atingem a tela do seu televisor, mas equipes de profissionais peneiram montanhas de cinza para que eles cheguem até lá. Você precisa se posicionar, como um produto no mercado... as cadeias estão cheias de gente que não conseguiu se posicionar.

— Tudo bem, eu tenho uma testemunha, sabe.

Ledesma inicia a subida dos degraus para a varanda.

— É, e a delegada Cuzona está muito interessada. A opinião pública vai atrás do primeiro maluco que dedura alguém. Você está com as calças arriadas, grande homem.

Atravessamos a porta de tela rangente para o frescor da cozinha. Mamãe está lá, toda sequinha, com sua luva de rã, uma mancha de bolinho-alegria numa bochecha. As outras velhas flácidas estão em segundo plano, agindo naturalmente.

— Senhoras! — exclama Lally, sorrindo. — É aqui que descansam, enquanto me esfalfo lá fora como um escravo?

— Oh, Sr. Leseira — diz minha mãe.

— Eulalio Ledesma, senhora. Pessoas instruídas me chamam de Lally.

— Pois posso lhe oferecer uma Coca, Sr. Lesma? Diet, ou diet-descafeinada, se preferir. — Mamãe adora quando aparece gente importante em casa, como o médico e coisa assim. Suas pestanas agitam-se como moscas moribundas.

Lally assenta a bunda no banco da cozinha e se põe à vontade.

— Obrigado, só água... e talvez um desses bolinhos. Aliás, tenho algo sensacional para dividir com as senhoras, se estiverem interessadas.

— Me acordem, quando isso acabar — murmura Pam lá de trás.

Lally retira as garrafinhas cheias de algo parecendo mijo.

— Composto de Ginseng Siberiano. — Enfia uma na minha mão, piscando. — Melhor do que Viagra.

— Ri, ri — fazem as meninas.

— E então, Lally — pergunta mamãe —, você dorme na van ou...?

— No momento, durmo... os motéis daqui até Austin estão lotados. Soube que alguns habitantes generosos estão aceitando hóspedes, mas não encontrei nenhum.

— Bem, arrã! — Mamãe olha para o corredor. — Quero dizer...

— Doris, não vai permitir que Vernon tome essa coisa, vai? — Trata-se da técnica de despistamento de George, veja só. Isso me dá uma sensação contraditória. Isto é, estou contente por ela ter interrompido minha coroa, quando ia convidar Ledesma para ficar. Mas, agora, a atenção de todo mundo está em mim.

— Ora, é inofensivo — garante Lally. — Excelente eliminador de estresse.

George me observa afagar o vidro. Seus olhos se estreitam, o que é a porra de um mau sinal.

— Você está *mesmo* estressado, Vern. Conseguiu um emprego de verão?

— Não — respondo, entornando o ginseng. Tem gosto de terra.

— Doris, soube que Harris comprou uma caminhonete? E pagou na ficha, uma caminhonete Ford. *Todos* os rapazes que conheço têm empregos de verão. É claro que, também, todos eles *cortaram o cabelo*.

— Num é uma Ford — contesta Brad lá do chão.

— Bradley — ralha Betty. — Gostaria que não falasse "num é".

— Não força.

— Não fale assim *comigo*, Bradley Everett Pritchard!

— Que que *foi*? Eu disse "força", caralho, quer dizer, *merda*! — Ele cospe e se contorce no tapete, depois sai batendo o pé em direção a Betty e lhe dá um soco nas tripas.

— *Bradley!*

— Não força, não força, NÃO FORÇA!

Fico quieto. Lally ergue a vista, vê os meus olhos fitando ansiosamente o corredor. Engole o seu ginseng e diz:

— Obrigado pela ajuda, grande homem... talvez o seu quarto seja um ambiente de trabalho melhor. — Vira-se para mamãe. — Espero que não haja problemas... Vern concordou em conferir para mim alguns dados sobre a cidade...

— Ora, nenhum problema, Lally — diz. — Depressa, Vern! Ouviram isso, meninas? Lally deu um emprego pra ele, e ele vai conferir dados pro Lally!

Salto fora rapidinho como uma ninhada de ratos.

— É o único emprego que ele vai conseguir, com essa aparência — comenta George. — Tem um cabelo de aspecto suspeito, se quiserem a minha opinião. E aquele tênis também não ajuda, é igual ao daquele chicano psicopata...

Foda-se ela. Chuto uma pilha de roupa suja, e bato a porta do meu quarto. O que estou considerando seriamente, em vista do comportamento de todo mundo, é simplesmente sair pela porta da lavanderia; pego um ônibus pra casa da vovó, e não conto a ninguém. Apenas telefono depois, ou coisa assim. O que quero dizer é que todo mundo sabe que Jesus causou a porra da tragédia. Mas, como está morto e não podem matar a porra dele, por causa disso, querem achar um bode *esquiatório*. Esse pessoal é assim. Por mim, eu adoraria explicar a seqüência dos fatos da última terça-feira. Mas estou impedido, sabe. Tenho que pensar na honra da família. E tenho minha mãe para proteger, agora que sou o Homem da Casa e coisa e tal. De qualquer modo, quem me dedurar, só porque é amigo de alguém, vai sofrer um puta remorso. Lágrimas da porra do arrependimento quando a verdade surgir. E ela sempre surge, você sabe disso. É só assistir a qualquer porra de filme.

Ainda escuto todo mundo através da porta do meu quarto, se expressando como péssimos atores, do jeito como falam.

— É um período de desafio para todo mundo — comenta Lally.

— Eu sei, eu *sei*.

— E Vaine está forçando muito a barra — observa Leona. — Será que não sente a nossa dor?

George late uma tossida.

— O meu coroa é quem está forçando muito a barra de Vaine... ele lhe deu um mês para aumentar sua média de condenações, ou ela já era.

— Ele vai tirar ela da polícia — quer saber minha mãe —, depois de todo esse tempo?

— Pior. Talvez torne ela assistente de Eileena.

— Oh, meu Deus — exclama Leona —, mas Eileena é uma espécie de... *recepcionista*. É tão ordinário quanto o emprego de *Barry*!

— Mais ainda. — Pam dá uma risadinha sombria.

Ouve-se um intervalo de silêncio. Isso significa que todo mundo está suspirando. Então, mamãe prossegue:

— Pois este, com certeza, é um mês importante para Vaine. Mas não posso dizer que ela está indo muito bem, por causa do jeito como está lidando com Vernon e tudo o mais.

— Tsc — faz Lally. — Talvez os cães tragam alguma luz.

— Cães? — indaga Leona.

— Cães farejadores, de Smith County.

— Mas o que *cães* podem fazer agora? — quer saber mamãe.

— Posso lhe chamar de Doris? — pergunta Lally. Sua voz baixa um tom. Sabe, Doris, as pessoas estão perguntando como alguém, em sã consciência, poderia orquestrar tal violência. Estão começando a imaginar que há envolvimento com drogas. Se os boatos sobre uma ligação com drogas for correto, esses cães especialistas vão descobrir num piscar de olhos.

— Pois *bem* — irrita-se mamãe —, sinto vontade de chamá-los imediatamente e pôr um fim nessa história ridícula envolvendo Vernon.

Tiro as drogas da caixa de sapato do meu armário, e coloco no bolso. Os baseados deixam minhas mãos úmidas. Kurt late lá fora.

# cinco

Sejamos justos, os boatos sobre o velho Sr. Deutschman não dizem que realmente traçou alguma menina da escola. Talvez tenha apenas apalpado elas e essa merda toda, sabe como é. Mas foi sacanagem, não me entenda mal. Ele era diretor da escola ou coisa assim, todo íntegro e honrado, antes de ter estourado esse tipo de coisa. Talvez antes mesmo dos talk shows, numa época em que você era excluído apenas de viva voz. Provavelmente, costumava cortar o cabelo no elegante salão unissex da rua Gurie, com a máquina de café e tal. Não mais. Agora, ele se esquiva através do vale atrás do abatedouro até o salão de barbeiro dos marchantes. Isso mesmo, a galera do abatedouro tem o seu próprio barbeiro aos sábados. Esta manhã, estamos ali apenas o velho Sr. Deutschman e eu. E minha mãe.

— Pois não ligue para Vernon, o unissex geralmente tira muito cabelo.

O lenço de cabelo dela e a sombra nos olhos supostamente a tornam invisível. A mulher do safadão invisível. Quanto a mim, uso a camiseta mais vermelha que você já viu, como um maldito garoto de seis anos ou coisa assim. Não queria usar isso. Ela controla o que você deve vestir, mantendo todo o resto molhado na lavanderia.

— Pois pode ir em frente, senhor, ele vai crescer de novo.

— Pô, mãe...

— Vernon, só estou tentando ajudar você. Também temos que arranjar um sapato decente para você.

O suor começa a empoçar na minha bunda. As luzes estão apagadas, apenas um raio brilha lateralmente pela porta sobre aqueles ladrilhos verdes. O ar recende a carne. Moscas vigiam duas cadeiras de barbeiro históricas no meio do salão; couro branco que virou marrom, rachado e endurecido parecendo plástico. Dou uma checada para ver se têm correias para prender os braços. Estou numa, Deutschman está na outra; suas mãos rastejam por baixo do guarda-pó. Ele parece contente em esperar. Então, um apito é soprado lá fora, e a banda marcial dos marchantes se reúne no cascalho do pátio. "Braaap, barp, bap", tem início o ensaio da banda. Uma baliza, que enxergo pela porta, tem uns oitenta mil anos de idade, a bunda dando palmadas atrás das pernas enquanto ela marcha. Meus olhos fogem para o televisor no canto do salão.

— Olhe, Vernon, ele não tem braços nem pernas, mas está todo bem-arrumado. E tem um *emprego*, veja... e até mesmo investe na bolsa.

Perguntam ao garoto na TV o que ele acha de ser tão talentoso. Ele apenas dá de ombros e responde: "E todo mundo não é?".

O barbeiro, na maioria das vezes, corta o ar; duas metades de uma mosca caem no chão.

— Barry esteve aqui. Disse que pode haver um vínculo com drogas.

— É, vinho e drogas — diz o Sr. Deutschman.

— Um vínculo com drogas, ou outra arma de fogo.

— Hum-hum, outra arma de fora. Ouvi dizer que foi um ritual com calcinhas... você ouviu dizer que foi um ritual com calcinhas?

Em comparação, o dia de hoje é um saco. Você não ia querer estar aqui, se descobrirem alguma droga. E aqui estou eu, com dois bagulhos e dois pontos de ácido no bolso; uma gelatina do mal, segundo Taylor, tipo sua mente poderia escorrer a jatos pelo nariz, se você engolisse uma. Tentei me livrar delas, no caminho, mas o Destino estava contra mim. Atualmente, a porra do Destino está sempre contra mim.

Arrumo a mochila, e dou no pé, é isso que vou fazer; triste e solitário, como você vê na TV. Me livro do bagulho de Taylor, e dou no pé. Com mais sucesso do que ontem à noite, com Lally e a imprensa do mundo acampados lá fora. Dei apenas quatro passos além da varanda, quando eles vieram xeretar. Agora eles acham que levo o lixo pra fora na minha mochila. A noite de ontem foi longa, xará, longa e friorenta com fantasmas e constatações. Constatações que preciso representar.

— Vaine vai vir com os cães — conta o barbeiro. — Vou dizer pra ela que precisamos de um grupo da SWAT, com umas daquelas armas automáticas deles, das que rasgam a carne dos infratores, e não de cães velhos. — Clic, corta; nivela meu crânio. Vasculho o chão atrás de orelhas.

— Carne é melhor do que cães — diz Deutschman.

— Fica quieto, Vern — ordena minha mãe.

— Tenho coisas pra fazer.

— Pois a loja do Harris talvez aceite você.

— O quê?

— Para um emprego, sabe... Seb Harris até mesmo comprou uma caminhonete!

— Não é disso que estou falando. De qualquer modo, o pai de Jeb acaba de ficar com a loja toda.

— Pois você agora é o homem da casa, e espero que se

dê bem. Todos os garotos que conheço têm empregos, só isso.

— Quais garotos, mãe, tipo quem?

— Bem... Randy e Eric?

— Randy e Eric estão mortos.

— Vernon Gregory, só estou dizendo que, se quiser provar que já é crescido, está na hora de ficar ciente como as coisas funcionam neste mundo. Ser um *homem*.

— É, *tá legal*.

— E também não banque o espertinho na frente de todo mundo. Não vamos acabar como daquela vez em que encontrei *aquela cueca*. — As mãos de Deutschman se contraem debaixo do penteador.

— *Pô*, mãe.

— Isso, xingue sua mãe!

— Não tô xingando!

— Meu Deus, se o seu *pai* estivesse aqui...

— Pronto, Vaine — avisa o barbeiro. Giro na cadeira, arrancando o penteador por cima da cabeça.

— Pois vá em frente, Vernon... vá em frente e humilhe sua mãe, depois de tudo o que aconteceu comigo.

Foda-se ela. Arranco pela porta de tela e saio para o sol. Pedaços de uma viatura de Smith County cintilaram através das pernas da banda marcial. Martirio pode ser a porra de uma piada, mas não se meta com a galera de Smith County. Smith County tem uma guarnição blindada, puta-merda. Trombones cospem clarões, cornetas ressoam imagens minhas se contraindo, derretendo, encolhendo para dentro de arbustos da ladeira no fim do conjunto de prédios.

Capim quente apoquenta meu rosto colina acima; libélulas tremulam no ar, mas a poeira está entediada demais para se levantar. Uma nuvem paira no céu, sobre o meu corpo vazio, desesperado. Minha coroa não correu atrás de mim. Vai ficar para trás, contar toda a minha sujeira aos garotos para que eles possam exibir um sorriso esperto da próxima vez que me virem. Cueca é o cacete. E não há ligação com drogas, não fode. Jesus nunca teve porra de dinheiro. Está vendo só que Histeriópolis é isto aqui? A ciência diz que deve haver dez zilhões de neurônios nesta cidade, mas se você soltar as asas antes de fazer vinte e um anos, eles só vão conseguir formular apenas duas idéias: ou você está com a porra de uma *gravidez* ou metido com *drogas*. Foda-se, vou dar o fora daqui. A vida é simples quando você está zangado. Sei exatamente o que fazer e, porra, vou fazer. Cueca é o caralho.

Vou lhe revelar um aprendizado: torcedoras de faca, como a minha coroa, passam o tempo em que estão acordadas acrescentando merda a uma baita teia, exatamente como aranhas. É verdade. Pegam cada palavra da porra do universo e as acrescentam à sua faca. No fim das contas, seja qual for a palavra que você diga, sente ela na sua faca. Tipo, "uau, olha só aquele carro". *"Pois é da mesma cor azul daquele casaco no qual você vomitou no Natal passado, lembra?"*. O que aprendi é que pais conseguem numa boa manipular o banco de dados da sua estupidez e sujeira, de prontidão para o combate. Cortam a sua na porra de uma fração de segundo, sem erro; muito mais depressa do que você podia usar a artilharia com que sonha. E afirmo: nos momentos de ócio, assim que os filhos perdem o encanto, eles passam a fazer isso só pela porra do *divertimento*.

Paro. Algo retumba depois da curva da estrada. É a van vermelha, turbilhonando uma trilha de flocos redondos colina abaixo. Como alguém com uma doença de velho, que não se lembra do que é bom para si mesmo, olho para minha camiseta. "Fiu", ela assobia para Lally. Ele freia triturando o chão e força para baixo a janela elétrica com a palma da mão. Pistons marcam o compasso com o meu coração, tic, tic, tic.

— Grande homem!

Aceno, como se estivesse na seção de congelados do Mini-Mart ou coisa assim. Devia largar as drogas ali mesmo, mas os cães estão por perto. Eles descobririam. De qualquer modo, não sou tão determinado assim na vida, não com toda essa mágoa a bordo, não com toda a minha raiva vaporizada. Essa porra me arrasa. Van Damme é o seu homem se você quer as drogas largadas bem ali.

Lally me chama.

— Está vendo aqueles tiras? Eles vieram da sua casa... entre.

Ginsengs retinam no chão enquanto pegamos um novo caminho em direção à casa.

— Onde está o resto da sua cabeça? — Lally alisa as sobrancelhas no retrovisor. Você nota que há muito tempo o retrovisor não está direcionado para a estrada.

— Nem pergunte — respondo.

— Está indo para algum lugar?

— Suriname.

Ele ri.

— Como veio parar aqui? Não vi nenhum carro esta manhã...

— A gente veio andando. — Eu devia dizer que o carro de mamãe está na oficina. Mas não está na oficina. O carro pagou o novo tapete da sala, o tal no qual Brad limpa os dedos.

— O que você acha que os tiras querem?

— Sei lá.

— Tsc. — Lally balança a cabeça. — As coisas não vão ficar nada fáceis, você sabe. Vá por mim... Eu poderia editar uma reportagem até o pôr-do-sol, e iria ao ar ainda esta noite... Vern? Acho que está na hora de você contar a sua história. A sua história real, verdadeira.

— Talvez — digo, escorregando bem baixo no assento. Sinto que Lally me observa.

— Nem mesmo precisa aparecer, posso montar a reportagem com cenas de amigos e da família. A câmera está carregada, grande homem. É só dar a ordem. — Ouço a oferta de Lally, mas fico sentado ali, desejando que Marion Nuckles conte a maldita história *dele*. Ele sabe que estou limpo, ele estava lá. Não posso acreditar que a barra pesou toda pra mim — eu, que tenho segredos de família para cuidar — enquanto ele vadia por aí num maldito silêncio. O que quero dizer é: o que *ele* está guardando?

Uma nota errada da banda dos marchantes expectora na Beulah Drive, em meio a um redemoinho de farrapos de folhas. Uma pequena feira se instalou em volta da bomba de petróleo desde que saí. Uma barraca vende aventais de churrasco de Martirio, iguais ao de Pam. Ao lado dela, alguns homens da imprensa pagam uma prata por um caramelo de Houston. Um dos vendedores de caramelo veste melancolicamente um avental. Os vendedores de aventais mastigam melancolicamente uns caramelos. Minha cara fica bolada-fodida. É a cara de quando a vida à sua volta viaja à velocidade de anos de cachorro, mas você continua totalmente paralisado. Por exemplo, todo um shopping foi criado em volta da bomba, mas continuo aqui com os mesmos problemas com que saí esta manhã. Apenas olho para baixo e arrebanho ginsengs com o pé.

— Tome um — sugere Lally.

— O quê?

— Tome um pouco de ginseng, para revigorar.

Quando ele diz isso, noto que o ginseng tem a mesma tonalidade de mijo dos pontos de ácido em minha mão. Cães nunca farejarão através do ginseng. Estico a mão para uma garrafinha, mas Lally freia, para evitar um ursinho extraviado debaixo do salgueiro dos Lechuga; me desequilibro, os cigarros de maconha caem da minha mão.

Lally desliga o motor, olha para os bagulhos, apanha um do chão, cheira e sorri. Então olha para mim.

— Tsc... se não queria dividir, bastava dizer.

— Hã, na verdade, não são meus.

— Não por muito tempo, aliás — diz, franzindo a testa diante do retrovisor.

Viro e vejo o focinho da viatura de Smith County na Beulah Drive, um quarteirão atrás de nós. A porra de colônias de formigas de velcro atacam minhas entranhas.

— Aqui, dê pra mim — pede Lally. Ergue o corpo e esconde os baseados dentro de um rasgão no assento.

— Obrigado... volto já. — Atravesso correndo o nosso gramado até a casa, sigo pelo corredor até o meu quarto, onde retiro a tampa de um ginseng. Pego os pontos de LSD de Taylor e os enfio na garrafa. Eles se misturam bem com o mijo, e recoloco novamente a tampa. Largo a garrafa na caixa do Nike, ao lado da chave do meu cadeado, e escondo no fundo do armário. Ao me encaminhar para a varanda, todo indiferente, refrescado pelo suor do alívio, avisto Vaine Gurie, minha mãe e um policial de Smith County chegarem na viatura. O ar-condicionado agita os cabelos deles como algas debaixo d'água, exceto o de mamãe, que se agita mais como aquelas coisas irritáveis, as anêmonas. Lally está tranqüilamente sentado na sombra do salgueiro dos Lechuga. Acho que, no fim das contas, ele é legal, o velho Lally. "Gente boa", como diria o outrora falador Sr. Maldito Nuckles.

O Destino, de repente, joga sua carta normal. O Eldorado de Leona passa saracoteando pela bomba, repleto de úteros ressecados e bolorentos, e profundos e amargos desejos. Mamãe murcha. A porra do senso de oportunidade dessas coroas é impressionante, admito, como se tivessem um radar ou coisa assim. Espirram para fora do carro como espuma de detergente de uma lava-roupa de um seriado cômico da TV, exceto Brad, que permanece no banco de trás. Está comendo um hambúrguer, dá pra sacar. Betty Pritchard sai e começa a dar passinhos curtos pelo gramado como a porra de uma galinha.

— Acho que preciso de um banheiro... não dá para ter certeza, com esta infecção.

Leona e George vão para a parte mais alta do terreno perto do nosso salgueiro.

— Oi, Doris — acenam. — Quase volto para dentro de casa, mas Vaine Gurie desabrocha mais depressa do que você poderia esperar de dentro da viatura. — Vernon Little, venha cá, por favor.

— Outra contrariedade, Doris? — pergunta Leona, esperançosa.

— Pois não é nada, meninas — diz mamãe. — Tem caramelo lá dentro.

— Não vamos demorar — alega Leona —, eles vêm às três para assentar o rebaixamento do meu pátio.

— Pois eu pensava que era o pessoal com a minha Edição Especial — diz mamãe, com passinhos rápidos pelo chão de terra. — Vi o carro, e pensei que fosse a nova geladeira chegando...

— Mãe? — chamo. Ela não ouve.

George estaciona um braço em volta do ombro dela, enquanto desaparecem no interior da casa.

— Querida, é claro que virão atrás dele, se insistir em ficar com aquela aparência... aquele corte de cabelo é *o fim da picada.*

A porta de tela fecha-se com um estalido, a voz da minha mãe se arrasta pela escuridão.

— Pois eu não posso controlar ele, sabe como são os meninos...

— Vernon — chama Gurie. — Vamos dar uma volta.

Procuro no rosto dela vestígios de verdade oculta, de iminentes desculpas. Nenhum aparece.

— Dona, eu nem estava lá...

— Pois é. Isso torna difícil explicar as impressões digitais que encontramos, não é mesmo?

Imagine uma viatura de xerife de Smith County comigo dentro, sentado calado numa rua entre três casas arborizadas. Insetos ziziam nos salgueiros, abstraídos. O louva-a-deus matraqueia atrás das barracas de feira feitas com mesas de cozinha pousadas num trecho de capim alto, que ondeia os arredores de Martirio e flui o tempo todo até Austin. Então Brad Pritchard aparece na minha janela; nariz para o céu, dedo apontado para seu tênis.

— Air Maxes — declara. — Novo.

Fica de olhos fechados à espera de que eu lhe taque a porra de um beijo, ou me sinta arrasado, chore, ou coisa assim. Babaca.

Levanto a perna até a janela.

— Jordan New Jacks.

Pestaneja momentaneamente, antes de apontar para o meu Nike.

— Velho — expõe pacientemente. Em seguida, aponta para o dele. — NOVO.

Aponto para o dele:

— Preço de uma Barbie no Acampamento. — Em seguida, para o meu: — Preço de um jato empresarial de médio alcance.

— Num é.

— É, sim, porra.

— Aproveite a cadeia.

Seu tropel pelo gramado torna-se um galope nos degraus da varanda. Um único dedo levantado se destaca para mim lá da porta da frente da minha própria casa, até a tela se fechar com um estalido diante dela. Nisso, no momento em que é dada a ignição na viatura, a porta de tela oscila e volta a se abrir. Minha coroa irrompe por ela e desce a rua correndo.

— Vernon, eu te amo! Esqueça todo o passado... até mesmo *assassinos* são amados pelas suas famílias, você sabe...

— Pô, mãe, num sou assassino.

— Pois eu sei... é só um *exemplo*.

Lally, da van, dispara um olhar na minha direção movimentando as mãos como se fossem uma câmera.

— É só você dar a ordem! — grita.

Mamãe permanece parada, impotente, na rua atrás da gente, e enfia o queixo no peito. Os lábios pregueiam à procura de lágrimas. A aflição sulca meu corpo, de dentro para fora. Giro para ver Lally pela janela traseira, quando ele corre para mamãe e coloca a mão sobre seu ombro. Sua velha cabeça encharcada curva-se para se apoiar nela. Ele desliza o ombro por baixo para absorver as lágrimas dela, e depois fica ereto e observa solenemente a minha viatura desaparecer.

Não consigo agüentar. Eu me estico por cima de Gurie e berro pela janela dela, com toda a força na porra deste mundo:

— Faça isso, Lally... *conte a porra da verdade*.

A cadeia está um tédio esta noite. Estagnada como o ar entre a bunda e a cueca quando você está sentado. Uma TV murmura em algum lugar ao fundo; fico atento para ouvir qualquer chamada sobre a minha inocência, mas, em vez disso, toca o tema musical do noticiário do tempo. Detesto a porra desse tema. Em seguida, uma voz explode no corredor. Passadas aproximam-se.

— Não me deixe descobrir que os hambúrgueres sumiram, estou falando sério. Sim, claro, agora é a Dieta Revolucionária do Dr. Atchim, hum-hum. Você fez a maior onda por causa da Piriquitim, e agora... não me diga... é a porra de uma dieta de hambúrgueres, não? Claro, porra de proteína, hum-hum. O quê? Porque *não há* nada de novo, a não ser a sua bunda do tamanho de um celeiro...

O homem pára do lado de fora de minha cela. Luz através das grades contorna um escroto beiçudo com a boca cheia de dentes. *Barry E. Gurie — Executivo Prisional*, diz o crachá. Ele me vê acordado, e prende o telefone com o pescoço.

— Não está batendo punheta aí, está, Little? Não vai querer enforcar o ganso noite e dia, vai? — Gargalha aquela gargalhada indecente, como se a porra da Miss Universo tivesse acabado de chupar o pau dele ou coisa assim. Mesmo de longe, o hálito dele bate em você como um bloco maciço, e escorrega pelo seu rosto abaixo deixando um rastro de tempero sabor cebola e banha. Que ser humano asqueroso. Se é nesse tipo de babaca que todo mundo se transforma, nessa porra desoladora, então é melhor eu dar a porra do fora desta cidade. Talvez até mesmo do Texas. Só até eles tirarem a limpo essa história. Do jeito que as pessoas andam se comportando agora, a casa da minha avó nem parece tão longe assim.

Barry continua sua ronda, demorando-se o resto da noite diante do televisor. Eu me recosto no catre da cela, e vagueio para os assuntos importantes e medonhos do meu futuro. Lembra aquele velho filme *Paixões Violentas*, no qual a garota tem uma casa de praia no México? É para lá que eu sou capaz de fugir. Mamãe poderá me visitar depois que as coisas esfriarem. Lá está ela, soluçando de alegria, a velha Doris Little de bochechas rosadas, que poderia ser interpretada por Kathy Bates, que esteve naquele filme *Louca Obsessão*. Lágrimas de orgulho pelas excelentes instalações sanitárias e a minha vida decente e tranqüila. Vê como isso funciona? Agora é o futuro, o jovem Vernon foi inocentado. Agora está comprando para ela um jumento de argila, ou uma daquelas louças para salada, sobre as quais a Sra. Lechuga tira a maior onda. O vendedor da louça para salada diria para mim: "Você quer o mesmo tipo que a Sra. Lechuga comprou, ou quer o modelo *Deluxe*?". Botei na porra da bunda da Sra. Lechuga. Viu só? Esse é, positivamente, o meu novo plano. Gosto de comida legal, *burritos*, *cappuccinos* e tudo o mais. Dizem que, por lá, a vida é barata, que diabo — eu poderia me dar bem. O pessoal deve morar de verdade naquelas casas de praia.

Mas o pessimista que há em mim diz: "Garoto, esquece esse negócio de férias, o que tu precisa é de um puta bolo com uma bomba dentro". O meu pessimista tem sotaque nova-iorquino, não me pergunte por quê. Eu o ignoro. A questão da garota precisa ser mais pensada; você nunca vê os caras andando sozinhos, admita. Legal para levar é Taylor Figueroa. Ela agora está em Houston, na faculdade ou coisa assim, já que é mais velha do que eu. Mas é a gata para se levar. O ar úmido mexe comigo através da grade da minha jaula, e a minha mente se torna uma safena de hormônio proveniente da barra da saia dela. Vou levar essa garota para o México, ora se vou. Agora que estou crescido, agora que já estive na cadeia e tal. Não fui íntimo dela na escola, embora, certa vez, a gente quase tenha transado. Eu disse quase, porque, como é uma porra de uma característica minha, eu tive ela numa bandeja e a deixei escapar. Você simplesmente nunca aprende, quando é um babaca na vida. Houve aquela festa de formandos, para a qual não fui convidado, e Taylor estava lá, o rosto tão macio como uma calcinha, os enormes olhos úmidos penetrantes. Deixou a festa e se estatelou no assento traseiro de um Buick, no estacionamento da igreja, onde eu estava por acaso com a minha bicicleta. Ela estava chapada. Me chamou. Sua voz era grudenta como um pedaço de bolo recém-mordido. Algumas drogas caíram de suas roupas para o chão do carro. Eu as apanhei. Ela pediu que as guardasse para ela, no caso de apagar ou fosse lá o que fosse. Eu guardei as drogas, você sabe disso. Cara, ela estava chapada. Começou a dizer o meu nome e a se debater no banco traseiro do carro. Nem pergunte quem dirigiu a porra do Buick até a nossa escola, mas ela amenizava o lance com sua presença no banco traseiro. Ajudei-a a arriar um pouco o short, "para ela poder respirar" — palavras dela, não minhas — eu nem mesmo sabia que a gente podia respirar ali por baixo. Cabelos castanhos Wella Balsam lambiam o seu corpo todo o caminho até a bunda, de onde espreitava uma tanga cinza de algodão; o paraíso fendido pelo suor do dia-a-dia. Ela estava chapada, mas consciente.

Então adivinha só o que a porra do seu herói fez, dá um palpite. Vernon Gônada Little entrou na festa e mandou o melhor amigo de Taylor cuidar dela. Nem mesmo enfiei o dedo na calcinha dela, embora estivesse perto o bastante para pegar a doença lamba-a-própria-pele-e-cheire que me assola atualmente; malditos pensamentos recorrentes em buracos entre elástico e coxa, tanga chamejante de algodão com bolinho de damasco, requeijão e mijo. Mas não, dãã, fui lá dentro. E até mesmo caminhei a passos largos, como um médico de seriado de TV, bancando a porra de um cara maduro. Aquela porra me arrasou, ela estando bem ali. Tentei vê-la novamente, mas o Destino armou o lance do arriar de portas, que sempre acontece quando você perde uma chance perfeita de um jeito idiota. Um bilhão de motivos para ela não ser localizada, e a porra de um blablablá. Taylor Figueroa já era.

Esta noite, porém, minha mão é a boca dela. Cada estocada do meu pinto traz o algodão dela para mais perto, abre orifícios para deixar escapar seu bom-ar cheirinho de frutas e acabar comigo. Bom-ar mexicano, mané, se sair do meu jeito. Ao me entregar ao sonho, fragmentos abafados da fanfarra do noticiário da TV percorrem o corredor como uma infecção. Então, um prisioneiro resfolega com uma risada.

# seis

— Você tacou piano? Tirou as impressões genitais? — É o que o Sr. Abdini quer saber de mim. Nem me pergunte o resto do nome dele.

— Impressões digitais? Hã... acho que não. — Já estou apreensivo demais hoje para conhecer gente como essa.

Abdini é gordo do jeito como uma bigorna é gorda, mas o rosto deve ser jogado para trás pela velocidade de seu papo. Ele é o meu advogado. O juiz o designou para mim. Acho que ninguém mais por aqui trabalha aos domingos. Sei que não dá mais para falar isso, sobre outros lugares serem diferentes e tal, mas, aqui entre nós, pode-se dizer que Abdini é o produto de séculos de conversa mole e enganação. Ricochete Abdini, "Bing, ping, *ping*!" Ele se veste de branco, como o embaixador cubano ou coisa assim. Um júri me condenaria baseado apenas na porra dos sapatos dele, não que os seus sapatos sejam o meu maior problema. São o menor da porra dos meus problemas, sabe por quê? Porque, se você juntar um bando de brancos balofos, do tipo que organiza venda beneficente de bolos e essas coisas, colocá-los num júri, e depois juntar um enganador de Deus-sabe-onde, a chance é de que não engulam nada do que ele disser. Podem ver que ele é repulsivo, mas não permitirão que, oficialmente, *faça* coisa alguma, porque, hoje em dia, todo mundo tem que fingir ir na onda.

Por isso, não vão engolir o que ele disser. Foi uma coisa que aprendi.

Conseqüentemente, o Sr. Alguma-coisa Porra Abdini Alguma-coisa está em minha cela, suando, talvez se preparando para dizer "conseqüentemente". Seus olhos quicam num prontuário que está em sua mão, o qual é sobre mim. Solta um grunhido.

— Me conte o corrido.

— Hã... como é que é?

— Me conte o corrido na escola.

— Bem, sabe, eu estava fora da sala, e, quando voltei...

Abdini levanta a mão.

— Foi à *prevada*?

— Hã... fui, mas eu não estava...

— Evidência muito *impotente* — sibila, anotando no prontuário.

— Não, entenda, eu estava...

Nisso, o guarda retine na porta.

— Shh — faz Abdini, batendo no meu braço. — Eu vou *discobrir*. Hoje não se *pertube*. Tentaremos fiança.

Barry não está por aqui esta manhã; outro guarda nos escolta através da porta dos fundos do xerife e pelo beco atrás da rua Gurie. Abdini diz que hoje não deve haver ninguém da imprensa no tribunal, porque eu sou menor. De qualquer modo, está todo mundo no enterro. "Uma opção que contém uma atração limitada", como diria o agora emudecido Sr. Babaca Nuckles. Hoje está terrivelmente quente; incomum para um início de verão. E silencioso como quando você prende a respiração, embora ainda possa sentir os vestidos de algodão passando pela rua Gurie e crianças saltando através dos regadores de jardim. Típicos lances de domingo, mas tendo neles a desanimada efervescência de lágrimas. Surgem com suas próprias ondas de tristeza.

Três prédios depois do escritório do xerife fica o antigo bordel de Martírio, um dos edifícios mais bonitos do Velho Oeste. Mas as moças que divertiam já se foram, e agora fica ao lado do prédio da Justiça. A única que sobrou é Vaine Gurie, o próprio motivo da porra de uma gozação. Ela nos espera nos fundos. Hoje, suas sobrancelhas andam altas. Sou conduzido por uma escada até a sala do tribunal praticamente vazia, onde o guarda me manobra até um pequeno curral de madeira com uma cerca em volta. É quase possível ser valente aqui, se você juntar seu Nike, sua Calvin Klein, sua juventude e sua real inocência. O que derruba você é o cheiro. Tribunal cheira como a sala de aula do seu primário; automaticamente, você olha em volta à procura de pinturas com os dedos. Não sei se é proposital, tipo fazer você regredir e pirar. Verdade seja dita, deve haver um aerossol para tribunais e salas de aula do primário, só para manter você na linha. "Culpadossol" ou coisa assim, para que, na escola, você se sinta como se já estivesse no tribunal e, quando você for parar no tribunal, sinta que está de volta à escola. Você procura pinturas com os dedos, mas o que acha é uma coroa atrás de uma daquelas máquinas de escrever ferradas. Tribunal, maluco. Fodeu.

Olho em volta, enquanto todo mundo embaralha papéis. Mamãe não pôde vir, o que é péssimo. Aprendi que o mundo legitimado não reconhece a faca. Sua faca é invisível, o que a torna tão conveniente de usar. Vê como as coisas funcionam? É isso que leva o pessoal a cometer os crimes mais hediondos, e à doença, eu sei, o lance de todo mundo girar a faca só ao dizer alô, ou qualquer coisa que soe igualmente inocente. Os tribunais de Justiça cagariam nas calças de rir, se você tentasse dizer que alguém está girando a faca apenas com os seus calendários de cachorro ganindo. Mas eis por que eles iriam rir: não porque não pudessem *ver* a faca, mas porque sabem que ninguém *mais* cairia nessa. Você pode ficar diante de uma dúzia de gente boa, todas com algum tipo de faca psicológica enfiada, as quais seus bem-amados poderiam girar só por capricho, mas elas não admitiriam. Esqueceriam como as coisas são realmente, e entrariam no modo de operação filme para TV, onde tudo precisa ser óbvio. Isso eu garanto.

A coroa da máquina de escrever ferrada dirige-se a um velho oficial de Justiça do outro lado da bancada.

— Caramba, é um fato. Nós tivemos um exemplar desse mesmo catálogo, eu e as minhas filhas.

— Tá brincando — diz o oficial —, o mesmo, hein? — A língua empurra um pouco de saliva em volta da boca. Isso significa que está imaginando seja lá o que ela acabou de contar. Desvia um pouco de saliva para o lado, imagina aquilo por um momento, e depois fala: — Não esqueça que a juíza também tem filhas.

— Isso é um fato — concorda a datilógrafa.

Viram para me encarar com punhais. Os punhais da datilógrafa vêm embrulhados em lenços de papel, pois acho que não quer nenhuma merda neles. Apenas olho para o meu Nike. As coisas já foram além da porra de uma piada. Você simplesmente sabe que o sistema judiciário não foi feito para um cara como eu. Foi feito para um cara mais óbvio, como se vê nos filmes. Nãão, se hoje os fatos não vierem à tona, se todo mundo não me pedir desculpas e me mandar para casa, vou infringir a fiança e fugir para a porra da fronteira. *Paixões Violentas*. Desapareço no frescor desta noite, imagine se não faço essa porra, vou zunindo pelas trilhas com as mariposas, com meu inocente aprendizado e os meus velhos sonhos de calcinhas.

— Todos de pé — exclama um oficial de Justiça.

Uma coroa de olhos brilhantes, cabelos grisalhos curtos e óculos bifocais desliza por trás da mesa mais alta. *Juíza Helen E. Gurie,* diz a placa. Sua cadeira giratória chocalha educadamente, quando ela se senta. O Assento de Deus.

— Vaine — comenta ela —, tinha de ser um dos seus casos logo hoje, não é mesmo?

— Gh-*rrr*. Temos um suspeito, juíza.

Abdini se levanta.

— Solicitamos malidicência pelaliminar, meritíssima.

A juíza aperta os olhos por cima dos óculos.

— Uma audiência preliminar? Espere o maldito de um minuto, chamo a atenção de ambos para o Código de Família do Texas... esta é uma questão para um tribunal de menores. Vaine, espero que tenha observado as cláusulas para instauração de processo que se aplicam nesta instância.

— Gh-*r*.

— E por que não há registro de interrogatório anexado à acusação?

Neste instante, a porta principal se abre com um rangido atrás de mim. O xerife Porkorney insinua-se para o interior da sala e tira o chapéu. Vaine endurece como um osso.

— Esperávamos que uma prova em especial surgisse primeiro, senhora — responde ela.

— *Esperavam* que a prova surgisse? Esperavam que ela simplesmente *viesse voando*? Há quanto tempo esse jovem está sob custódia?

— Gh... — Os olhos de Vaine agitam-se para trás na direção do xerife. Ele apenas fica parado perto da porta, braços cruzados, caladinho.

— Meu Deus! — A juíza Gurie apanha um papel de cima de sua mesa. — Estão querendo uma *acusação formal*? — Retira os óculos e olha fixamente para Vaine. — E impressões digitais é tudo que têm?

— Deixe-me explicar, senhora, que...

— Delegada, duvido que vá cozinhar um júri baseada num conjunto de impressões digitais. Nem mesmo vai descongelá-lo.

— Tem um conjunto completo, meritíssima.

— Não importa quantas você tenha, são todas da mesma prova, a sacola. Ora... *tenha dó*. Talvez, se fosse uma *arma*...

— Senhora, algumas informações novas chegaram ao domínio público, ontem à noite, e eu pensei...

— A corte não está interessada no que você *pensa*, Vaine. Quando pegar a extremidade pontuda de uma vara e remexer com ela este processo todo emaranhado, vamos querer que nos diga a droga do que você *sabe* muito bem.

— Bem, o garoto também mentiu, e fugiu do interrogatório... gh...

A juíza junta as mãos, como uma professora do primário.

— Vaine Millicent Gurie... lembro a você que o menino não está em julgamento aqui. De acordo com os detalhes que me foram apresentados, estou inclinada a soltar o seu suspeito e ter a maldita de uma longa conversa com o xerife sobre a qualidade dos processos que chegam a esta bancada.

O olhar dela penetra cada buraco de Vaine, por mais quantidade que exista. No fundo da sala, os lábios do xerife se contraem. Põe de volta o chapéu e retorna rangendo através da porta. Não sei como é onde você vive, mas por aqui a gente ensina as mais duras lições da vida com os lábios.

Abdini se levanta.

— Protesto!

— Quieto aí, Sr. Abdini, temos outros advogados em disponibilidade — diz a juíza.

Gurie ergue a sobrancelha.

— Meritíssima, essa nova informação, sabe...

— Não, eu não sei. Até agora, o que eu sei não é muita coisa.

A datilógrafa e Gurie trocam um olhar. Elas suspiram. O velho oficial de Justiça vira-se imediatamente para me encarar com uma carranca.

— Ela ainda não viu — diz o guarda atrás de mim a meia voz. Todos apertam os lábios.

— O que está havendo aqui? — indaga a juíza. — Esta corte escapou para um universo paralelo? Será que fui deixada para trás?

— Senhora, novos fatos vieram à tona... nós os estamos investigando neste momento.

— Então vou soltar o seu suspeito até que possa me mostrar os detalhes. E também espero que peça desculpas por todo este transtorno.

Um tremor de alta tensão rebenta através de mim, de esperança, emoção e com o cuzinho assim de medo. Você acha que vou ficar de bobeira até que o suposto sistema judicial junte toda essa merda? Estou fodido. A cada duas horas saem ônibus de Martirio para Austin ou San Antonio. O caixa eletrônico contendo cinqüenta e dois dólares, o fundo de reserva pelo corte da grama da minha avó, fica a um quarteirão da estação de ônibus da Greyhound. Que fica a cinco quarteirões daqui.

A datilógrafa suspira e enruga os lábios mais ainda. Em seguida, se curva sobre a bancada e põe a mão em concha no ouvido da juíza. A juíza Gurie escuta, a testa franzida. Coloca os óculos e olha para mim. Depois, para a datilógrafa.

— Quando é o próximo noticiário? Na hora do almoço?

A datilógrafa faz que sim; um olhar idôneo se arremessa para Gurie. A juíza alcança o martelo.

— A sessão está suspensa até duas da tarde.

— Bam — faz o martelo.

— Todos de pé — diz o guarda.

Homens endurecidos pela fricção do aprendizado, homens de aço do saber silenciosamente posto em prática, velhos garotos calejados de glória toscamente desbastada, provavelmente, fumam um cigarro solitário em suas celas durante o intervalo para almoço do tribunal. Talvez eles não tenham que falar com suas mães.

— Pois, Vernon, o que eu quero dizer é: tem o seu próprio quarto ou colocaram você com outros... sabe, outros *homens*...?

Barry fala de esguelha ao telefone, os olhos grudados nas xoxotas das sacanas. Parece que, nessa hora de almoço, as sobrancelhas de Eileena também andam empoleiradas bem alto, o máximo que permite o seu penteado armado. Não sei como é onde você vive, mas por aqui a gente cuida dos elevados padrões morais com nossas sobrancelhas.

— Pois você sabe — diz mamãe —, a gente ouve falar que rapazes de bem, os rapazes limpos, sempre são... sabe como é, a gente ouve falar que homens grandalhões, criminosos empedernidos, sempre pegam os rapazes de bem e...

Após sabe-Deus-quantos anos de vida neste país livre, ela não tem os meios para perguntar simplesmente: "Você já foi enrabado por algum condenado à prisão perpétua?" É assim que são as coisas patéticas. Eis uma mulher que fecha as cortinas e dá início a uma conversa meio ridícula se dois cachorros começarem a trepar na rua. Entretanto, pelo que me consta, todas as noites ela deve enfiar a porra de um hidrante no rabo, só por diversão. Estou lhe dizendo, maluco.

Sua voz varre as plumas da minha imaturidade como se fossem fiapos em um quarto de dormir. Que porra de vida é esta? Luz na janela me chama, delações de sorvete derretido na calçada lá fora, o fantasma de pequenas lágrimas por perto. Vestidos de verão repletos de ar fresco, México a caminho. Mas não para mim. Estou condenado a ficar olhando Eileena limpar a sela do xerife pela segunda vez desde que cheguei aqui.

Eu me pego imaginando se o assento do xerife costuma receber tanta atenção, e, se costuma, por que não está todo gasto. Então, vejo que no aposento tem um televisor. Os olhos de Eileena disparam para ele.

Está na hora do noticiário do almoço. Você ouve a fanfarra de cornetas e tambores, e logo aparece à distância a cara de um babaca, olhando pela janela traseira da viatura do xerife de Smith County, que se afasta.

— Vernon, tenho uns assuntos a resolver com você — diz mamãe.

— Preciso desligar.

— Pois Vernon...

— Clic.

Meus olhos se trancam na tela. Uma brisa afana celofane na criação de ursinhos dos Lechuga, depois arranca um fio de cabelo de Lally e o faz flutuar para fora de sua cabeça. A bomba guincha ritmadamente por trás de sua voz.

— Esta orgulhosa comunidade deu um passo decisivo para fora da sombra da devastação da terça-feira, com a prisão de um *novo personagem* na teia mortal de causa e efeito que colocou de joelhos a outrora cidade pacífica.

— Eu num me vi na porra de joelhos — observa Barry, montado numa cadeira.

— Para os vizinhos, Vernon Gregory Little parecia um adolescente normal, e de certo modo desajeitado, um rapaz que não chamaria a atenção caminhando em qualquer rua do centro da cidade. Isto é... até hoje.

Nítidas imagens enchem a tela, da gravação da cena do crime dançando sob um céu enegrecido, sacos de cadáveres pontilhando marcas de sangue arrastado, coroas úmidas fazendo bungee-jumping de saliva como se fosse mozarela de pizza. Depois uma foto minha da escola, os dentes arreganhados.

— Bem que eu notei mudanças nesse rapaz — comenta George Porkorney. Dá para ver os cigarros dela escondidos atrás do filodendro sobre balcão da cozinha lá de casa. — Seus tênis ficaram mais agressivos, insistiu num daqueles cortes de cabelo de *skinhead*...

— Eu *sei* — diz Betty, ao fundo.

Corta para Leona Dunt. Sua bolsa precisa ser um metro mais alta para caber a enorme palavra *Gucci* escrita nela.

— Puxa, mas ele sempre pareceu um garoto normal.

Música negra e desordenada de um xilofone se junta à trilha sonora, enquanto a câmera quica pelo corredor até o meu quarto. Lally pára perto da cama, para encarar a câmera.

— Vernon Little me foi descrito como uma espécie de solitário; um jovem com poucos amigos íntimos, mais dado a jogos no seu computador... e à leitura. — A câmera faz um desagradável mergulho na pilha de roupa suja perto da cama. De lá, sai o catálogo de *lingerie*. — Mas não encontramos nenhum Steinbeck ou Hemingway na biblioteca particular de Vernon Little... na verdade, seu gosto literário se restringe a isto... — Páginas esvoaçam pela tela, torsos atrevidos ceifam aquilo que outrora fez arrastar vergonhosas correntes de seiva pelas minhas veias. Então chegamos à página 67. O esvoaçar cessa. — Um acessório inocente — pergunta Lally —, ou um elo para a confusa sexualidade sugerida pelos crimes de terça-feira? — Sinuosos violinos se juntam ao xilofone. A cena faz uma panorâmica pela tela do meu computador até o arquivo denominado "Dever de casa". Clic. Corte para as cenas de sexo com amputados que salvei para o velho Silas Benn.

— Pois puxa vida — exclama mamãe. — Eu não fazia *idéia*.

Lally está sentado ao lado dela, na minha cama, a testa adotando a solidária forma de um A.

— Como mãe de Vernon, seria adequado incluí-la entre as vítimas dessa tragédia?

— Pois eu acho que sou uma vítima. Acho mesmo.

— Mesmo assim, insiste na inocência de Vernon?

— Oh, meu Deus, uma criança é sempre inocente para sua mãe... pois até mesmo *assassinos* são amados pelas suas famílias, sabe.

A porra de uma mudança de piradigma. Lally se deixa ficar sentado ali. Até mesmo Barry Gurie sabe que está tudo acabado, ele apenas suspira para fora da cadeira e anuncia:

— Hora de ir. — Ele me coloca na direção da porta, mas me viro para a pancada que sabia estar vindo. As coisas poderiam ter sido diferentes, se eu tivesse aprendido a soletrar mais cedo, se ao menos tivesse sido um garoto mais inteligente, mais comum. Mas, como as coisas se configuraram, eu tinha quase sete anos quando consegui soletrar *O Álamo*. Por isso, não há nenhum título na pintura com dedo que dei para mamãe, quando eu tinha cinco anos. Apenas uma porção de gravetos-cadáveres e uma porrada de vermelho.

— Pois você pode ver que, em quase todos os sentidos, ele foi apenas um garotinho normal.

— Todos de pé. — O oficial de Justiça desvia do meu computador e de uma caixa cheia de outras merdas que surgiram no chão do tribunal. O catálogo de calcinhas de mamãe tem uma mesa só para ele. Até mesmo a minha velha pintura a dedo está aqui, mas parece que não ligaram para a caixa do meu Nike. O ozônio na sala do tribunal tem uma nova qualidade insalubre.

— Sr. Abdini — começa a juíza. — Acredito que o seu cliente entende que está sendo objeto de denúncia... Chamo sua atenção para os vários tipos de renúncia que talvez se apliquem.

Abdini empina a cabeça.

— Meritíssima?

— A questão vai prosseguir para a acusação formal, senhor. Talvez seja o momento de o senhor agir.

— Dona — digo —, todo esse lance pode ser esclarecido com um telefonema para a minha testemunha, que é meu professor e tal...

— Shh — sibila Abdini.

— Advogado, por favor, informe ao seu cliente que ele não está sendo julgado aqui. Também saliente que não é ocupação desta corte fazer o trabalho do xerife para ele. — Ela se recosta por um momento, e depois se dirige a Vaine.

— Delegada, *checou* as testemunhas para um álibi?

— Receio que a última testemunha, a Srta. Lori-Bethlehem Donner, tenha falecido esta manhã, juíza.

— Entendo. E quanto ao professor do garoto?

— Marion Nuckles não mencionou o paradeiro do suspeito no momento da tragédia.

— Não mencionou ou você não perguntou?

— Os médicos dele afirmam que só será capaz de falar depois do fim de março do ano que vem. Não conseguimos mais do que umas poucas palavras, senhora.

— Ora bolas, Vaine. Que palavras foram essas?

— Outra arma de fogo.

— Oh, meu bom Deus.

Vaine consente, apertando os lábios. Não consegue deixar de dar uma porra de olhadela para mim, enquanto faz isso.

— Requeremos fiança, meritíssima — interrompe Abdini.

— Pois é — diz Gurie. — Juíza, o garoto tem um histórico de evasão, antes mesmo de estar metido em encrenca...

Abdini abre os braços.

— Mas o pequeno homem é parte de um lar familiar, com muitas coisas na casa... por que ele não ficaria?

— Trata-se de uma família com apenas um genitor, juíza. Não vejo como uma mulher sozinha é capaz de dominar a determinação de um adolescente. — Ela ainda não viu a porra da faca nas minhas costas.

— Não deixa de ser trágico — observa a juíza. — Toda criança precisa da mão de um homem. Não há como se contatar o pai?

— Gh... é supostamente falecido, juíza.

— Puxa vida. E a mãe do garoto não pôde comparecer hoje à corte?

— Não, senhora... o carro dela está no conserto.

— Ora — exclama a juíza Gurie. — Ora, ora, ora. — Recosta-se no seu trono e faz um gesto eclesiástico com os dedos. Em seguida, vira-se para mim. — Vernon Gregory Little, não vou rejeitar seu pedido de fiança, por enquanto. Mas também não vou libertá-lo. À luz dos fatos aqui apresentados, e de acordo com a minha responsabilidade para com esta comunidade, torno a colocá-lo sob prisão preventiva até que seja feito um relatório psiquiátrico. Diante das recomendações desse relatório, poderei levar em consideração o seu pedido em uma data posterior.

— Bam.

— Todos de pé — diz o oficial de Justiça.

Toca música perto das celas esta noite. Isso me tira da porra do sério e me enterra ao lado dos meus colegas. Diz assim: "*I beg your par-den, I never promised you a rosen gar-den.*" O calor sempre traz de volta a porra dessas músicas antigas, sempre de fundo, em porra de mono. Destino. Tipo, observe como sempre que acontece algo em sua vida, como se apaixonar ou coisa assim, tem uma música associada. Músicas do Destino. Cuidado com essa merda.

Deito no catre e imagino essa música num terminal da Greyhound. No filme para a TV sobre a minha vida, sou o garoto triste, confuso, rude e solitário, mais velho do que a minha idade; arrastando longas sombras para embarcar num ônibus para fora da cidade, um ônibus com México escrito nele. "Pssschhh", o velho motorista calejado abre a porta do seu coche motorizado, e sorri, como se tivesse um segredo, como se tudo fosse acabar bem. O garoto tirando as botas da lama. Carregando seu violão. Uma vaqueira com cabelos louros e calça Levi's está sentada sozinha a meio caminho do corredor, provavelmente usando calcinha azul de algodão por baixo. Biquíni ou tanga? Provavelmente biquíni. Nada de rude nela. Entende o que quero dizer? É o tipo de visão estratégica que nos distingue dos animais.

Minha coroa chama, mas não consigo fazer com que a minha imaginação se ocupe dela. Tenho até a porra da quarta-feira para sonhar um pouquinho. É quando o psiquiatra pode me ver. Sobrevivo dois dias e meio com a alma de chumbo de Jesus nas sombras, e três noites de borracha trepidando com vibrantes trechos sonoros de sua morte. No fim, passo o tempo todo ensaiando expressões faciais para o psiquiatra. Não sei se é melhor bancar o maluco, ou normal, ou o quê. Se for me guiar pelos psiquiatras da TV, vai ser difícil sacar alguma porra, porque eles repetem toda droga que você diz. Se você diz: "Estou arrasado", lá vão eles: "*Ouvi você dizer que está arrasado.*" Como se pode proceder diante disso? Tudo que sei é o que aprendi semana passada que uma vida sadia deve parecer esponjosa, como um *burrito*. Esta noite de terça-feira, o aniversário de uma semana do tiroteio, minha vida parece a porra de um floco de milho.

Ouço o chaveiro de Barry sacudir pelo corredor, plimplim. Pára na grade da minha porta, fora de vista, apenas respirando e retinindo. Sabe que estou esperando ele dizer que tenho um telefonema. Mas começa a se afastar, e depois retorna arrastando os pés. Está vendo?

— Little? — diz, finalmente.

— Sim, Barry.

— "Policial Gurie" pra você. Não está descascando a banana aí, está? Vai brincar a noite toda de lançamento de porra à distância, pensando no seu garoto chicano? Grr-hrr-hrr.

Que ele se foda até morrer. Me conduz ao telefone no andar de cima, e fantasio enfiar o seu cassetete no maldito rabo dele. Talvez ele nem mesmo sinta.

O lamentoso sax da meteorologia na TV toca no escritório, só para me alegrar. Pelo telefone, ouço a descuidada risadinha de Leona sobre um fundo de coroas gordas comentando a respeito do dinheiro dos outros. O tempo também toca do outro lado. Estou na porra de um estéreo. Então, surge a derrapante voz da minha coroa.

— Vernon, você *está bem*?

Seus fungados fazem parecer como se estivesse fisicamente com a língua no meu ouvido, como um tamanduá ou coisa assim. Me fazem querer vomitar e abrir o berreiro ao mesmo tempo, vá entender essa porra. Eis por que ela é candidata a um disco de ouro, saca só: é porque, agora, eu não estou apenas na *cadeia*, mas também talvez seja a porra de um *maluco*. Que golpe de sorte para ela, se eu for *também* a porra de um *maluco*. Então, o problema dela será que já gastou todos os seu lances lamurientos; tipo, terá que rasgar uma teta ou coisa assim, só para acompanhar o Desdobramento da Tragédia da Porra da Sua Vida. Sem benevolência, absorvo o número máximo de fungadas, antes de falar.

— Como pôde fazer isso comigo, mãe?

— Pois eu só contei a *verdade*, Vernon. De todo modo, rapaz, como pôde fazer tudo *isso comigo*?

— Eu não fiz nada.

— Pois atores famosos passam pasta de dente sob os olhos, para ajudá-los a chorar. Sabia disso?

— O que quer *dizer*?

— Só estou sugerindo que faça isso, no tribunal, para o caso de você parecer muito impassível. Você sabe o quanto pode parecer impassível.

— Mãe... apenas não fale mais com Lally, tá?

— Um instantinho — afasta a boca do telefone. — Tudo bem, Leona, é o pessoal da geladeira. — Você ouve ao fundo ruídos interrogativos, sobre a hora da noite, e depois minha mãe está de volta à ligação. — Pois isso é *ridículo*... Há *dias* que espero por vocês!

— Boa noite, mãe.

— Espere! Pressiona a boca no telefone, e cochicha. — Vernon... talvez seja melhor não mencionar nada sobre a... hã...

— Arma?

— Isso. Talvez seja melhor manter entre nós dois, sabe.

A arma do meu pai. Se ao menos a minha coroa tivesse me deixado guardar ela em casa. Mas não. A porra da arma lhe dava tremedeira. Tive que esconder ela longe da casa, longe da vista do domínio público. Nuckles deve saber que está lá. Jesus deve ter usado a arma como um curinga, deve ter mencionado ela para impedir que ele o seguisse, para fazer com que ele pensasse que havia um arsenal escondido por ali. Mas, então, Jesus morreu. Levou com ele a informação, o contexto, e toda a nossa época de meninos. Levou com ele a verdade.

Apenas a minha arma ficou para trás, com todas as impressões digitais erradas nela. Ficou para trás, apenas esperando.

# Segundo Ato

## Como passei minhas férias de verão

# sete

A placa na porta do psiquiatra diz: "Dr. Ganza." Que piada. *Gansa*. Quem quer que tenha inventado a luz fluorescente certamente deve ter enchido a porra desta cidade com ela, cara! A caminho daqui, bolei uma porção de idéias de como agir como maluco, talvez bancar um cachorro chutado, uma corça assustada, e coisa e tal, como mamãe faz. Talvez, até mesmo, como último recurso, largar um cagalhão nas calças ou coisa assim. É um expediente nojento, sei disso. Até mesmo relaxei o cu, para o caso de chegar a isso. Mas, agora, sob a luz fluorescente, só espero ter limpado bem os dentes com fio dental.

O prédio do psiquiatra fica fora da cidade; uma bolha de odor hospitalar na poeira. Uma recepcionista com dentes pontudos, e uma laringe feita de abelhas presas em papel de seda, está sentada atrás de uma mesa na sala de espera. Ela me dá um puta arrepio, mas os guardas carcerários nem mesmo parecem notá-la. Sinto vontade de perguntar o nome dela, mas não pergunto. Posso imaginá-la dizer: "Ora, sou Cacilda Tacanha", ou "Bia Desvairada", ou qualquer porra escrota. É típico de psiquiatra contratar pessoas que o deixariam totalmente em pânico, se você soubesse um único detalhe a respeito delas. Se, ao entrar, você não estivesse nervoso, ficaria, depois de conhecer a porra da recepcionista.

— Bluup — um interfone pia atrás da mesa dela.

— Não recebeu o meu e-mail? — pergunta um homem.

— Não, doutor — responde a recepcionista.

— *Tenha dó*, monitore o sistema; não adianta fazer um *upgrade* em nossa tecnologia, se você não monitora o *sistema*. Eu lhe enviei um e-mail *três minutos atrás*, pedindo para mandar o próximo paciente.

— Sim, doutor. — Bate no teclado, franze a vista diante do monitor, e depois olha para mim. — O doutor vai atendê-lo agora.

Meu Nike trila sobre o linóleo preto e verde, e atravessa uma porta para uma sala com iluminação de supermercado. Duas poltronas estão perto de uma janela; um velho aparelho de som descansa ao lado de uma delas, com um *notebook* em cima. No fundo da sala há uma cama de hospital com rodinhas, com uma toalha sobre ela. E ali está o Dr. Ganza; redondo, macio, bunda grande, e tão convencido quanto uma lagarta da Disney. Sorri compreensivo e acena para uma poltrona.

— Cindy, traga a ficha do cliente, por favor.

Checa só a porra da minha cara agora. *Cindy!* É de matar. Agora, só fico esperando ela dizer "Maneiro, Wayne", e quicar pela porta com uma saiazinha de jogadora de tênis ou coisa parecida. Mas não faz isso, não sob a luz fluorescente. Arrasta-se com meias e sandálias, e entrega um fichário para Ganza. Ele folheia as páginas e espera que ela saia da sala.

— Vernon Gregory Little, como está se sentindo hoje?

— Legal, acho. — Meu Nike bate um no outro.

— Perfeito. Pode me dizer por que está aqui?

— A juíza deve pensar que sou maluco ou coisa assim.

— E você é? — Prepara uma risadinha, tipo, é óbvio

que não sou. Ajudaria muito se a juíza achasse que eu era um pirado, mas, olhando para a Velha Mamãe Ganza, me dá vontade de lhe dizer como me sinto realmente, que é como se todo mundo tivesse me feito recuar para um canto sórdido com a porra dos seus estrepitosos piradigmas.

— Acho que não cabe a mim dizer — falo para ele. Mas isso não parece suficiente; ele me encara e espera por mais. Ao encontrar o seu olhar, sinto o passado resfolegar garganta acima numa balsa de palavras amargas. — Sabe, primeiro todo mundo me humilhava porque meu amigo era mexicano, depois porque ficou esquisito, mas me mantive do lado dele, pois acho que amizade é uma coisa sagrada... então, tudo virou um inferno, e agora estou sendo castigado por isso, estão distorcendo cada fato normal para se encaixar na minha culpabilidade...

Ganza levanta a mão e sorri bondosamente.

— Perfeito, vejamos o que podemos descobrir. Por favor, continue sendo sincero... se você se abrir para este processo, de boa-fé, não teremos nenhum problema. Agora, me diga... como se *sente* em relação ao que aconteceu?

— Simplesmente arrasado. Totalmente arrasado. E, agora, todo mundo está *me* chamando de psicopata, eu sei que está.

— Por que você acha que devem estar fazendo isso?

— Eles precisam de um bode esquiatório, querem pendurar alguém bem alto.

— Um bode expiatório? Acha que algo impalpável causou a tragédia?

— Bem, não, quero dizer... o meu amigo Jesus não está mais aqui, pessoalmente, para levar a culpa. Ele deu todos os tiros, eu fui apenas uma testemunha, não estava envolvido de modo algum. — Ganza esquadrinha meu rosto, e faz anotações na ficha.

— Perfeito. O que pode me dizer sobre sua vida familiar?

— É apenas normal. — Ganza levanta a caneta e a mantém suspensa, e olha para mim. Ele sabe que acaba de encontrar um importante problema na minha bunda.

— Na ficha, diz que você mora com sua mãe. O que pode me dizer desse relacionamento?

— Hã, é apenas... normal. — O assunto arranca um enorme tumor para fora da minha bunda, e não me pergunte a porra do porquê. Ele apenas fica ali no chão, latejando, reluzindo com muco de entranhas. Ganza até mesmo se recosta na poltrona, para evitar o cheiro forte da porra da minha vida familiar.

— Nada de irmãos? — pergunta, sabiamente desviando-se para leste. — Nada de tios, ou outra influência masculina no âmbito familiar?

— Não mesmo — respondo.

— Mas teve... amigos...? — Meus olhos baixam para o chão. Ele permanece calado por um momento, depois se estica para pousar a mão na minha perna. — Acredite em mim, Jesus também me comoveu... todo esse caso me comoveu profundamente. Se acha que é capaz, conte-me o que aconteceu naquele dia.

Tento desviar da ferroada de pânico que você sente quando ouve a si mesmo se preparando para abrir o berreiro.

— As coisas já tinham começado, quando voltei.

— E onde você estava? — indaga Ganza.

— Fiquei retido, ao cuidar de uma parada.

— Vernon, você não está sendo julgado aqui... por favor, seja mais específico.

— Precisei ir ao banheiro no caminho de volta de uma incumbência para o Sr. Nuckles.

— O banheiro da escola?

— Não.

— Você fez xixi fora da escola? — Recua a cabeça, como se a informação tivesse se esparramado em seu rosto.

— Hã... na verdade, não foi bem xixi.

— Você fez uma evacuação intestinal fora da escola? No momento da tragédia?

— Às vezes, posso ser um tanto imprevisível.

Silêncio preenche os quarenta anos que o Destino me dá para reconhecer o significado das coisas. Isso nunca aconteceria a Van Damme. Heróis nunca cagam. Apenas trepam e matam.

Surge um brilho nos olhos de Ganza.

— Você falou isso no tribunal?

— Pô, não.

Ele pestaneja e cruza os braços.

— Perdoe-me, mas... judicialmente, fezes frescas, situadas distantes do local do crime... automaticamente não descartam você como suspeito? Sabe, matéria fecal pode ser datada com precisão.

— Isso é mesmo verdade? — Pode-se dizer que Ganza está me fornecendo um serviço extra. Ele deveria apenas extrair informações para a Justiça, mas aqui está ele, preparado para arriscar a sorte e, no meio do caminho, me fazer ter uma revelação. Pressiona bem os lábios, para absorver o significado daquilo tudo. Então, seus olhos tombam.

— Ouvi você dizer que é um tanto... imprevisível?

— Não é grande coisa. — Desenho círculos no chão com o Nike.

— Trata-se de uma doença diagnosticável... esfíncter fraco ou coisa semelhante?

— Nãão. De qualquer modo, quase não acontece mais.

Ganza corre a língua pelo lábio superior.

— Perfeito. Agora me diga... você gosta de garotas, Vernon?

— Claro.

— Pode dar o nome de uma garota de quem gosta?

— Taylor Figueroa.

Ele mastiga o lábio e faz uma anotação na ficha.

— Teve contato físico com ela?

— Mais ou menos.

— Do que lembra mais do seu contato com ela?

— Do cheiro dela, acho.

Ganza franze as sobrancelhas para a ficha e faz outro registro. Em seguida, se recosta.

— Vernon... alguma vez sentiu atração por um menino? Ou um homem?

— De jeito nenhum.

— Perfeito. Vejamos o que podemos descobrir.

Alcança o som e aperta "play". Um tambor militar começa a tocar, baixinho a princípio, mas aumentando de potência, ameaçador, como um urso saindo de uma caverna, ou um urso entrando na caverna, e você está na porra da caverna.

— Gustav Holst — informa Ganza. — *Os Planetas*... Marte. Isso exalta um pouco de glória na alma de um jovem. — Caminha até a cama e bate nela com a palma da mão. O *piradigma* sofre uma mudança indiferente.

— Tire a roupa para mim, por favor, e venha e se deite aqui.

— T-Tirar a roupa?

— Claro... para completar o exame. Nós, os psiquiatras,

antes de tudo, somos médicos, sabe... não nos confunda com esses psicólogos que existem por aí.

Ele coloca óculos iluminados de soldador; a luz se filtra para suas bochechas. Dobrar minha Calvin Klein demora um pouco, para evitar que os trocados caiam do bolso. Embora os meus trocados estejam num saco plástico no escritório do xerife. Metais irrompem sombrios e emaranhados acima dos tambores no aparelho de som, quando subo na cama. Ganza aponta para a minha cueca.

— Tire, por favor.

Um pensamento me ocorre; é que aquela brisa no traseiro, na presença de uma luz de supermercado, só deveria ser sentida pelos mortos. Sou a porra de um animal nu. Mas mesmo animais nus precisam de fiança. Animais nus precisam especialmente disso.

— De bruços — manda Ganza. — Afaste as pernas.

"Ta-t-t-t, TA-TA-TA". O musical fogo infernal acompanha o toque de dois dedos nas minhas costas. Eles traçam uma linha pelo meu corpo abaixo, depois se transformam em mãos e agarram ambas as nádegas da minha bunda.

— Relaxe — sussurra, abrindo as minhas nádegas. — Isso faz você pensar em Taylor?

"TA-TA-TA, TA-T-T-T!"

— Ou... em outra coisa? — Sua respiração fica mais apressada, com a marcha dos dedos, que traçam um círculo que vai fechando em volta da beirada do meu cu. Uma fila de violentos palavrões se forma na minha garganta. A lembrança da fiança a detém.

— Doutor, isso não parece legal — digo. Que viadão, palavra. Eu devia enfiar uma perna da mesa na porra do olho dele, fazer ele grunhir como um porco amarrado. Jean-Claude faria isso. James Bond faria isso, com a porra de um coquetel na mão. Eu, eu apenas guincho como uma fadinha. De qualquer modo, ele não toma a porra do conhecimento. Um dedo frio me invade, enquanto a música explode num clímax. Solto grunhidos como um porco amarrado.

— Per-*feito*, um para Jesus. Apenas relaxe, esse novo procedimento não vai doer nem um pouco... aliás, não fique constrangido, se se sentir excitado. — Ele apanha uma pinça de metal para salada, ajusta os óculos, e baixa o rosto para a minha bunda.

— *Tô fora, porra* — Estremeço, giro e me ponho de pé. Teias de saliva voam de minha boca. Ganza recua, antebraços levantados, como um cirurgião.

Lentamente, alcança a toalha sobre a cama e limpa o dedo médio. Enormes olhos de gengibre encaram através dos óculos. O oposto de uma manhã na escola no inverno é a rapidez com que visto a porra das minhas roupas. Não abotôo a camisa, não amarro os cadarços. Nem dou a porra de uma olhada para trás.

— Pense cuidadosamente, Vernon — alerta Ganza. — Pense muito cuidadosamente antes de pôr em risco o seu pedido de fiança. — Pára um momento, para suspirar, e balança a cabeça. — Lembre-se que só há dois tipos de pessoas na sua situação: magníficos garotos poderosos e prisioneiros.

Música açoita ciclones atrás de mim, enquanto me agito para fora através da sala de espera. Entalado entre as notas mais sombrias, você ainda consegue ouvir o Doutor Porra Ganza.

— Tudo bem... *perfeito*...

Vou sentado sob uma nuvem particular na traseira da van da cadeia, como uma esfinge, um esfíncter, no compasso daquela rude música orquestral de Gunzastv Holster. Isso nada faz para apagar lembranças do psiquiatra e a porra do seu banditismo anal. Tento não pensar no que vai dizer o seu relatório. Apenas observo a paisagem passar pela minha janela. Objetos mortos pontilham a estrada no caminho de volta para a cidade: um carrinho de supermercado abandonado, o esqueleto de um sofá. Sob uma árvore repousa um televisor ferrado, vazio de excêntricas palhaçadas. Bombas de petróleo cutucam dedos sujos na paisagem, mas passamos por todas elas, incluindo o céu e a distância, ignorantes da cerca de arame farpado que entoa uma linha reta para o México.

México. Outro cupom pregado na pilha que vou resgatar quando conseguir algum poder na porra da minha vida. Olhe em volta desta vida e tudo o que você vê são cupons das pessoas pregados por toda a parte, com o que farão *se*, com o que farão *quando*. Animada expectativa por uma merda que nem mesmo vai acontecer.

— Garoto — diz um dos guardas —, não está descabelando o palhaço aí atrás, está? — Acompanha isso com uma espécie de "Grr-hrr-hrr", que deve ter aprendido com o bundão do Barry. Aposto como esses manés só devem ter essa única piada, o velho Barry deve dar a porra de uma aula de sacanagem depois do expediente ou coisa assim. Trechos do papo deles são destilados até voltar a mim.

— Hum-hum, Vaine Gurie requereu ao município um grupo da SWAT.

— Por cima do xerife?

— Hum-hum. Barry aumentou o seguro deles na porra do mesmo dia.

— Ele lhe contou isso?

— Tuck contou.

— Tuck Sei-lá-o-quê, do necrotério? O que ele sabe sobre o seguro de Barry?

— Tuck *vende* o maldito seguro. Largou a Amway pra *vender* porra de *seguro*.

— Não sacaneia.

Adquiro um aprendizado: que caras mais idiotas do que eu acabam como encarregados. Veja como são as coisas. Não sou a porra de um gênio nem nada, mas esses retardados estão encarregados de cada um dos meus movimentos. O que estou começando a imaginar é que talvez apenas os imbecis estejam seguros neste mundo, os tais que andam a esmo com a manada, sem pensar em coisíssima nenhuma. Mas está me vendo? Tenho que pensar em cada porra de coisinha.

Enquanto sento, depois deito, depois caminho, depois sento novamente em minha cela, à espera de uma nova ida ao tribunal, o tempo, por ser um agente do Destino, reduz a porra da velocidade. A quinta-feira engole a quarta, e o último suspiro de Jesus se arrasta dez dias no passado, rebocando atrás de si o silêncio de Nuckles, como se este nunca tivesse estado ali, como se a verdade fosse a minha sombra solitária. Para estender ainda mais as coisas, minha mãe liga para dizer que Lally foi contratado para fazer outra reportagem em Martirio. É típico do modo como são as coisas com o Destino reduzir a velocidade do tempo por todo lugar e chamar a porra da pessoa mais esquisita de Cindy. Uma coisa que aprendi é que reconhecer os truques do Destino só faz piorar essas porras. Mesmo enquanto lhe transmito essas espantosas introjeções sobre a vida, amaldiçôo você pela merda de torná-las piores. Porque, assim que aprende a respeito delas, você espera que essas porras aconteçam.

O dia da minha apresentação no tribunal é quente e abafado. Sinto cães através da cidade, esfriando sob condicionadores de ar instalados debaixo de janelas, deixando qualquer gato velho passar por eles, e gatos deixando qualquer rato velho passar por eles, e ratos — provavelmente com uma porra de calor demais até mesmo para querer passar por eles. Sou o único a passar por eles, aliás, a caminho da sala de aula. Quero dizer, sala do tribunal.

— Todos de pé.

O tribunal transpira suspiros e fedor de roupas quentes nesta sexta-feira. Todo mundo me olha. "Oh, céus", como diria Pam. Pam talvez venha mais tarde, mas mamãe não pôde vir. Rostos desfigurados por lembranças de sangue negro e pele cinza pontilham a multidão. Parentes dos abatidos. O Sr. Lechuga envia-me raios mortais com os olhos, e ele nem mesmo era o pai verdadeiro de Max. A mãe de Lorna Speltz está aqui, como uma espécie de tartaruga molhada. Capto ondas de tristeza, não por mim, mas por eles, todos mutilados e desfigurados. Eu daria tudo para que eles voltassem a ser figurados.

Vaine sumiu, a mesa dela está ocupada por um homem lustroso usando preto e branco. A juíza Gurie se dirige a ele.

— Sr. Gregson, suponho que está representando o Estado.

— Cem por cento correto, senhora... à disposição da corte distrital. — Babaca metido a besta.

A juíza apanha em sua mesa o fichário de Ganza e acena com ele para o promotor público.

— Tenho um relatório sobre o estado mental do réu.

— Nós, energicamente, nos opomos à fiança, meritíssima.

— Baseados em quê? — indaga a juíza.

O promotor combate um sorriso.

— No bom senso... o garoto está mais enrolado do que linha num carretel. Receio que, se ele for solto, nunca mais voltaremos a vê-lo! — Uma risadinha percorre a sala. Pára na juíza, que olha zangada para o relatório de Ganza, e depois se dirige a Abdini. — Mais alguma consideração a respeito dessa petição?

Abdini pára de se remexer na mesa, e ergue a vista.

— É filho único, tem muitos afazeres...

— Eu sei de tudo isso — a juíza agita as mãos. — Refiro-me a alguma coisa nova, como o... problema digestivo mencionado neste relatório, por exemplo.

— Arrá, o banheiro... — diz Abdini, praticamente para si mesmo.

— Se a meritíssima permite — interrompe Gregson —, nós protestamos contra o fato de a corte fazer o dever de casa pela defesa.

— Muito bem. A defesa, claramente, não está instruída, e portanto, deixarei de lado as indicações.

— Também, senhora, gostaríamos de registrar nos autos um depoimento da testemunha, Marion Nuckles — diz Gregson.

As sobrancelhas da juíza vão para o espaço. A respiração cessa na sala.

— Fui informada que nenhum depoimento poderia ser obtido antes de março do próximo ano!

— Trata-se de uma transcrição de um registro digital feito na cena do crime, juíza. Foi um repórter da CNN que nos forneceu, no interesse público. — O Filhadaputa Lally lampeja em minha mente. Faz você imaginar que pobre otário ele anda fodendo neste momento.

— Bem, isso demonstra muito espírito público da parte dele. O álibi do réu é sustentado pela testemunha? — quer saber a juíza.

— Não no nosso sumário, meritíssima. A nossa declaração diz respeito ao possível paradeiro de outra arma de fogo... Estou certo de que todos concordamos que isso pode decidir seriamente sobre o pedido de fiança do prisioneiro.

A juíza Gurie coloca os óculos e alcança o documento. Ela o esquadrinha, franze a testa, depois o larga na mesa e observa atentamente o promotor.

— Advogado, a verdadeira arma do crime foi encontrada no local. Está dizendo que pode vincular uma *segunda* arma a esses crimes?

— Muito possivelmente, senhora.

— O senhor tem essa arma?

— Não exatamente, mas os policiais estão investigando.

A juíza suspira.

— Bem, é óbvio que nenhum dos dois leu o relatório do psiquiatra. Na ausência de prova concreta, decidirei com base nessa avaliação.

Um silêncio formigante baixa sobre a sala, medido em dezenas de milhares de anos. A multidão divide a atenção entre mim e a bancada, o tempo todo fazendo ilusionismo com as decentes habilidades citadinas que deixam as pessoas se embebedarem de tudo sem parecer que estão diante de um acidente de trânsito e gostando daquela porra. É com as sobrancelhas que fazem ilusionismo com essas habilidades.

A juíza Gurie fica parada por um instante, e depois inspeciona o tribunal. Este fica paralisado.

— Senhoras e senhores, considero justo afirmar que já chega. Estamos fartos... afrontados!... com essas contínuas rupturas de nossa legítima paz. — Irrompem aplausos; alguns babacas até uivam, como numa platéia de TV. A gente inclusive espera pelo coro: "Gu-rie! Gu-rie! Gu-rie!".

A juíza faz uma pausa para ajeitar a gola.

— A minha decisão de hoje leva em consideração o sentimento das famílias das vítimas, como também de toda a comunidade. Também reconheço que, apesar do passado estável do réu, se bem que não muito próspero, ele é um perfeito candidato a enfrentar julgamento como cúmplice desses crimes. — A datilógrafa olha para o meu curral, talvez pensando em recomendar mais refinamento às filhas idiotas dela. Nenhuma delas está na cadeia hoje, não senhor. — Vernon Gregory Little — diz a juíza —, em virtude da perturbação identificada neste relatório, e levando em conta as apreciações feitas por ambos os advogados... estou liberando você...

— Meus bebês, meus pobres bebês mortos — berra uma coroa ao fundo. A indignação é vomitada na sala.

— Silêncio! Deixem-me *terminar* — exclama a juíza. — Vernon Little, estou liberando você para ficar sob os cuidados do Dr. Oliver Ganza, a partir de segunda-feira, no sistema de paciente ambulatorial. A omissão no cumprimento do horário de tratamento estabelecido pelo médico, qualquer que seja o motivo, resultará na sua posterior detenção. Entendeu?

— Sim, dona.

Ela se estica sobre a bancada e baixa a voz.

— Mais uma coisa... se eu fosse a defesa, levaria seriamente em consideração desenvolver essa... hã... coisa intestinal.

— Obrigado, dona.

Tô ferrado. Escavo por entre a confusão de espectadores e flutuo para o sol do lado de fora do tribunal, assim, sem mais nem menos. Repórteres zunem à minha volta como moscas num tolete. Estou cheio de sentimentos, mas não aqueles com que sonhei. Em vez de alegria verdadeira, sinto ondas; do tipo que fazem você ansiar pelo cheiro de roupa lavada num sábado chuvoso, do tipo de hormônios gotejantes que iludem você para dizer Eu Te Amo. Segurança é como chamam essa porra. Cuidado com essa merda. Essas ondas corroem a sua maldita coragem. Até mesmo senti uma onda de gratidão pela juíza — vá entender essa porra. O que quero dizer é que a juíza Gurie foi legal comigo, mas — desenvolver essa coisa intestinal? — Me inclui fora dessa porra.

"Como vamos achar a sua bosta?", perguntariam. "Ora", eu diria, "minha cagada está ali, na toca atrás dos arbustos — bem ali, ao lado da maldita arma que vocês todos estão procurando". Para ser honesto, a arma não é grandes coisas. As impressões digitais *na* arma é que são a porra do meu problema. Pensar nisso provoca toda uma nova série de ondas. Decido ignorá-las, para minha própria segurança. Você não pode se dar ao luxo de sentir ondas quando precisa estar no México ao amanhecer.

O Mercury está com duas portas abertas, gotejando formigas por toda a rua Gurie. A Sra. Binney, a florista, quase teve que frear o seu Cadillac novinho para passar. Hoje, a Sra. Binney não acena. Finge que não me vê. Em vez disso, observa Abdini atrair alguns repórteres na escadaria e segue em frente flutuando com novos e inúmeros tributos para a varanda dos Lechuga.

— Estamos felizes de permitir à casa continuar com a nossa jovem vida — diz Abdini, como se ele fosse eu, ou a gente fosse a porra de irmãos. — E vamos continuar as imbestigações sobre o que aconteceu naquele dia terríval.

Devo admitir que aprendi muita coisa no tribunal. Do modo como todo mundo age, o tribunal é como assistir a *trailers* na TV; um tantinho daquele filme, um pouquinho daquele programa. O tal no qual o garoto está com câncer e todo mundo fala hesitante. O tal no qual o tira novato decide ser o caixa dos subornos, ou denunciar o disfarce do seu calejado parceiro. Mas eu, pessoalmente, não recomendaria assistir a este; todo mundo acaba envolvido, tipo até mesmo o prefeito. E não pergunte com que porra de programas acabei encalacrado. Os Babacas Mais Retardados dos Estados Unidos ou coisa parecida. Ally McBicha.

O Mercury gane sob as sandálias de Pam. Isso é porque ela usa ambos os pedais ao mesmo tempo. "Não faz sentido *ter* um pedal de freio, se o seu pé está a um quilômetro, do outro lado do carro", ela lhe diria, se você levantasse essa questão. Só a levantei uma vez. "Talvez fosse melhor jogar o maldito pedal porta afora." O pessoal com as câmeras se dispersa, enquanto disparamos pela rua Gurie. Vejo em minha mente as imagens da TV, a cena da minha velha cabeça de pernil de carneiro, no Mercury, olhando para trás.

— Mas que tipo de *refeição* lhe forneceram? — pergunta Pam.

— A coisa de sempre.

— Mas tipo o quê? Tipo carne de porco e feijão? Comeu sobremesa?

— Não mesmo.

— Oh, *céus*.

Vira o carro para o *drive-thru* do *Barn*. Uma coisa boa no filme para TV de Pam; você sabe como as coisas vão acabar. Esse é o tipo de vida que quero, a porra da vida que nos foi prometida. Um velho filme sem nexo com algumas cenas de calcinhas e um final feliz. Um daqueles filmes nos quais o técnico do time de basquete dos garotos os leva para acampar e lhes ensina amor-próprio, um filme que você já viu, com notas de piano elétrico tinindo ao fundo, suaves como ovários caindo em farinha de aveia. Quando você ouve esse piano, significa que alguém está sendo abraçado, ou uma mulher, à beira de um lago, enruga os lábios, tomada por uma alegria avassaladora. Cara, a vida que eu poderia ter, com a música certa atrás de mim. Em vez disso, vejo através da janela a tela da Liberty Drive, com *Galveston* tocando ao fundo. Passamos pelo lugar onde Max Lechuga aspirou seu último suspiro. Ele disse algumas palavras, mas você não conseguiu ouvi-las. A quentura atinge meus olhos, e então faísco um despistamento.

— Mãe em casa? — pergunto.

— Esperando a entrega da geladeira — responde Pam.

— Tá brincando.

— Seja complacente com ela, tem passado por maus bocados. Não há mal nenhum em esperar.

— Vai ser uma longa espera.

Pam apenas suspira.

— Você vai fazer dezesseis anos daqui a alguns dias. Não deixaremos que nada estrague o seu aniversário.

Eu me amorteço nesse velho creme familiar; família, com todos os seus odores de temperos. Estive fora apenas uma semana, mas minha velha rotina parece uma vida passada. A primeira coisa que faço quando viramos para Beulah Drive é procurar a van de Lally. Tento enxergar através de uma aglomeração de repórteres na rua, mas, então, o novo microônibus do Seldome Motel estaciona perto da criação de ursinhos dos Lechuga. Estranhos se esticam, batem fotos, baixam a cabeça, e depois a van vai embora, em direção à feira de louva-a-deus. A vaga de Lally debaixo do salgueiro está vazia.

— Leve estas fritas pra sua mãe — pede Pam, com a boca cheia de coxa.

— Não vai entrar?

— Tenho fliperama agorinha. — Jogar é saudável, de acordo com Pam.

Repórteres acotovelam-se à minha volta, o caminho todo até a porta da frente. Deslizo para dentro, tranco a porta, e depois fico apenas por ali, absorvendo o odor familiar de ketchup e lustra-móveis. Está silêncio lá dentro, exceto pelo televisor. Preciso deixar as fritas no balcão, mas, assim que chego à cozinha, ouço um ruído pelo corredor. Como o de um cachorro doente. Então, surge uma voz.

— *Espere...* tenho certeza que ouvi a porta.

É minha mãe.

— Meu Deus, *unghh*, *ugh*, Lalito, Lally... *espere!*

# oito

— Doris... acho que a Edição Especial chegou! — Eis Betty Pritchard.

Meu coração ainda nem restartou quando as coroas aparecem. A geladeira? Acho que não, porra. Georgette Porkorney caminha ruidosamente pela varanda perto da porta da cozinha. Mamãe sempre deixa a porra dessa porta aberta. Mesmo agora, quando está bimbando com Lally pelo corredor.

— Olhe! — exclama George. — Estão encostando perto da casa de Nancie Lechuga!

— Eu sei, eu *sei! Doris!*

Meu Nike se entesa com a humilhação delas. Encaro o quadro ao lado da porta da lavanderia. Um palhaço segura a porra de uma sombrinha e, debaixo dela, chora uma enorme lágrima. Mamãe chama isso de arte.

— Oi, Vern — diz Leona, roubando uma batata frita. — Se empanturrando?

Esqueci as fritas da minha mãe. Agora, o saco chapinha na porra da minha mão. Estaciono no balcão, perto de um cartão de felicitações com a caricatura de um bebê. "*Oi, amô!*", diz o bebê. Olho o interior do cartão e vejo um poema de amor de Lally para mamãe. Não há vômito suficiente no mundo para o dia de hoje.

Quando todo mundo está reunido com vista para o corredor, mamãe sai do quarto dela e marola na nossa direção num diáfano penhoar cor-de-rosa. Um cheiro estranho se arrasta atrás dela:

— Pois oi, meu bem. Não esperava que fosse voltar. — Me arremessa um abraço, mas, ao fazer isso, a teta esquerda se sacode, se liberta e roça meu braço.

— Doris, estão tentando entregar a geladeira na casa de Nancie! — avisa Betty.

— Uau, que *emocionante* — diz Leona. — E estranho também, pois eu nem ia passar por aqui! O meu novo *personal training* está instalando hoje o equipamento de ginástica, e ainda preciso comprar um tênis de corrida...

Três bravatas completas. De repente, minha casa virou a porra do Palácio de Botabankham. O motivo sai para o corredor, vestindo um roupão azul com detalhes dourados, e um Timberland novo nos pés sem meias. Ele abre bem os braços.

— São os Anjos de Martirio.

George e Betty cacarejam pedacinhos de castanhas sobre a gargalhada de caramelo de Leona. As sobrancelhas de mamãe se empoleiram como cerejas no topo. Ninguém vai perguntar por quê, de repente, Lally está fodendo minha mãe, a verdade das coisas apenas será coberta com creme de mentiras. Não me pergunte a porra de por que essas pessoas queridas têm de dizer que as coisas estão legais quando não estão legais porra nenhuma. A escova de dentes de Lally no meu banheiro não é legal porra nenhuma. Ele evita meu olhar enquanto anda pela cozinha, como se eu fosse ninguém, como se eu fosse a porra de um nada; abre uma de suas garrafas de ginseng, coça o saco, e continua sorrindo.

— Depressa, Doris — insiste George. — É a Edição Especial, vá lá dizer alguma coisa!

— Pois eu nem ainda estou *vestida*.

— Talvez eu dirija até Houston — diz Leona. — Pra comprar também roupas de ginástica... — Trata-se da quarta coisa, a quebra de um recorde. Mamãe apenas sorri vigorosamente, e volta a se aninhar nos braços de Lally.

— Que merda, Doris, *eu vou* lá falar com eles — decide George. — Já estão desembalando a maldita coisa, olhe! — Estico o pescoço para a janela da cozinha; realmente, um caminhão da JC Penney está estacionado diante da casa dos Lechuga. Um ursinho está preso debaixo da roda traseira.

— Pois, *espere*... — pede mamãe.

Havia um cavalo que fazia operações aritméticas no palco. Todos pensavam que a porra do cavalo era inteligente, pois batia com a pata na resposta às perguntas, e sempre acertava. Acontece que o cavalo não sabia aritmética coisa alguma, só trepar. Ele ficava batendo com a pata até sentir a tensão na platéia cessar. Todo mundo relaxava, quando ele batia o número certo, ele sentia, e apenas parava de bater. No momento, Lally recebe uma deixa da tensão no aposento, exatamente como o cavalo fazia suas contas no palco.

— Tsc... a Edição Especial? — diz ele. — Meu bem, depois de eles embromarem você por tanto tempo, telefonei pra lá e cancelei o pedido. Lamento... vamos dar um passeio até San Antonio, estou mesmo precisando de mais ginseng.

— Pois bem, oh meu Deus.

— Mas você não tinha encomendado uma castanho sobre castanho? — indaga George. — Olhe, estão desembarcando uma nova geladeira de portas duplas cor castanha na casa de Nancie!

— Que dia — observa Leona. O rosto fica inexpressivo, ao tentar tragar de volta a quarta bravata. Tarde demais, minha queridinha.

Meus olhos arrastam-se pelo balcão, passam pela conta da luz que se pode ver enfiada atrás do pote de biscoitos, e vão até a sala de estar, tentando agarrar qualquer vestígio de dignidade humana. Então, entra Brad, usando um par novinho de Timberland. "Bang!", faz a porra da porta. Ele levanta o nariz e segue direto para o televisor. Garanto que vai se sentar no tapete para ler os movimentos labiais das palavras censuradas com bips do programa *Springer.*

Meu rosto desmorona. É assim que estou crescendo, esta é a porra da minha luta pela instrução e a glória. Um emaranhado de mentiras, celulite e a porra do "amô".

Viro para me dirigir ao meu quarto, mas Lally agarra minha cabeça. Finge que está assanhando o meu cabelo, mas, na verdade, está me detendo.

— Pequeno grande homem... vamos partilhar umas idéias.

— Pois certamente — diz mamãe —, vocês se retiram para cuidar dessas coisas de homens... eu vou preparar um café e informar às meninas sobre a dieta de certa pessoa.

— O quê? — pergunta Leona. — Ela voltou pros *Vigilantes do Peso*?

— A dieta da Zona — responde mamãe.

Estou fora de sintonia quando Lally me empurra para a extremidade escura da sala de estar. Sento na ponta do sofá favorita de Pam, a ponta mais próxima do chão. Lally se estende na ponta mais alta, e examina meu tênis com um franzido de testa.

— Tsc, não consigo lhe dizer o quanto tem feito sua mãe

sofrer. Pode imaginar, se eu não estivesse por perto para recolher os pedaços?

É a porra de uma brincadeira ou o quê? Ele está aqui há sete dias, e agora já é como a porra do sangue do meu sangue? Apenas encaro o tapete. A porra de um metro dele desbotado.

— Dizer que fomos desafiados, Vern, é muito pouco.

Desço do sofá.

— São os seus malditos pedaços.

— Que história é essa? — Agarra o meu braço.

— Vá se *foder* — digo.

Bate em mim com a palma da mão.

— Sem essa de me xingar, caralho.

O ruído atrai Brad, que vem se arrastando de bunda. Lally aperta mais o meu braço.

— Lalito, como quer o seu café? — grita mamãe.

— Quente e doce, como a minha mulher. — Lally lampeja um sorriso para Brad e dá uma piscadela. Imagino o dano que o abajur sem a copa da mesinha causaria à porra do cólon de ambos. Lally me puxa para perto e começa a falar baixinho. — Ouvi um papo sobre uma arma de fogo. Ouviu falar sobre outra arma de fogo?

Apenas fico calado.

Ele me observa por um momento, e depois ergue bem alto as sobrancelhas.

— Lembre-me de ligar para o Dr. Ganza. — Ele espera uma reação, mas permaneço impassível. Espera um pouco mais, depois volta a se acomodar no sofá e começa a raspar com a unha o adesivo dos Dallas Cowboys que meu pai grudou no braço. — Não é tarde demais para mudar o paradigma, Vern. Aliás, se o paradigma não mudar, a história vai morrer. Ninguém ganha, se a história morrer. Estou esperando ser encarregado de uma série inteira de reportagens investigativas. Poderia vender os direitos para filme, eventos da Internet. Poderíamos fazer a sua situação aqui virar trezentos e sessenta graus...

— Vê se aprende a porra da matemática.

— Pois olhem! — Mamãe chega com o café. — Ele tem apenas doze anos e já possui cem milhões de dólares. Olhem só, rapazes, o e-mailionário!

É o *Milionários Mais Jovens dos Estados Unidos* passando na TV. As coroas vêm flutuando como peidos.

— Café pequeno — comenta Brad. — O meu primeiro bilhão já está no papo.

— Boa, Bradley — incentiva George.

Olhos se dirigem à tela como pecadores para a porra de uma igreja.

— *Milionário* antes dos *dez* anos — diz o repórter. — Ricky está agora a caminho da sua *segunda centena de milhões de dólares*. — O jeito como ele pronuncia "dó-lares" faz você pensar que mergulhou a porra da língua em melado ou coisa assim. Xoxota ou coisa assim. Ricky apenas fica sentado ali, como um caralho de reserva, diante do Lamborghini que nem mesmo pode dirigir. Quando lhe perguntam se se sente ótimo, ele apenas dá de ombros e diz: "E todo mundo não se sente?".

— Que menino *incrível* — comenta mamãe. — Aposto como a *mãe* dele está no *sétimo* céu.

— Um bilhão de dólares — suspira Leona. Seus pés viram para dentro, como os de uma garotinha, e abaixa para cochichar alto no ouvido de Brad: — Não vá se esquecer de quem era sua motorista durante os anos modestos!

Um momento animado, incoerente, envolve o aposento. Em seguida, os olhos de todo mundo se voltam para mim. Eu me livro de Lally e vou na direção do corredor.

— Não vai ficar pra ver o *Milionários*? — pergunta mamãe.

Não tenho uma resposta. Apenas sopro um pouco de ar pelas bochechas e me arrasto para longe, para a porra do México, via meu quarto.

— Ora vamos, grande homem — grita Lally. — Só estou brincando. — Deixo suas palavras caírem com um som surdo no tapete atrás de mim.

— Uau, Nancie deve ter comprado uma geladeira nova — comenta Leona, quando alcanço o corredor. Ela é boa nisso, Leona, do modo como mantém as coisas avançando. Acho que todas essas velhas farsantes são boas nisso, com a porra dos seus arrulhos, suspiros e papos furados pré-programados. Um aprendizado que você precisa ter: coroas como essas não conseguem lidar com o silêncio.

Tranco a porta do meu quarto, e fico parado do outro lado, esquadrinhando os buracos vazios que Vaine Gurie deixou na minha bagunça. Meu CD player continua lá, com alguns discos em volta. Pego uma velha coletânea de Johnny Cosho e boto para tocar, aumentando todo o volume. Roupas voam do armário para a minha mochila Nike. Até mesmo uma jaqueta voa para lá, pois não se sabe quanto tempo vou ficar fora. Minha caderneta de endereços e o chapéu Stetson do meu pai se materializam do topo da caixa do Nike no armário. Vejo um velho cartão de aniversário de mamãe, entre os meus bens pessoais, com cachorrinhos com cara de idiota nele. Isso traz uma onda de tristeza, mas não me detém.

Quando estou todo pronto, paro para ouvir perto da porta, mapeando as vozes na sala.

— Droga, não — diz George, de sua poltrona habitual. — Nancie ainda está correndo atrás do seguro de Hank.

— Pois eu não sei por que eles estão remanchando com o pagamento do meu Tyler — comenta mamãe. Dá para notar que está voltando à cozinha para mais bolo. — Já faz quase um ano.

— Meu bem... eles precisam de um corpo, *você* sabe disso — afirma George.

Apanho a mochila, levanto a janela do quarto e salto fora, para o sombreado lado de várzea da casa. Ele fica bem defronte à janela da Sra. Lechuga, do outro lado da rua, mas as cortinas dela continuam bem fechadas, e a mídia, na maioria, faz ponto do lado do acesso para carros. Cuidadosamente, fecho a janela atrás de mim, depois corro por baixo do salgueiro maior até a cerca dos fundos. Quem mora do outro lado é um casal rico; pelo menos a casa dos dois é pintada ricamente. Isso significa que passam menos tempo espionando pela porta de tela deles, ao contrário da Sra. Porter. A riqueza torna você menos xereta, se, por acaso, você não sabe disso. Trepo na cerca, espanto o gato deles do outro lado com um assobio, e atravesso correndo o gramado deles até a Arsenio Trace, a última rua deste lado da cidade. Está tudo silencioso, exceto por um algum fracassado vendendo melancias no finzinho da rua. Afasto-me dele, baixando bem sobre a testa a aba do chapéu, e saio trotando em direção à cidade, bem normal, até mesmo com um novo tipo de coxear que invento ao som dos regadores ao longo do caminho: "México, México, México, fsc, fsc, fsc".

O agrupamento de prédios de quatro andares de Martirio surge adiante; a estrada se transforma em concreto em sua homenagem. Uma multidão está reunida diante do

Seldome Motel, deve ser para sacar de relance alguns astros da televisão. Soube que Brian Gumball está por aqui, fazendo um programa ao vivo. Mas não paro para checar. Barracas de comida chiam ao fogo do lado do motel, mas me contento em pensar em *enchiladas*, quando vencer a fronteira. Acho que Taylor gosta de *enchiladas*, não que eu tenha perguntado para ela. É um dos lances que eu devia ter perguntado para ela, mas nunca perguntei. Tsc. Fico puto quando penso nas poucas coisas que Taylor realmente me falou; tipo, talvez umas vinte e nove palavras, em toda a porra da minha vida. Dezoito delas foram na mesma frase. Um cientista de programa da TV não calcularia grandes probabilidades de uma colegial fugir no calor do momento com um otário de quinze anos como eu, não depois de um relacionamento com a duração de vinte e nove palavras. Mas isso é coisa de porra de cientistas da TV. Daqui a pouco vão dizer que você não deve comer carne.

O estacionamento da loja de carros usados de Willard Down bruxuleia na esquina da rua Gurie, parecendo meio desfalecido depois do cancelamento de sua campanha "Síndrome de Down — Preços *Down*!" Ele a cancelou por causa do pequeno Delroy Gurie. Um clarão vermelho no fundo do terreno atrai minha atenção. É a van de Lally, com uma placa de mil e setecentos dólares no pára-brisa. Então, a coisa seguinte que você percebe é o Destino colocar Vaine Gurie no Pizza Hut do lado oposto ao meu banco. Ela está sentada perto da vidraça, curvada sobre uma fatia de pizza. Sentar perto da vidraça não é uma idéia inteligente para um fugitivo de dietas, mas você pode perceber que o lugar está transbordando de forasteiros. Paro e remexo na minha mochila, observando-a com o rabo do olho. Estranhamente, uma onda de tristeza me invade ao observá-la. A gorda velha Vaine, em seu oco, se entupindo de vazio. Sua estratégia alimentar é dar seis grandes mordidas, até a boca ficar abarrotada prestes a estourar, e depois preencher os espaços vazios com pequenas bocadas. Pânico alimentar. Aqui estou eu ansiando pelo México, ali está Vaine se cevando e querendo ficar magra, apenas a porra de outro frágil saco de meleca de uma vida. Baixo a vista para o meu New Jacks. Depois, de volta para Vaine; isolada, triste e furtiva. O que eu quero dizer é: que porra de vida é esta?

Não posso arriscar, neste momento, ir ao caixa eletrônico. Viro o rosto para o outro lado e continuo andando para a estação da Greyhound. Posso checar os horários e ficar por ali, até a barra estar limpa. O calor emana visível do fim da rua, um par de chapéus Stetson meneia através dele. A Lanchonete do Dirk passa à minha direita, com todos os pratos especiais pintados na vidraça, e, lá dentro, um casal corajoso mastiga. O cachorro na porta não me olha quando passo. Apenas contrai uma sobrancelha, você sabe como é.

Manco para o interior da sala de espera da Greyhound, normalmente. Há outros caras por lá, mas ninguém bonito, nada de vaqueiras ou coisa assim. O próximo ônibus para San Antonio sai em vinte minutos. Talvez ela já esteja dentro do ônibus, a vaqueira. Tento me misturar no local, e fico na fila do balcão de passagens atrás de duas coroas mexicanas. Elas conversam em espanhol. Isso me dá um barato, confesso, isso e o cheiro condimentado das roupas delas. Faz imaginar minha nova casa de praia, com a roupa lavada de Taylor pendurada nas palmeiras para secar, as calcinhas dela e tudo o mais. Talvez esteja nua dentro de casa, porque as calcinhas estão todas lá fora, secando. Biquínis ao sol. Ou tangas. Provavelmente biquínis.

Junto um pouco de saliva com a língua, e observo um velho, nos fundos da sala, folheando o *Martirio Clarion*, o nosso assim chamado jornal. A pele de seu rosto pende em bolsas, como se tivesse implantes de chumbo. Chamam de atributo. Mas não é nenhum atributo; você sabe que são sentimentos. Erosão causada por ondas de decepção e tristeza. Uma coisa que aprendi ultimamente, ao observar as pessoas, é que as ondas são, em geral, de mão única; você as junta durante uma existência, até que, finalmente, a porra da menor coisa faz você abrir o berreiro.

Estou numa boa, parado na fila com minhas reflexões. Então, o jornal do homem se abre para uma foto minha. "Culpado?", pergunta a manchete. O aposento torna-se um gelo. Meus olhos dão um salto, e juro que vislumbro o caixão de Jesus sendo empurrado sobre rodinhas para pegar o ônibus de San Antonio. Fecho os olhos, e, quando os abro novamente, não há caixão nenhum. Mas eu o aguardo, no fundo da alma. Isso, ou a porra de uma merda qualquer. Você conhece o Destino.

Centímetro por centímetro, me arrasto atrás das coroas mexicanas em direção ao balcão. Minha coragem está na vazante. Decido experimentar o meu sotaque nova-iorquino com o homem das passagens, fazer apenas algumas perguntas a ele; desse modo, se alguém vier depois à minha procura, ele vai dizer: "Nãão, só vi um garoto da Grande Maçã". As coroas terminam e se afastam. O atendente pára de dedilhar no teclado e ergue a vista. Minha boca se abre, mas ele não olha para mim, seus olhos disparam acima dos meus ombros.

— Olá, Palmyra — diz ele.

A sombra de Pam cai sobre mim.

— Que diabos, Vern, está fazendo aqui?

— Hã... procurando trabalho.

— Credo, um menino não pode trabalhar de barriga vazia... venha, vou passar pelo *Barn* a caminho de sua casa...

Caralho. Todo mundo ali ergue a vista para olhar Pam me arrastar pela mão para fora, como uma maldita criança. O homem com o jornal cutuca alguém do lado, e aponta. Sinto o laço da porra desta cidade se apertar em volta da minha garganta.

# nove

— Os cães também vão descobrir armas de fogo e outros equipamentos — diz o xerife na TV. — Portanto, se for encontrada uma arma, será apenas uma questão de comparar as impressões digitais.

— E se elas combinarem... caso encerrado? — pergunta o repórter.

— Pode apostar.

Minha mãe desliga o televisor na correria de volta à cozinha.

— Meu Deus, Vernon, por favor não vá à Feira da Tragédia com esse sapato, você ouviu o que todo mundo pensa. *Tenha dó*. Não acredito que não haja na cidade um par de Tumbledown do seu tamanho.

— Timberland, mãe.

— Tanto faz. Olhe, aí vem o pastor. Sei que não é muita coisa, mas, como diz Lally, é importante mostrar à comunidade que você está arrependido.

— Mas eu *não* fiz nada... *droga!*

— Vernon Gregory! — exclama Lally. — Não discuta com a sua mãe.

Ele hoje está vestido com aquele seu terno maneiro, com gravata e tudo. De repente, a porra daquele terno maneiro apareceu.

Eu só desejo a porra da morte, voltar para a cadeia, à cordialidade de Barry e sua tropa de pirados gozadores. Ontem à noite foi uma longa noite em casa, longa de verdade. Para culminar, Kurt começou a latir novamente. Juro que o circuito que orbita a cidade todas as noites começa e termina com a porra do Kurt. Por ser um cachorro nerdão, não entendo como veio a se tornar o presidente do circuito de latidos. Não é nem mesmo a porra de um rateiro ou coisa assim.

Lally entorna um ginseng e aninha mamãe.

— Ei — grunhe —, lembra do que a gente conversou? Se eu conseguir a série de reportagens, vamos encher esta casa com geladeiras de Edição Especial.

Os lábios dela se apertam.

— Pois eu não sei o que aconteceu com aquele pedido, e agora parece que Nancie conseguiu uma. De qualquer modo, se você visse a geladeira velha dela saberia por quê. Todo aquele dinheiro do seguro, e ela ainda mantinha aquela velha geladeira bolorenta.

— Shh — sussurra Lally. — A gente tem um interfone novo, não tem? Agora, você não precisa mais segurar o receptor!

Isso tudo me deixa indignado. A minha coroa nunca foi melosa assim com o meu pai. Sabe Deus que ele deu até o último grão de sal do corpo para tentar se dar bem na porra deste mundo. No fim das contas, creio que não foi o suficiente. No dia em que conseguiu seus primeiros mil dólares, os vizinhos já deviam ter conseguido dez mil. Tenha como meta um milhão, e de repente precisará de um bilhão. Fiz um upgrade no meu computador, mas não foi o suficiente. Não importa quanto, isso nunca é a porra do suficiente nesta vida, foi o que aprendi.

O pregador sobe os degraus da varanda e manobra sua flacidez para passar pela porta de tela da cozinha.

— Este sábado glorioso cheira a bolinhos-alegria — estrondeia. Aposto como o Senhor deu e simplesmente continua dando para a porra do pastor Gibbons.

— Estão quentes e bonitos, pastor. — Mamãe arranca o guardanapo de cima de uma travessa de bolos de aparência pessimista, e a levanta, oferecendo-os, dando a impressão de serem as suas tetas de vinte anos atrás. O novo Timberland de Gibbons gorjeia um caminho através do linóleo.

Pega um bolo, depois se vira para mim, sorrindo.

— E você é o meu ajudante de hoje?

— É esse o seu garoto — afirma Lally —, ele lhe dará cento e cinqüenta por cento.

— Demais, vou colocá-lo na barraca dos bolos... esperamos arrecadar hoje dez mil, para o novo centro de imprensa.

Lally faz uma pose como o Pai daquelas velhas reprises do seriado *Os Pioneiros*.

— Com certeza, esta cidade está ensinando umas coisinhas sobre espírito comunitário, pastor.

— Sabe Deus que a Comissão da Tragédia tem feito milagres para tirar algo de bom da devastação — observa Gibbons. — Dizem que talvez uma televisão nos coloque hoje em rede nacional. — Ajusta o foco de infinito para o rosto de Lally. — Não seria... o seu pessoal, seria, Sr. Ledesma?

Lally sorri o sorriso de um Deus indulgente.

— Eu, certamente, lhe darei algum tempo no ar, pastor, não se preocupe. O mundo será seu.

— Puxa vida. — Gibbons banca o padre modesto daquele velho programa sobre um hospital militar. — Muito bem, Vernon — diz ele, me empurrando em direção à porta. — O Senhor ajuda aqueles que ajudam a si mesmos...

— Encontro vocês lá — promete mamãe.

Lally nos segue até a varanda. Assim que estamos fora da vista da minha mãe, ele agarra a minha orelha e torce com força.

— Isto é andar pra frente, pequeno homem... não vá estragar tudo.

Filho de um estádio cheio de putas. Esfrego a orelha a caminho do Centro Nova Vida; o pastor escuta rádio enquanto dirige, o nariz no pára-brisa. Não fala nada comigo. Passamos pela casa de Leona Dunt, com o chafariz na frente. O lixo está novamente na rua quatro dias antes da coleta. Isso é para ajudar você a fazer um estoque de sacolas de butique com alça de cordãozinho e caixas abarrotadas vomitando papel de seda e fitas. Você poderia vender para ela a porra de um tolete, se estivesse embrulhado em papel de presente, juro.

Os garotos Lozano estão na rua, marretando camisetas na esquina da Liberty Drive. Num dos desenhos, tem "Eu sobrevivi a Martirio" respingado em vermelho. Noutro, há buracos rasgados por toda a camiseta, e se lê "Eu fui a Martirio e tudo que consegui foi a droga desta ferida mortal". O pregador Gibbons estala a língua nos dentes e balança a cabeça.

— Vinte dólares — diz ele. — Vinte dólares por uma camiseta comum de algodão.

Escorrego mais para baixo do assento, mas não antes de Emile Lozano me ver.

— Ei, Verme! Verme Little! — berra, e bate continência, como se eu fosse a porra de um herói ou coisa parecida. A sobrancelha do pastor corre para cima. Obrigado, porra de Emile. Enfim, me alegro em ver os trilhos que rastejam ao nosso lado, à medida que nos aproximamos do

Centro Nova Vida. O rádio agora, para ser honesto, está me enchendo o saco. Não pára de falar que o *Bar-B-Chew Barn* está por trás da campanha para a formação de um grupo local da SWAT. Agora, faz o maior escarcéu sobre a caçada pela segunda arma de fogo. Não diz exatamente onde pretendem caçar; tipo, não diz que estão indo caçar especificamente em volta da propriedade de Keeter ou coisa assim. Se fossem caçar em volta dela, é de se imaginar que dissessem.

O Centro Nova Vida, na verdade, é a nossa velha igreja. Hoje, o gramado e o estacionamento foram transformados em uma feira de parque de diversões, um dia de roupas brancas lavadas e amassadas agitando-se sob o sol. As bandeiras brancas que durante todos esses anos pintamos na escola estão com a palavra "Jesus" coberta por "Senhor" a tinta. Ajudo o pastor a descarregar o carro e levar as tralhas para a barraca de bolos bem ao lado dos trilhos do trem. Ele me instala ali, como responsável pela barraca de bolos, e — saca só — tenho que usar a porra da beca do coral. Vernon Gucci Little, com seu Jordan New Jacks fora de moda e a porra da beca de um coral. Dez minutos depois, o trem cargueiro da manhã passa explodindo pelas minhas costas, apitando o tempo todo. Ele não apitaria, se você não estivesse parado ali com a porra da beca de um coral.

Você nem imagina o quanto a minha cabeça está repleta de planos para desaparecer. A merda é que fui identificado por Pam, no terminal de ônibus, e eles estão só esperando que eu dê as caras novamente. Verdade seja dita, eles devem ter instalado a porra de um botão de pânico, ou coisa assim, Em Caso de Vernon. Provavelmente ligado ao rabo de Vaine Gurie. Ou ao pau de Ganza, ou coisa assim. Isso significa que vou precisar atravessar a zona rural até a interestadual, talvez conseguir um caminhão em direção ao Suriname, ou um motorista que não assistiu ao noticiário, um motorista cego e surdo. Há muitos deles por aí, se você acredita em Pam.

Conforme o sol se acomoda alto e cáustico, mais gente perambula pela feira. Você percebe que fazem um esforço para não parecer esgotados e desanimados. Esgotada e desanimada é como anda a cidade nesses dias, a despeito dos bolinhos-alegria. Não vão incendiar o mundo com o movimento de vendas, isso eu garanto. Todo mundo mantém distância dos bolinhos-alegria. Ou de mim, acho. O Sr. Lechuga até mesmo virou sua mesa de costas para mim, lá na barraca de prêmios, onde ele vende bilhetes de loteria. Pouco depois, chegam Lally e a minha coroa. Você ainda não consegue enxergá-los, mas pode ouvir o disco de Burt Bacharach de mamãe tocando em algum lugar. Ele atravessa a melancolia como uma caneta através do seu pulmão. Ninguém mais teria a porra desse disco, eu garanto, com todas aquelas cantoras de jingles levando, "*Something big is what I'm livin for*", todas tapti-tapti-haja-saco, intumescido como um bolo seda, do jeito que ela gosta. Uma típica punheta de mentiras musicais, com as quais todo mundo cresceu antigamente, quando todas as músicas tinham um trompete, que soava como se estivesse sendo tocado através do rabo de alguém.

— Pois oi, Bobbie, oi, Margaret! — Minha coroa flutua para fora do novo carro alugado de Lally, vestida com um top xadrez que deixa de fora um pneu de sua barriga. Acho que ela já abandonou o luto. Também vem com um cintilante par de óculos de sol vermelho. Tudo do que ela precisa é da porra de um *poodle* para carregar, palavra. O secador enfiado no rabo dela não modela mais seu cabelo para fazer uma permanente como um capacete, ele agora pende solto e atrevido.

Lally perambula até minha barraca e cutuca um bolinho-alegria.

— Recheado?

— Quatro e cinqüenta — digo.

— O sorriso nesses bolinhos nem mesmo está virado para o lado certo... vamos lá, Vern, tem que atrair a grana... estes não são os únicos bolinhos do mundo, está sabendo?

"Obrigado e que se foda", quero dizer, mas não digo. Mas você pensaria que eu disse, por causa da porra do olhar com que ele me fuzila. Então, ele apenas se afasta.

— Legal essa beca — grunhe por cima do ombro.

Mamãe se deixa ficar.

— Vá em frente, Lalito, eu te encontro nas frituras. Seu olhar adeja pela multidão, e depois ela me olha lateralmente como uma espiã. — Vernon, você *está bem*? — Essa é a minha velha mãe. Estufo com o afeto involuntário.

— Acho que sim — respondo. É assim que se fala aqui quando se quer dizer "não".

Ela bole com o meu colarinho.

— Bem, se tem certeza... Eu só quero que você seja feliz. — É assim que se fala aqui, quando se quer dizer "Mas que merda". — Se ao menos você conseguisse um emprego — sugere —, ganhasse um dinheirinho, as coisas voltariam a ficar bem, tenho certeza que voltariam. — Aperta a minha mão.

— Mãe, andando com Eulalio? *Fala sério*...

— Pois não me negue a minha pequena partícula de felicidade, depois de tudo o que aconteceu! Você sempre disse: seja *independente*... pois aqui estou eu, afirmando a minha *individualidade* como mulher.

— Depois do que ele fez comigo?

— Depois do que ele fez com *você*? E que tal o que *você* fez *comigo*? Lally tem algo de especial, eu sei que tem. Uma mulher *sabe* dessas coisas. Ele já me falou de uma fantástica firma de investimentos... mais de noventa por cento de retorno praticamente garantido. É isso que a firma oferece, e ele contou pra *mim*, e não para Leona ou qualquer outra pessoa.

— É, tipo, a gente tem grana pra investir.

— Pois eu posso pegar outro empréstimo, já pensou... *noventa por cento!*

— Com aquele charlatão sem-vergonha?

— Oh, meu bem... você está com *ciúmes*. — Lambe os dedos e esfrega uma trilha de cuspe em uma mancha imaginária em minha bochecha. — Eu ainda amo você mais do que imagina, puxa, quero dizer...

— Eu sei, mãe... até mesmo assassinos.

— Oi, Glória, oi, Cletus! — Ela me deixa com um beijo, depois caminha afetada para leste das barracas, arrastando minha alma na poeira atrás de si. Nem mesmo me pergunte o que as leis da porra da natureza dizem sobre isso. O que eu quero dizer é que você vê renas e ursos polares na TV e sabe perfeitamente que eles não alternam raiva e tristeza em relação à porra dos seus entes queridos.

A coisa seguinte que você percebe é o meu maldito coração parar de bater. Toda a maldita coisa freia completamente na porra do caminho. Eu sinto de imediato a porra da morte. Ali, a menos de três metros de distância, surge a Sra. Figueroa — a mãe de Taylor. Puxa, ela também é bonita. O cós do seu denim projeta uma sombra na pele, o que significa que ali há espaço. Apenas a pressão da bunda mantém o jeans em pé. Não é como a minha coroa, que precisa da porra de arreios. Minha boca treme como um cu, tentando pronunciar algo maneiro para ganhar sua simpatia, para pegar o número de Taylor. Então vejo a porra da beca de coral no meu corpo. Quando olho novamente, o barbeiro do abatedouro se enfiou na frente dela. Ele desliza pela multidão em direção à barraca de cerveja, vestido como se estivesse na porra de um funeral ou coisa assim.

No caminho, tromba na minha barraca.

— Desculpa, moça — fala para mim.

A Sra. Figueroa ri, para me liquidar. Depois, some. O barbeiro faz contato visual com outro velho sujeito do outro lado da barraca de cerveja.

— Vou formar um grupo de busca — grita —, para ajudar os Gurie a encontrar a tal arma. Cleet, se estiver interessado, vamos sair daqui a uma hora.

— Onde a gente se encontra?

— No abatedouro... leve as crianças, a gente vai fazer um churrasco depois da caçada. Vamos percorrer a trilha através da propriedade de Keeter... segundo dizem, o professor Nuckles, antes de pirar, falou alguma coisa sobre uma arma por ali.

Perigo. Preciso ir à propriedade de Keeter. Meus olhos vasculham a feira à procura de uma janela de oportunidade, mas tudo que vejo são cortinas na forma de Lally, mamãe e o maldito pastor. Então continuo vendo a porra deles; com Betty Pritchard, sem Betty Pritchard. Perto da barraca do champanhe de Leona, longe da barraca do champanhe de Leona. Fico formigando de frio em meio ao calor durante toda uma hora, depois outra. Cada centímetro que a sombra se alonga é outra pegada sobre a porra da minha sepultura. Chega Georgette Porkorney. Betty vai ao encontro dela, passam pela minha barraca.

— Olhe, ele é tão *passivo* — cochicha George. — Claro que vai procurar encrenca, se continuar tão *passivo*...

— Eu *sei*, igual àquele... hã... garoto mexicano.

George pára para olhar bem para Betty.

— Querida, não creio que, em vista de tudo isso, a palavra seja passivo.

— Eu *sei*...

O único alívio vem com Palmyra; ela assanha meu cabelo e me passa um Twinkie. Finalmente, às duas horas, o pastor entra na barraca dos prêmios com o Sr. Lechuga.

— Benditos sejam todos por apoiarem a nossa feira — brada um alto-falante. Grupos de pessoas avançam em direção à barraca. Você pode ver mamãe, Lally, George e Betty no lado mais distante do gramado, filando na barraca do champanhe de Leona. Você não vê realmente Leona, mas sabe que ela está lá porque mamãe joga a cabeça para trás, quando ri.

— E agora — prossegue Gibbons —, o momento pelo qual todos esperavam... o sorteio do grande prêmio! — Todo mundo se vira na direção da barraca. Minha janela se abre.

— Ei, maluco! — chamo um carinha que ia passando, do tipo que não consegue fechar os lábios por cima do aparelho dos dentes, como se tivesse a porra da grade de um radiador na boca ou coisa assim. — Quer um trabalho por uma hora?

O carinha pára, me olha de cima a baixo.

— Não com esse vestido escroto aí.

— Não é um vestido, dãã. De qualquer modo, não precisa usar ele, apenas cuidar dos bolos por uns instantes.

— Vai pagar quanto?

— Nada, você ganha uma comissão nas vendas.

— Fixa ou indexada?

— Indexada a quê? — Fala sério, o carinha só tem dez anos.

— Ao *vol*-lume — escarnece.

— Eu lhe dou dezoito por cento, fixos.

— Tá de sacanagem? Esses bolinhos idiotas? Afinal, quem já ouviu falar em bolinhos-*alegria*? Eu nunca ouvi falar em bolinhos-*alegria*. — Vira-se para ir embora.

— E eis o bilhete vencedor — anuncia Gibbons. — *Verde quarenta e sete!* — Um moroso frenesi percorre a barraca. O carinha pára e saca do bolso um lacerado bilhete rosa. Aperta os olhos para ele, tipo como se quisesse que se transformasse na porra do verde. Então, advém a voz de mamãe.

— Pois oh, meu Deus! Aqui, pastor, *verde quarenta e sete*!

As coroas e Lally se comprimem em volta dela, arrulhando e arfando, e a empurram na direção da barraca. Puxa, como está animada. A minha coroa jamais ganhou nada antes.

— Maluco! — chamo de volta o boca metálica.

— Vinte pratas por uma hora — diz ele por cima do ombro.

— Falou, tipo eu sou Bill Gates ou coisa assim.

— Vinte e cinco na ficha, ou não tem acordo.

— Aqui está a feliz ganhadora — exclama o pastor — desta robusta e desejada geladeira, generosamente doada, sem mesmo pensar em sua própria dor, pelos *Lechuga de Beulah Drive*.

Aquela foi a última coisa que você ouviu da voz da minha coroa. Provavelmente para sempre. O que você ouve é apenas Leona.

— Oh... *uau!*

— Trinta pratas — diz o garoto para mim —, na ficha, por uma hora exata. Oferta final.

Vou ser passado para trás por esse anão gordo, capaz de tarrafar lagostins com a porra da sua boca. Ou, mais propriamente, eu seria passado para trás, se fosse voltar para pagar a ele. Mas não vou voltar. Hoje, vou dar um sumiço na arma, pegar o meu fundo de fuga no banco e dar no pé desta cidade. Na moral.

— São duas e dez — informa o garoto. — Te vejo daqui a uma hora.

— Peraí... no meu relógio são duas e quinze.

— É a porra de duas e *dez*... é pegar ou largar.

Tanto faz. Arranco a beca, enfio numa caixa debaixo da mesa, e saio correndo, agachado, ao longo dos trilhos da ferrovia, em direção à extremidade verde da Liberty Drive. A voz do pregador Gibbons ecoa atrás de mim pela linha.

— Por falar em geladeira, vocês já ouviram aquela do coelho?

Olhando de relance por cima do ombro, vejo mamãe correr chorando para os banheiros atrás do Centro Nova Vida. Mas não posso me dar ao luxo de sentir qualquer onda. Preciso pegar a minha bicicleta e voar para a propriedade de Keeter. Forasteiros andam sem destino pela esquina da Liberty Drive, perto de uma nova placa erguida diante do Asilo Corações Piedosos. "Em breve!", lê-se. "Centro de Convenções La Elegancia". Um homem bem velho franze a testa lá da varanda do asilo. Enfio a cabeça adiante e começo a atravessar a rua, mas um forasteiro me chama.

— Little! — Apresso o passo, mas ele chama novamente. — Little, não é sobre você! — Deve ser um repórter. Afasta-se de um grupo perambulante da imprensa, e se aproxima de mim. — A van vermelha, que ficava estacionada perto da sua casa... você a viu por aí?

— Vi, está no estacionamento de Willard Down.

— Refiro-me ao sujeito que a dirigia...

— Eulalio, da CNN?

— É, o cara de Nacogdoches... você viu ele?

— Hã... Nacogdoches?

— Hum-hum, este cara aqui... o técnico de TV. — Puxa do bolso da camisa um cartão de visitas amassado. *"Eulalio Ledesma Gutierrez"*, lê-se. *"Presidente e Técnico-Chefe, Consertos de Mídia de Nacogdoches"*.

O forasteiro balança a cabeça.

— O sacana me deve dinheiro.

— Ô Eulalio, ei! Lalio, ei! Lalio, ô, saca só a porra deste desafio, ô. — É o que canto durante o trajeto até a propriedade de Keeter. Sinto Jesus comigo na brisa, mais contente do que o normal, não tão mortal, talvez porque, finalmente, consegui a porra de um golpe de sorte. Vou ligar para o número do cartão, e fazer o maior Iu-rru-laliu com o nojentão desprezível. Depois, mais tarde, quando aquele repórter aparecer em casa, para cobrar a grana dele, todo mundo vai descobrir a porra da verdade. Isso significa que posso deixar a cidade sabendo que a minha coroa está legal. Esse cartão de visitas é toda a artilharia de que preciso. O que eu aprendi no tribunal é que você precisa de artilharia.

Roupa pendurada para secar e mastros de antenas ziguezagueiam como cobras capturadas por todo o Crockett Park. Esta é uma vizinhança onde cueca cede com o peso. Por exemplo, o velho Sr. Deutschman, que já foi honrado e decente, mora aqui. É onde você mora, se *costumava* ser menos pior. Pessoas que batem umas nas outras, e limpam os próprios carburadores, moram aqui. É diferente de onde eu moro, mais próximo da cidade, onde tudo é reprimido e ferrado. Só reprimido e ferrado até a porra explodir, e você passa o tempo todo esperando para ver quem vai rebentar primeiro. Acho que uma espécie de honestidade é o que você encontra em Crockett. Honestidade malcheirosa e carburadores limpos.

O último telefone público da cidade fica perto de uma cerca de metal corrugado na esquina da propriedade de Keeter, o canto mais remoto da cidade. Se você mora em Crockett, esse é o seu telefone particular. Terrenos vazios se estendem além por trás dela, penetrando nas concavidades do Escarpado Balcones, tão distante quanto você é capaz de imaginar. A placa que diz "Bem-vindo a Martirio" fica a cinqüenta metros de distância, na rodovia Johnson. Alguém riscou o número da população, e escreveu "Veja esta amplidão" por cima. Esta é a porra de Crockett. Honestidade malcheirosa e senso de humor.

Apóio a bicicleta na cerca e vou até o telefone. São duas e vinte e nove. Preciso me tocar que o velho boca metálica, lá na feira, vai começar a berrar por mim depois de uma hora. Limpo o bocal do telefone na perna da calça, uma coisa que se aprende a fazer neste cafundó da cidade, e ligo para a CMN, em Nacogdoches. CMN — *CNN* — Sacou? Vou foder Lalinho, cara. Nova York é o meu cacete.

O telefone toca. Uma coroa bem velha atende. — A-lô?

— Hã, alô... Eu queria saber se Eulalio Ledesma trabalha aí.

Você ouve a velhota conter a respiração.

— Quem está falando?

— Aqui é... hã... Bradley Pritchard, de Martirio.

— Bem, eu só tenho o que restou na minha bolsa... —

Do lado dela, moedas retinem numa mesa. Você percebe que não vai ser uma ligação rápida.

— Dona, não estou ligando para pedir nada, só quero saber...

— Sete dólares e trinta centavos... não... quase oito dólares é tudo que tenho, para o armazém.

— Não quero incomodá-la, senhora... Pensei que esse fosse um número comercial.

— Mas é isso mesmo... *"Consertos"*... fui eu que mandei imprimir os cartões pra Lalo. *"Consertos de Mídia de Nacogdoches"* foi o nome que ele escolheu. Diga para Jeannie Wyler que essa nunca foi uma firma ordinária... a gente mudou a minha cama pro corredor, pra abrir espaço pro escritório dele, para ajudá-lo a começar.

Tenho sentimentos confusos. Tipo Lally caindo de um rochedo acorrentado à minha avó.

— Dona, desculpe tê-la incomodado.

— Bem, o presidente não está aqui, no momento.

— Eu sei, ele está aqui... a senhora tem visto ele na TV ultimamente?

— Isso é de muito mau gosto, rapaz. Ora, há trinta anos que sou cega.

— Lamento muito, dona.

— E *você* tem visto ele? Tem *visto* o meu Lalo?

— Pra falar a verdade, ele está hospedado na minha... na casa da minha amiga.

— Oh, meu Deus, deixe-me achar uma caneta...

Outra porção de coisas retine do outro lado da linha. Fico parado ali, imaginando como você lê e escreve quando é cego. Acho que a gente entalha linhas que pode sentir com os dedos, como em argila ou coisa assim. Ou queijo, a gente carrega queijo o tempo todo para lá e para cá.

— Eu sei que está aqui, em algum lugar — diz ela. — Diga pra Lalo que a financeira levou tudo, eles não quiseram esperar mais nenhum segundo pelo pagamento da van, e agora os Wyler estão processando ele por causa da câmera de vídeo. Já imaginou?... E fui eu que falei pra eles mandarem fazer o conserto. Essas câmeras não se consertam sozinhas do dia pra noite, você sabe, e foi isso que eu disse pra ela. Eu só queria que tudo não estivesse no meu nome...

Ela encontra o queijo, e lhe dou o número do meu telefone. Minha alegria inicial agora se desfez, por causa da séria realidade das coisas. Dou tchau para a coroa e vou em frente, na direção das escarpas, para achar a arma. Jesus viaja comigo, em espírito. Ele se mantém calado. Mudei o curso do Destino, e ele pesa fortemente sobre mim.

Os arbustos na trilha da propriedade de Keeter são bizarros, todos espinhosos e retorcidos, com apenas o espaço suficiente entre eles, de modo que o desconhecido nunca está a mais de quinze metros de distância. Não vêm muitas criaturas nessa distância toda da propriedade de Keeter. Eu e Jesus somos as únicas que conheço. A última vez que o vi com vida, na propriedade, ele estava muito longe.

O velho Keeter é dono desse pedaço vazio de terra, provavelmente quilômetros dela, fora da cidade. Ele montou uma loja fajuta na velha rodovia Johnson, *Sobressalentes & Reparos de Keeter* — na verdade, apenas uma zorra de sucata no chão. Ele nem mais cuida dela. Por aqui, quando a gente se refere a Keeter, geralmente é à propriedade, e não à oficina mecânica. Talvez você veja bois por lá, ou veados; mas, na maior parte, apenas latas de cerveja desbotadas e cocô. A borda do universo da cidade. É ali onde os garotos de Martirio saboreiam pela primeira vez armas, garotas e cerveja. Você nunca esquece a lâmina de vento que corta através de Keeter.

Na parte mais cerrada da propriedade há uma depressão no solo, com sessenta metros de lado a lado, com arame farpado e arbustos emaranhados em volta dela. Do lado mais íngreme, fica um velho poço de mina. A toca, como a gente chama. A gente armou uma porta com algumas folhas-de-flandres, e colocou nela um cadeado e tudo o mais. Era o nosso quartel-general durante aqueles anos despreocupados. Foi onde caguei no outro dia, o dia da tragédia, se quer saber. É onde o rifle está entocado.

São duas e trinta e oito da tarde. Calor e umidade, com nuvens agrupadas bem baixo se movendo velozes pelo céu. Chego a duzentos metros da toca, e ouço uma martelada. Algo se mexe nos arbustos adiante. É o velho Tyrie Lasseen, que cuida da *Sobressalentes & Reparos*, enfiando marcos no chão. Está vestido com paletó e gravata. Avança com um movimento rápido, antes que eu consiga me esconder.

— Tudo bem, filho? — grita. — Não toque em nada, pode ser perigoso.

— Claro, Sr. Lasseen, só estou passeando.

— Não recomendaria um passeio por aqui, talvez seja melhor voltar pra rodovia.

Tyrie é o tipo do texano que não tem pressa de mandar você se foder. Dá três passos arrastados na minha direção e enxuga o suor do topo da cabeça. Os olhos agitam-se como arame farpado emaranhado em crina de cavalo, e a boca pende um pouquinho aberta. O velho George Bush pai costumava fazer a mesma coisa — mantinha aquele rosto padronizado onde o maxilar inferior pendia um pouquinho aberto. Como se esses manés ouvissem com a boca ou coisa assim.

— Senhor, só estou atravessando pra estrada San Marcos, e não vou tocar em coisa alguma.

O Sr. Lasseen fica parado ali, e ouve, através da boca; dentro, a língua parece uma cobra. Então, aqueles sons ásperos serpenteiam para a brisa.

— A estrada de San Marcos? A estrada de *San Marcos*? Filho, não recomendo pegar este caminho pra estrada de San Marcos. Recomendo que retorne pra rodovia Johnson e siga por ela.

— Mas o lance é...

— Filho, a melhor coisa que recomendo é você ir de volta pra rodovia Johnson. Eu recomendo isso, e não fique mais zanzando por aqui... esta agora é uma área limitada. — O maxilar cai ainda mais para baixo, para ouvir qualquer réplica extraviada, em seguida arremessa um dedo para a cidade. — Vá logo.

Capim corre com o vento pelo caminho para casa, folhas de metal corrugado agitam-se, e, com seu rangido, vem o som de cães latindo. Só me resta uma chance de alcançar a arma. Quando Lasseen está seguramente fora de vista, enfio a roda dianteira para fora da pista e disparo pelo mato, descrevendo um arco para circundá-lo e me levar à parte de trás da toca. Os arbustos são acaçapados nessa parte da Keeter, acompanhados por capim alto e pedaços de entulho caseiro. Quase me despedaço num ninho de vasos sanitários, abandonados no mato rasteiro como algum tipo de máquina de fliperama vegetal. Ao ziguezaguear por eles, vejo adiante um boné do *Bar-B-Chew Barn*. Vozes adejam na brisa.

— Num tô nem aí pra *natureza* — diz um garoto.

— Num é *só* natureza, Steven... pode ter uma *arma*.

É o grupo de busca do abatedouro. Percebo isso antes

mesmo de a banda tocar. Largo a bicicleta e me aconchego no ninho de vasos, tentando determinar a distância entre mim e os cães, que vêm seguindo da direção do lado da cidade. Faltam quatro minutos para as três. Garotos começam a cercar minha posição. Fico bem agachado.

— Bernie? — chama uma vozinha.

— *Hã?* — Meus nervos meio que me eletrocutam para me causar a porra de uma morte.

Giro a cabeça. Atrás de um arbusto, às minhas costas, está acocorada Ella Bouchard. É uma garota de Crockett que freqüentava o primário comigo. Podes crer, você não vai querer se ferrar agora.

— Oi, Bernie — diz ela, se arrastando para perto.

— *Shhh*, tá? Estou tentando descansar um pouco, *porra!*

— Parece que tá se escondendo de mim, é isso que parece, pelo menos pra mim...

— Ella... é indispensável que ninguém me perturbe neste momento... tá legal?

Seu sorriso vacila. Ela me observa através dos enormes olhos azuis, como olhos de boneca ou coisa assim.

— Quer ver o meu Pólo Sul? — Os velhos joelhos empoeirados se separam um pouco, e resplandece um vislumbre de calcinha.

— Merda, sem *essa*, tá? *Droga*. — Sopro uma quantidade extra de ar pelas bochechas junto com as palavras, como um democrata ou seja lá o que for. Mesmo assim fico olhando. É automático com calcinhas, não venha me dizer que não é. O velho algodão ali, um cinza esticado, como se a porra de aviões usassem ela para pousar.

— Posso ficar aqui... Bernie? — Volta a fechar as pernas.

— *Shhh!* E meu nome nem mesmo é Bernie, *dãã*.

— É *sim*, Bernie, ou coisa parecida, é Bernie ou coisa *parecida*.

— Escuta... não pode ficar pra depois ou coisa assim? A gente não pode se ver em outra hora?

— Se é verdade, verdade mesmo, talvez. Tipo quando?

— Bem, não sei, uma outra ocasião, uma próxima ocasião ou seja lá como for.

— Promete?

— Sim, prometo.

Sinto o bafo dela lamber meu rosto, bafo de chiclete Juicy-Fruit, quente e espesso como mijo. Viro de costas, para ela se mancar e rastejar para longe, mas ela não se manca. Posso sentir que está me olhando.

— O *que* foi, porra? — pergunto, girando em torno dela.

Ela dá um sorriso ralo.

— Eu te amo, Bernie. — Em seguida, com um baque de sandália de plástico e um ruge-ruge de algodão azul, ela some. São três horas e cinco minutos. Os seus olhos, automaticamente, fazem essa checagem, quando é hora de uma grande merda, caso você não tenha notado.

— Muito bem, pessoal, parar aqui para o primeiro item dos sacos de lanche! — berra uma coroa. — Vai ser o item com a etiqueta *vermelha*, apenas o item etiquetado com *vermelho*.

— Não vão aí, rapazes — você ouve Tyrie Lasseen gritar à distância. — É um velho poço de mina, fiquem bem longe. — O alívio extravasa por todo meu corpo, quando Tyrie os alerta para ficarem bem longe da toca. Então, aproxima-se outro grupo de vozes.

— Todd — queixa-se uma coroa —, eu lhe disse pra ir lá antes de deixarmos o abatedouro. Use um desses arbustos, ninguém vai ver. — Você ouve um panaca guinchar alguma coisa atrás, e depois a coroa diz: — Pois não vai encontrar nenhum por aqui, isto não é o *shopping*, caso não tenha notado.

A propósito, a gente nem mesmo tem a porra de shopping. Repare como as pessoas sempre são dadas à malandragem, quando a imprensa está por perto. Escolhem a porra da primeira coisa para dizer, tipo shopping ou seja lá o que for.

— Use aqueles vasos sanitários ali — grita algum babaca, imitando voz de mulher.

— Ei, é mesmo — concorda a coroa. — Eu vi alguns vasos em algum lugar por aqui... talvez isso ajude você a fazer de conta.

— Peraí! — alerta Ella Bouchard. — É melhor não usar essas privadas... cobras dormem dentro delas.

— Oh, meu Deus — exclama a coroa. — Todd, espere! É melhor eu ir junto.

Seguem com estalidos por entre os arbustos em direção ao meu ninho. Eu me levanto do chão e pego a bicicleta, despreocupadamente, como se estivesse na seção de congelados do Mini-Mart ou coisa assim.

— É o psicopata! — anuncia o garoto.

— Shh, Todd, não seja tolo — diz a coroa. Ela se vira para mim. — Não creio que tenha anotado o seu nome... o *Bar-B-Chew Barn* determinou para você a cor de um grupo?

— Hã... verde? — arrisco.

— Não pode ser verde, só pode ser uma das cores do logotipo deles. — Saca o telefone. — Vou ligar para a Sra. Gurie e checar a lista... como é mesmo o seu nome?

— Hã... Brad Pritchard.

— *Brad Pritchard?* Mas já temos um Brad Pritchard...

Vem um farfalhar umedecido dos arbustos, como o de

um cão comendo alface, e em seguida Brad surge na clareira, na ponta dos pés, com sacos do Mini-Mart amarrados em volta do seu Timberland. Aponta uma nuvem com o nariz.

— Que novidade, um condenado procurando a própria arma.

— Vaine — fala a coroa ao telefone. — Creio que preciso de uma ajuda.

Pulo para a bicicleta e atinjo fortemente o pedal. Ela cospe terra por toda a clareira.

Meninas dão risadinhas, cinturões com acessórios de câmeras chocalham, e no meio deles, enquanto viajo para longe, viajando como a porra do próprio vento, você ouve Brad Pritchard imitar a voz de uma garota idiota.

— Ei, *Bernie*... quer ver o meu *Pólo Sul*?

Rodopio furacões ao longo do caminho para a cidade. Minha única opção é pegar a porra da estrada. De imediato. Largo a bicicleta no chão diante do caixa eletrônico da rua Gurie. Eu amo minha bicicleta, mas deixo ela se estatelar no chão. Não é uma bicicleta maneira, mas é resistente, e pertenceu ao meu avô, no tempo em que a cidade tinha apenas duas ruas. Deixo ela se estatelar. Esse é o tipo de merda ardilosa que esta vida tem guardada para você, isso eu garanto.

Enfio o meu cartão do banco na máquina, digito o código — 6768. Meu coração quica no rés-do-chão do meu corpo, enquanto espero aparecer a cifra do fundo de reserva por aparar a grama da vovó. Nove anos depois, uma mensagem salta para a tela.

"Saldo — $ 2,41", lê-se.

# dez

Não tenho outra opção a não ser correr para casa e pegar algum treco para empenhar ou vender. Passa das quatro quando alcanço a casa, desejoso que esteja vazia. Vazia. Tipo é, legal. O carro alugado de Lally está na frente. Entro como um fantasma pela porta de tela da cozinha. Então, há uma batida na porta da frente. Um ar sufocante de perfume desmorona no corredor. Congelo.

— Shhh, Vernon, eu atendo a porta da frente. — Minha mãe segue com uma corridinha pelo tapete como um hamster.

— Do-*ris*? — A porta de tela da cozinha se abre atrás de mim. Leona esvoaça para dentro, afofando o cabelo.

— Shhh... Lally está *dormindo*! — sibila mamãe.

É mole? Quando o meu pai costumava cochilar no sofá, depois de algumas cervejas, ela botava salto alto e pisava forte e ruidosamente o chão da cozinha, só para acordá-lo. Juro por Deus. Ela *fingia* estar fazendo coisas que exigiam pisar forte, mas, na verdade, não estava fazendo coisa alguma. Pisava para lá e para cá, sem mais nem menos, em vez de dizer apenas "acorda". Isso foi depois do dia em que ele me bateu, depois de as coisas ficarem um tanto desagradáveis.

Uma mola de colchão range no corredor. Mamãe abre delicadamente a porta da frente para o repórter a quem Lally deve dinheiro.

— 'Tarde, madame. Eelio Lemeda está?

— Lally? Bem, ele está, mas, no momento, está ocupado... quer deixar algum recado?

— Eu espero, madame, se não se importa.

— Pois ele não deve demorar muito.

A descarga jorra intensa na casa. A porta do banheiro estrondeia, e Lally pisoteia pelo corredor.

— Vanessa, você viu o meu estojo de terapia?

— Não, Lalito... de qualquer modo, acho que está sem essas suas coisas de gin-sendo.

Caralho! *Vanessa?* Vasculho o rosto dela, por dicas. Uma coisa que você nota é que as bochechas dela estão todas imponentes e como pêssego, tipo quando ela toma sorvete na companhia de alguém importante. As pestanas adejam duplamente.

— *Vanessa?* — pergunta Leona.

Mamãe enrubesce.

— Pois vou explicar agora mesmo.

Ela esconde outro aviso final da companhia de eletricidade atrás do pote de biscoitos, e vai fazer seu rebuliço perto de Lally, que está vestido apenas com o roupão, e você pode ver o pau dele balançando por toda a casa. Se você tivesse a porra de um microscópio eletrônico talvez pudesse enxergá-lo. Caminha a passos largos para a cozinha, com aquele sorriso cheio de dentes, e roça a mão na bunda de Leona quando passa. Ela saracoteia.

— Lally — avisa mamãe —, tem alguém lá na porta da frente, esperando por você.

— Por *mim?* — O sorriso enrijece. Alegria transborda do meu coração. Enquanto ele se dirige à porta, levo mamãe para um canto da cozinha

— Mãe, vá checar o visitante de Lally... depressa! Vá logo!

— Pois Vernon, que diabos deu em você? É um assunto particular de Lally.

— Não é não, mãe, depressa... é muito importante.

— Oh, Vernon... se *comporte*, pelo amor de Deus. — Cintila o seu sorriso mais doce quando George e Betty surgem com um estalido na cozinha, no meio de uma conversa típica das duas.

— Querida, de jeito nenhum — diz George. — Só por ser um acionista não quer dizer que ele tenha que topar toda aquela coisa ridícula de SWAT de Vaine. Já imaginou? Ela nem mesmo consegue manter suas malditas banhas sob controle, quanto mais um grupo de atiradores!

— Eu sei, eu sei.

Tento desviar minha coroa para a porta da frente, para testemunhar a vergonha de Lally, mas a calça justa dela não a torna mais leve; ela não cede nem um pouco.

Lally abre a porta para o homem.

— Não precisa dizer... está numa missão de reintegração de posse.

— É, se você dispõe de algum — diz o cara.

— Aqui estão cinqüenta dólares... e obrigado.

Agora mamãe me agarra pelos ombros — nada menos que a porra de mim — e me gira para um canto.

— Vernon, não conte pra sua avó, mas precisei assaltar o fundo de reserva pra ajudar Lally. O equipamento da câmera dele apagou o código do seu cartão Visa. Vou depositar de volta assim que o meu empréstimo for aprovado.

— Mãe, eu *precisava* desse dinheiro.

— Pois Vernon Gregory, você sabe que é a conta pelo serviço de aparar a grama da vovó, e deve render juros para pagar a sua faculdade.

— É, como se cinqüenta dólares fossem render um *montão* de juros.

— Pois eu sei que não é muito, mas é tudo o que tenho... sou uma mãe que se vira sozinha.

Lally termina com o repórter, mas não vem para dentro. Mas que porra. Em vez disso, pára na varanda e grita:

— Estacione na entrada, pastor... as garotas não vão sair por enquanto. — Deixa a porta da frente aberta, e caminha afetado para a cozinha, passando por mim sem mesmo uma olhadela.

— Lally, esqueci de avisar — diz minha mãe. — Uma senhora ligou pra você, da televisão, acho eu.

— Uma senhora? — A mão de Lally dá uma beliscada no pau.

— Hum-hum, ela me pareceu bastante velha... voltará a ligar mais tarde.

— Não deixou o nome?

— Pois ela disse que era do seu escritório... Eu disse pra ligar depois.

Um dos olhos de Lally dispara para mim. Um olho trêmulo. Em seguida, agarra mamãe pela cintura e diz:

— Obrigado, Vanessa... você é indispensável.

— Van-*nessa*? — estranham as coroas.

Mamãe se pavoneia.

— Pois não posso dizer muita coisa pra elas por enquanto... posso, Lalito?

— Basta dizer — concede Lally — que o pessoal da rede ficou impressionado com a aparência dela na televisão no outro dia. Não há promessas, mas poderemos vê-la muito mais vezes... quando as estratégias corretas se encaixarem.

— Mas, pra vocês, meninas, eu serei a mesma Doris de

sempre, vocês sabem que, no fundo, não mudarei nem um pouquinho.

Dê uma checada em Leona. Sua boca pende sem palavras por um momento, mas, em seguida, lá vai ela:

— Uau, mas que coisa estranha, pois eu não contei para vocês que o meu novo treinador de diálogos vai mandar a minha fita para a televisão? Assim que eu voltar do Havaí... Meu *Deus*, que coisa mais *estranha*, não é mesmo...?

Mamãe simplesmente volta a se aconchegar nos braços de Lally. Pela primeira vez na vida ela caga e anda para a flácida e velha fajuta Leona.

— *Vanessa Le Bourget* — diz Lally no ouvido da minha velha. — Bur-*gê* — cantarola, como aquele gambá do desenho da TV, o tal que sempre tenta foder a gata. Mamãe só falta cagar no chão ao ouvir isso. Leona quase irrompe na porra de um berreiro. Lally deita e rola. Eu apenas deixo que deite e role.

— Tsc, mal posso esperar pra apresentar você à equipe de Nova York, você vai adorar o pessoal.

— Pois não fique impaciente, Lalito, tudo tem o seu tempo. Enquanto isso, terá tudo de que precisa, embora seja apenas a velha euzinha nesta cidade minúscula.

— Minúscula *mesmo*... este maldito buraco nem mesmo tem um sushi bar!

— Nem chega aos pés de Nacogdoches — comento.

— Nacog-*doches*? — exclama Betty. Lally me lança um mau-olhado.

— *Bwanas tardies* — estrondeia o pastor, precipitando-se pela porta, como se, de repente, fosse a porra de um mexicano. *Bwanas tardies* é o meu cacete.

— Vamos entrando, pastor — chama Lally. — Posso lhe preparar um laxante? — Os olhos de Lally não escaneiam mais o lado onde estou. Eles têm agora um novo padrão de escaneamento.

— Obrigado, mas não — retruca Gibbons. — Preciso retirar aquela geladeira do centro de imprensa... foi uma enorme e excelente doação, não posso agradecer o suficiente a vocês.

— Vernon, talvez você possa explicar ao pastor por que abandonou a barraca dele de vendas pra caridade — sugere Lally. A tensão torna em cristais o ar do aposento.

— Tive dor de barriga.

— Ora — devolve ele —, uma pessoa solta sob fiança por assassinato ficaria melhor se...

— Eu não fui solto sob fiança por assassinato, sou um maldito *cúmplice* dos assassinatos de Jesus Navarro... *porra!*

Lally estende-se como um chicote e me estapeia na nuca.

— Controle-se!

Me encho de sangue ácido. Mamãe começa a abrir o berreiro no canto, tornando o mais difícil possível para as coroas a conduzirem até o sofá.

— Quanta *agressividade* nesse garoto — observa George. — Só podia ir atrás de encrenca com tanta agressividade.

— Eu sei, eu *sei*... exatamente como aquele... hã... outro garoto...

Uma sensação de vertigem me domina, como se eu atingisse o elo final da porra da minha coleira. Saco do bolso o cartão de visitas de Lally e o levanto no ar.

— Pessoal... liguei hoje para o escritório do *Iu-lalio*, e adivinhem quem atendeu? A *mamãe* cega dele, cuja casa tinha acabado de ser esvaziada pela financeira, por falta de pagamento de sua van de consertos. — Os olhos de Lally viram brasa. — Agora, ela está sendo processada por causa da câmera portátil que ele *roubou*. Sabiam que, na verdade, ele conserta TV, trabalha no quarto de dormir da mãe, em Nacogdoches?

— Ora, *tenha dó* — diz Lally. Ele aperta o saco, mas se esquece de largá-lo.

Olho em direção ao balcão. As coroas estão com os ouvidos aguçados. É um verdadeiro maná do céu para elas. Faço uma pose dramática, a raiva escrota me levando a fazê-la.

— Acham que estou mentindo? Garanto como a mãe dele vai ligar pra cá, agora mesmo, à procura do traseiro dele. Eu garanto. Apenas perguntem pra ela essa história. — Um sorriso me vem ao rosto, sabe por quê? Porque Lally está ficando branco. Todo mundo o encara, quando ele se recosta num canto, esfregando o rosto com a mão.

— Tsc, isso é *absurdo*. Quanta mentira maldosa sai da boca dessa criança. — Inspira fundo, depois se vira e abre os braços para as coroas. — Levante a mão quem já ouviu falar de um repórter de matérias de destaque fazer um bico como técnico de TV. — Todo mundo sacode a cabeça. — E isso por quê?

— Ora, porque... ser repórter dá mais *dinheiro*? — funga mamãe. — Ele não precisaria consertar televisores, com todo esse *dinheiro* a mais.

— Caso encerrado.

— Peraí — insisto. — Eu não falei em fazer bico coisa alguma... ele conserta televisores e deixou uma porção de problemas pra trás, em Nacogdoches. Olhem o cartão dele, vamos.

— Senhoras — diz Lally —, isso é ridículo. Sabem quantos Ledesma Gutierrez há nesta região? E já me viram alguma vez consertar alguma TV?

— Não — respondem elas.

— Já me viram *na* TV apresentando uma reportagem?

— Com certeza — respondem, acenando para o pastor se juntar ao coro. — Aparecemos nela com você!

— Obrigado — diz Lally. — Vira-se para me encarar. — E agora, diante de tudo que acabamos de ouvir, e, francamente, para a nossa própria proteção... vou chamar a polícia.

— Oh, não, Lally, *por favor* — pede minha mãe.

— Lamento, Vanessa... receio que seja meu dever. O garoto precisa urgente de ajuda.

Então, no momento em que meu mundo começa a escorregar através dos meus dedos, o Destino age maravilhosamente. O telefone toca. Mamãe arfa no meio da porra de um soluço. Todo mundo fica congelado.

— Eu atendo — diz Lally.

— Tire o seu cavalinho da chuva — afirmo, mergulhando para o telefone. — Mãe, venha atender este telefonema.

Minha coroa se empurra para fora do sofá, toda brilhante em volta do nariz e dos olhos, e executa seu vitimado arrastar de pés até a mesinha do telefone. Olha em volta para todos, especialmente para Lally, antes de levantar o fone. Dá para Lally uma espécie de olhar suplicante, de um verdadeiro cachorro chutado. Então, a voz sai suave como creme.

— Alô? O Sr. Ledesma, sim, claro... posso saber quem está ligando? — Passa o fone para Lally. — É a CNN.

Eu o tomo de volta.

— Sra. Ledesma?

— *Vernon!* — vocifera mamãe.

— Lembra de mim? De Martirio...?

— *Quem está falando?* — pergunta a jovem nova-iorquina ao telefone. Lally pega o receptor de volta e se vira para a parede.

— Renée? Desculpa... as coisas andam meio malucas por aqui. Consegui a série? Fan-*tástico*! — Levanta o polegar para as coroas. — Condicionada a quê? Não é nenhum problema, ainda temos a arma, o suspeito, e os habitantes já estão resignados com sua dor. Pode se desmembrar em milhares de direções.

— Pois sabem — cochicha mamãe para as coroas —, eu não conseguia decidir entre *Vanessa* e *Rebecca*...

— Eu ficaria com Doris — grunhe George.

Lally encerra o telefonema. Balança o fone acima da base, dá um tempo olhando para todos. As coroas fitam seus olhos, o pastor Gibbons remexe no bolso. Então Lally larga o fone, "crac", agarra o saco por cima do roupão, e caminha para o meio do aposento.

— Antes de abrirmos o champanhe, acho que temos um pouco mais... de desafio humano para partilhar. — Seus olhos disparam para mim. — Um belo comportamento bizarro nós vimos aqui, Vernon. Na verdade, diante das circunstâncias, deu um puta medo.

— Vá se foder no caralho — digo.

— Vernon *Gregory*! — vocifera mamãe.

Lally empurra um pouco de saliva em volta da boca.

— A pura compaixão determina que está na hora de entregar este menino para alguém que possa ajudá-lo. Se vacilarmos no momento em que ele precisa de cuidados profissionais, talvez estejamos apenas prejudicando suas chances de recuperação.

— É *você* quem precisa de cuidados — afirmo. — *Lalo*.

— Afinal de contas, você está sob cuidados psiquiátricos.

— Faz uma pausa para uma risadinha, para pensar no passado. — Como, diabos, conseguiu bolar essa história... a equipe, lá na Grande Maçã, vai adorar ela. — Consulta o relógio. — Pensando bem, no momento, eles devem estar no *Bunty's.*

Mamãe sopra uma nota de pé de página para as coroas.

— Eles freqüentam um bar chamado *Bunty's*, vocês já devem ter ouvido falar... *Bunty's*?

— Ou no *Velvet Mode*, para uma esfregação na pista de dança — continua Lally. — Vou dar uma ligada pra eles. Logo depois que entrar em contato com o xerife.

— Pois, Lally, *por favor* — pede mamãe. — Não podemos esperar até amanhã? Ele teve dor de barriga... ele sofre dessa... hã... condição...

O telefone toca. O rosto de todo mundo se ilumina, como se mais grandes lances fossem escoar pela linha. Mas Lally fica tenso. Este é o momento quando o cavalo pára de fazer os seus cálculos no palco. Avanço para o telefone. Ele ganha de mim.

— Residência dos Le Bourget. — Ele tenta exibir um sorriso de um bom e velho garoto para as coroas, mas um tremor o supera. — Lamento, mas deve ser engano. — Sua respiração se acelera.

Mergulho por baixo de suas pernas e aperto o botão do viva-voz. A voz da Sra. Ledesma surge lamentosa.

— Lalo, oh meu Deus, Lalo? Estou sem mantimentos, Lalo, por favor...

Os lábios de Lally dançam incontroláveis, os olhos chamejam pelo aposento.

— Ah... ah, é você — treme.

— Como pôde me deixar por tanto tempo? — chora a coroa. — *Es que no queda nada, Eulalio, hasta mi cama se la han llevado...*

— Fale em inglês! — grito na direção do bocal. O pé de Lally açoita o chão, me expulsando para trás pelo tapete. Desliga o viva-voz.

— Oh, coitadinhas — fala ao telefone. — Deixei instruções expressas na televisão para manterem as minhas visitas de caridade, enquanto eu estivesse fora... — Tento apertar novamente o botão do viva-voz, mas ele me mantém afastado com a perna. — Sim, eu sei, meu bem... mas doenças mentais podem ser curadas, é por isso que contribuo, é por isso que participo de sua causa... da sua e de todas as lindas senhoras do asilo...

Alcanço com a barriga o outro lado da mesinha do telefone, mas Lally se despede rapidamente e desliga ruidosamente o telefone. Toca novamente. Ele arranca o fio da parede. Toda a respiração na sala fica cancelada, juntamente com a contagem de plaquetas, ou seja lá o que mais o seu corpo faz para se divertir.

Lally vira-se para encarar todo mundo.

— Creio que tenho... algo pra partilhar. — Aperto os olhos através de uma linha-d'água de fumaça até o escuro do sofá, onde as coroas estão sentadas, fitando atentamente. Seus joelhos estão grudados um no outro. — Tempos atrás resolvi dividir meus meios pecuniários com os menos afortunados.

— Amém — diz baixinho o pastor.

O rosto de Lally se abate.

— Eu me surpreendi... Era tão ambicioso, tão envolvido *comigo mesmo*. Então, me envolvi com gente de verdade... problemas de verdade. — Faz uma pausa para passar um dedo no canto do olho. — A voz que acabaram de ouvir é de uma de minhas velhinhas... um dos meus raios de sol.

— Uau, mas ela pareceu meio *apagada* — observa Leona.

— Shhh, Loni, por *Deus* — pede George.

— Trágico, não é mesmo? — diz Lally. — Conformada, apesar de a culpa não ser dela. Todas são.

— Papo *furado* — exclamo.

— Vernon Gregory, *já chega* — diz mamãe.

— Vem... *sustentando* elas? — pergunta George.

Lally suspira.

— Talvez as coisas fossem melhores se eu estivesse... há tantas vidas miseráveis para se cuidar. E eu tenho tão pouco para dar...

— Não, filho — desaprova o pastor —, você está dando a maior de todas as dádivas... o amor cristão.

Lally encolhe os ombros, impotente.

— Se me vêem um pouco carente de dinheiro... agora já sabem por quê. Eu simplesmente me sinto culpado por ter alguma coisa. — Seu olhar rasteja pelo sofá, aninha-se nos beiços espichados das coroas, e desliza abaixo pelos rastros de suas lágrimas antes de desabar no chão. Balança a cabeça. — Acho que a verdadeira tragédia é que... agora elas sabem onde estou.

Demora um segundo inteiro para a Corça Assustada dominar minha mãe. Ela faz um movimento brusco.

— Pois... por que é tão trágico?

Ele projeta um olhar lustroso para mim e suspira.

— A regra mais rigorosa do asilo é a não-revelação da identidade dos protetores. Se isso for descoberto, poderei ser impedido de contribuir, no futuro. Não sei se conseguirei sobreviver um mês sem visitar as minhas garotas especiais. Isso significa que... terei que me mudar daqui.

Segue-se um silêncio atordoante. Então, minha coroa implode.

— Pois Deus, Lally, *não*, quero dizer... *não, por Deus.*

— Lamento, Doris. Isso é maior do que nós dois.

— Mas podemos desligar o telefone, mudar o número... Lalito? Não pode ir embora depois de um mês inteiro de felicidade.

— *Semana* de felicidade — corrige Lally. — Lamento. Talvez, se Vernon não tivesse telefonado para o abrigo, talvez, se ele não tivesse nutrido tanto rancor... mas, não. As coisas só vão se tornar mais problemáticas depois que eu ligar para o xerife.

— Droga! — exclama George. — Eu mesma ligaria pra ele, se ele não estivesse preso numa reunião no *Barn*.

Escoam então torrentes de sangue e veias se encharcam por toda a parte de baixo das pernas de mamãe, seus órgãos mais impregnados suam através dos poros. Enfim, apenas aqueles olhos suplicantes saltam para fora, os olhos de um cachorro bem chutado. Ou mesmo de um gatinho pisoteado.

Leona observa o estremecimento dela se tornar um soluço, e então se dirige a Lally.

— Há espaço na minha casa.

— Meu *Deus* — exclama ele. — A generosa caridade desta cidade...

Os olhos de mamãe esbugalham-se.

— Pois, mas, mas, pode ser que o asilo *descubra* você lá *também*... aquela mulher poderia descobrir você na casa de Leona com a mesma facilidade com que descobriu aqui...

— Meu telefone não consta do catálogo — afirma Leona com um dar de ombros. — Tenho um sistema de rastreamento de ligações e um circuito fechado de segurança.

Os olhos de mamãe baixam para a linha no bronzeado onde outrora ficava sua aliança.

— Mas, do mesmo modo, Vernon poderia dar esse número para as pacientes, vocês viram o comportamento dele... Você não poderia, Vernon, dar o número de Leona pro asilo...?

— Mãe, esse cara é um tremendo de um psicopata, juro por Deus.

— Estão vendo? Ele poderia ligar pra lá agora mesmo, estão vendo a atitude dele? Acho que Lally e eu deveríamos alugar um quarto no Seldome, por uns tempos... Lalito? E fazer todas essas outras coisas pela cidade que você deseja fazer...?

— Tsc, o Seldome está lotado.

— Pois eles sempre encontram um lugar pra mim; afinal, eu me *casei* no Seldome.

Leona pega sua bolsa no sofá e vasculha atrás das chaves.

— A oferta continua aberta.

Minha coroa está a meio caminho da sala.

— Qual é o número do Seldome?

Lally avança para detê-la.

— Doris... isso não é tudo. — Remexe no bolso da camisa e retira dois baseados amarrotados. — Vernon não fez um bom trabalho ao esconder isto.

— *Cigarros?* — pergunta minha mãe.

— Drogas ilegais. Entende agora por que não posso ficar na companhia desse rapaz? — Desdenhoso, joga os bagulhos em cima da mesinha de centro, e, ao passar por mim, curva-se para cochichar: — Obrigado pela história.

Ao fundo, você ouve as chaves do carro de Leona caírem no colo de George.

— Eu vou com Lally. Quando estiver a fim, leve o Eldorado... ele precisa de gasolina.

— *Nós* temos um aposento sobrando — sugere Betty. — Não usamos o estúdio de Myron desde que ele morreu.

Lally e Leona passam com um estalido pela tela e saem para uma tarde ventosa. Uma promessa de chuva varre poeira através da porta atrás deles. Para mamãe, sei que isso cheira ao sexo dos dois.

— Voltarei pra pegar as minhas coisas — grita Lally. A pele de mamãe já se liqüefez toda. Seu rosto goteja para os braços sobre o colo.

Corro no encalço dele.

— Como você sabia que estava escrito Gutierrez no cartão, seu filho-da-puta? Como sabia que estava escrito Ledesma *Gutierrez*, se nem mesmo olhou para o cartão? — Eu me atiro para a varanda e o observo abrir a porta do carona de seu carro para Leona. Então, você vê se abrir uma brecha nas cortinas dos Lechuga. Leona dirige um ligeiro aceno na direção delas, às suas costas. As cortinas se fecham.

Sou um garoto cujo melhor amigo enfiou uma arma na boca e estourou fora o couro cabeludo, cujos colegas de turma estão mortos, que está sendo culpado por tudo isso, que acabou de despedaçar o coração de sua mãe — e, enquanto me arrasto de volta para dentro, sob o peso dessas lápides de verdade moldada, para a minha velha vida marrom-escura — outro aprendizado flutua abaixo para pousar no topo delas. Um aprendizado como uma piada, que arranca do meu sistema o que restava de alento. As cortinas dos Lechuga. É desse modo que as supostas amigas de mamãe coordenam suas visitas impressionantemente oportunas à minha casa. Elas ainda mantêm uma linha direta e exclusiva para a casa de Nancie Lechuga.

# onze

Estou na varanda nesta noite de domingo e tento forçar o México a aparecer diante de mim. Tentei o dia todo, da janela da sala de visitas, mas não adiantou. A essa hora da noite imaginava cactos, *fiestas* e hálito apimentado. Os uivos de homens atrás de cujas vidas espreitam mulheres chamadas Maria. Em vez disso, há uma casa como a da Sra. Porter do outro lado da rua, um salgueiro como o dos Lechuga e uma bomba no terreno vizinho vestida como um louva-a-deus; bombeando, bombeando, bombeando. Vernon Gargalo Little.

— Senhor Deus, que está no céu, *por favor*, me deixe ter uma geladeira de portas duplas, faça com que eu abra os olhos e ela esteja bem ali...

Os sussurros de mamãe lampejam luar ao caírem no chão perto do banco de jardim. Então Kurt late lá no pátio da Sra. Porter. Kurt está numa roubada com a Sra. Porter. Ele passou o dia todo do lado errado da cerca das salsichas fritas dos Hoover, e acabou destruindo o sofá da Sra. Porter, por causa da frustração. Que Kurt filho-da-mãe, cara. Seus latidos revestem o rangido das tábuas quando desço da varanda. É uma volta completa de latidos, por conta do passeio pelo campo em carroça de feno do *Bar-B-Chew Barn*. Passeio pelo campo em carroça de feno? Dá um tempo. A gente nem mesmo tem a porra de feno por aqui; vai ver, precisaram comprar algum pela Internet ou coisa assim. Mas, não, agora trata-se do tradicional Passeio Pelo Campo em Carroça de Feno de Martirio.

— Ó Senhor Deus, traga Lally de volta, traga Lally de volta, traga Lally de volta...

Foi um dia longo. Câmeras mantiveram-se fixas em mim, na casa, desde ontem, quando Lally foi embora. Agora, foram fazer a cobertura do passeio. Minha mãe sente que me aproximo do salgueiro dela; soluça mais alto, e acrescenta um agudo histérico na voz, para se certificar de que eu perceba a implicação das coisas. Um enorme inseto voador passa por trás do louva-a-deus quando me aproximo.

— O banco dos desejos está flutuando deste lado — comento, para quebrar o gelo. — Como se o chão estivesse cedendo por baixo.

— Pois *cale a boca*, Vernon!... Você fez isso comigo, tudo isso... toda essa *merda fodida*.

Ela falou palavrão para mim, maluco. Caralho. Examino seu velho corpo encurvado. O cabelo foi sugado novamente em forma de capacete e usa os habituais chinelos de toalha com borboletas em cima, as asas de borracha rasgadas pelo gato branco que ela tinha, antes de os Lechuga fazerem com que ele fugisse. Sou forçado a me esticar e tocar nela. Toco onde a flacidez das costas é represada sob a axila, e sinto o peso viscoso de sua velha e miserável concha, toda cálida e gasta. Ela chora tão abertamente, que você pensaria que seu corpo era um tambor cheio de lágrimas que acabara de vazar pelos buracos.

Sento-me ao lado dela.

— Mamãe, eu lamento.

Ela dá uma espécie de gargalhada irônica, pois acho que é irônico quando você ri enquanto chora. Depois disso, continua apenas soluçando. Olho a noite em volta: as coisas são claras como líquido, quentes e orvalhosas, com uma nevasca de mariposas e insetos em volta das luzes da varanda e a música distante do passeio de carroça.

— Meu pai sempre disse que eu não seria grandes coisas.

— Não diga isso, mãe.

— Pois é verdade, olhe pra mim. Isso sempre foi verdade. "Apenas comum e desajeitada", papai costumava dizer. "Intratável e desajeitada". Todas foram líderes de torcida, rainhas do baile e chefes de turma. Todas eram como Betty, cintilantes e viçosas...

— Betty *Pritchard*? Dá um tempo.

— Pois Vernon, você sabe de *tudo*, não é mesmo? Saiba que Betty foi chefe de turma no quarto ano, e teve todos os papéis esplendorosos nas peças da escola... nunca falou palavrão nem fumou ou bebeu, como o resto de nós; era radiante como o sol. Até começar a ser espancada violentamente pelo pai, surrada até sangrar. Portanto, quando bancar o crítico e achar que sabe tudo sobre todo mundo, lembre-se que o resto de nós somos apenas humanos. Trata-se de *causa e efeito*, Vernon, você simplesmente não entende... até mesmo *Leona* era descontraída e agradável, antes de o primeiro marido... sabe como é que é... passar pro outro lado.

— O tal que morreu?

— Não, não o tal que morreu. O primeiro mesmo, e, por consideração, não deveria nem mesmo perguntar.

— Foi mal.

Inspira fundo, enxuga os olhos com a palma da mão.

— Perdi alguns quilos, pro baile de formatura. Provei que papai estava errado, pelo menos dessa vez. Den Gurie me convidou para ser seu par... *Den Gurie, o zagueiro de linha!...* Passei a semana toda dormindo sob o xale do meu vestido de baile.

— Pronto... está vendo?

— Ele me apanhou na caminhonete do irmão. Quase desmaiei de emoção, e de fome, acho, mas ele me disse pra relaxar, que seria como passar a noite com a minha família... — Minha mãe começa a sibilar no fundo da garganta. Trata-se de um outro modo de chorar, caso você não saiba. A parte inicial de um choro bem forte.

— E o que aconteceu?

— Dirigimos pra fora da cidade, cantando quase o caminho todo até Lockhart. Então, ele me pediu pra verificar a tampa traseira da carroceria. Assim que desembarquei, ele acelerou e me deixou ali. Foi quando, da estrada, avistei a fazenda de criação de porcos.

Uma descarga de raiva me atinge, raiva da porra dos Gurie, dos modos da porra desta cidade. A raiva rasga através de ondas de tristeza, rasga através de imagens do jovem Jesus, o tal que pregou a si mesmo na porra de uma cruz antes que mais alguém pudesse fazer isso. É por isso que a cidade está com raiva. Não conseguiram dar um tiro nele. Mas eles não têm raiva como a raiva que fermenta dentro de mim. A raiva rasga através de uma porção de coisas. Rasga como uma faca.

Um segundo depois, sinto a umidade da mão de mamãe na minha. Ela a aperta.

— Você é tudo que tenho no mundo. Se pudesse ter visto a cara do seu pai quando ele soube que você era um menino... Não havia homem mais orgulhoso no Texas. Todas as coisas importantes que você ia fazer quando crescesse... — Estreita os olhos inchados na distância, além da casa da Sra. Porter, além da cidade, e do mundo, onde vive seu sonho com cobertura de chantilly. O futuro, ou o passado, ou seja lá onde essa porra vive. Então me atinge com aquele valente sorrisinho, um sorriso simples, rápido demais para ela bancar qualquer lance de vítima. Assim que ela faz isso, violinos vibram no ar através da cidade, como num filme. Até mesmo Kurt se cala, quando um violão encontra seu caminho fora da orquestra e uma voz texana de muito tempo atrás arrebanha nossas almas para dentro da noite. Christopher Cross começa a cantar *Sailing*. A música favorita de mamãe muito antes de eu ter nascido, antes de os dias dela ficarem escuros. É o tipo de música que você escuta quando acha que ninguém gosta de você. Ela solta um suspiro despedaçado. Naquele exato momento, percebo que essa música me fará lembrar dela para sempre.

*It's not far down to paradise, at least it's not for me*
*And if the wind is right you can*
*sail away*
*And find tranquility...**

Músicas do Destino. Essa despedaça a porra do meu coração. Ficamos sentados, ouvindo, tanto quanto conseguimos agüentar, mas sei que a música escavou um poço na clareira emocional de mamãe, e acho que na minha também. Sangue turvo vai esguichar bem alto agora. O piano provoca isso.

---

*O paraíso não fica muito longe, pelo menos não para mim
E se o vento for adequado você pode velejar
E encontrar a tranqüilidade... (*N. do T.*)

— Pois — diz ela — George falou que só consegue embromar o xerife até amanhã. E isso sem levar em conta a coisa sobre as drogas...

— Mas, pelo menos, eu sou inocente.

— Pois Vernon, quero dizer, *huh-hurr*... — Solta uma daquelas risadas descrentes, uma risadinha reprimida, que significa que você é o único babaca no mundo que acredita no que você acabou de dizer. Note como são populares, hoje em dia, a porra desse tipo de risadas. Procure qualquer babaca e fale alguma coisa, digamos, "o céu é azul", e ele vai soltar a porra de uma dessas risadas, juro. É assim que, hoje em dia, os caras fazem girar o *piradigma*, é isso que estou aprendendo. Eles não contestam mais nenhum fato, apenas reprimem uma risadinha, tipo é, falou.

— O que eu quero dizer é que... certamente o estrago já foi feito — diz ela. — Você tinha aquele catálogo horroroso, e agora, essa droga ilegal...

Catálogo horroroso, é mole? O armário dela deve estar cheio daquele tipo de lingerie, mas, agora, é um catálogo horroroso. Passo por cima do catálogo e vou para a droga.

— Ora, uma porção de caras andam com essa porcaria... e, de qualquer modo, nem mesmo me pertence.

— Pois eu sei, aquele catálogo era *meu*... o que, diabos, deu em você? Foi alguma coisa que aquele garoto navajo forçou você a fazer?

— Pô, não.

— Não gosto de falar mal, mas...

— Eu sei, mãe, chicanos são mais *pitorescos*.

— Pois eu quis dizer apenas que são mais... exagerados. E, Vernon, eles são *mexicanos*, e não chicanos, tenha mais respeito.

A conversa está a nanossegundos de incluir a palavra

"calcinha", algo que você nunca deveria ouvir num bate-papo com a sua mãe. Como eu a conheço, provavelmente diria "roupa de baixo" ou coisa assim. "Roupa íntima", ou a porra de uma coisa bem dissimulada. Um novo tipo de resignação se instala em mim, a de que não posso abandonar minha coroa enquanto ela estiver daquele jeito. Não imediatamente, não esta noite. Preciso refletir, sozinho.

— Vou respirar um pouco de ar fresco — digo, escorregando para fora do banco.

Mamãe abre os braços.

— E do que é que você chama isto aqui?

— Quis dizer lá no parque ou coisa assim.

— Pois Vernon, são quase onze horas.

— Mãe, estou sendo acusado de cúmplice de assassinato, cacete...

— Pois não xingue sua mãe, depois de tudo pelo que estou passando!

— Não estou xingando!

Há uma pausa, enquanto ela cruza os braços e curva um ombro para enxugar um olho. Grilos estridulantes dão a impressão de que sua pele está rachando.

— Palavra de honra, Vernon, se o seu *pai* estivesse aqui...

— *O que foi que eu fiz?* Só estou tentando ir ao *parque*.

— Pois só estou dizendo que pessoas *adultas* ganham *dinheiro* e *contribuem* um pouco, o que significa acordar cedo... o que quero dizer é que deve haver mil garotos nesta cidade, mas você não vê todos eles no *parque* no meio da noite.

Assim, tranqüilamente, e com amor, ela me puxa pela ponta da coleira até aquela formigante posição perigosa na qual você ouve a si mesmo se comprometendo com a porra de algum tipo de coisa estranha.

— *Ah, é?* — exclamo. — *Ah, é?* Pois eu tenho uma *notícia* direta e ao vivo para *você*!

— É?

— Ainda não ia lhe *contar*, mas, se é assim... eu já falei com o Sr. Lasseen sobre um emprego, *tá*?

— Pois quando começa? — A sombra de um sorriso percorre seus lábios. Ela sabe que estou apenas cortando madeira para uma cruz. A motivação por trás de suas sobrancelhas mais-altas-do-que-Cristo me fornece o ímpeto para prosseguir.

— Amanhã, talvez.

— Pra fazer o quê?

— Apenas ajudar, sabe como é.

— Pois eu me dava com a mulher de Tyrie, Hildegard.— Ela aumenta o lance, me faz pensar que vai topar com a mulher de Tyrie. Mas me mantenho firme, digo qualquer coisa para não perder outro jogo de enfiar a faca. Minha coroa não perde em jogos de enfiar a faca. Ainda não perdeu este. — Pois como vai fazer com o Dr. Ganza? Eu vou morrer se a polícia aparecer novamente por aqui...

— Posso trabalhar de manhã.

— O que Tyrie Lasseen vai pensar se não puder trabalhar em expediente integral?

— Já combinei isso com ele.

— Pois então você pode pagar um pequeno aluguel agora que é *adulto* e tudo o mais.

— Ora, claro, pode ficar com a maior parte do salário... *todo*, se quiser.

Ela suspira, como se o meu aluguel já estivesse atrasado.

— A companhia de eletricidade vem primeiro, Vernon... Em quanto tempo poderá receber o salário?

— Hã... talvez eu consiga um adiantamento.

— Sem mesmo ter trabalhado nada?

— Ora, claro — digo, olhando de banda para o céu. — *Agora* posso ir pro parque?

Ela pestaneja, sonhadora, as velhas e inocentes sobrancelhas se elevam para o firmamento.

— Eu não disse que *não podia* ir para o parque...

É desnecessário dizer que não existe porra nenhuma de emprego. Permaneço isolado do meu mundo pela embriaguez da tequila-ozônio do que acabei de fazer. Mentiras espalham-se à minha volta como formigas.

— Pois eu acho que, agora, terei que arrumar o almoço que vai levar — sugere mamãe.

— Nãão, eu venho almoçar em casa.

— Vindo lá da Keeter? Mas fica a *quilômetros* de distância.

— Vinte minutos é o que eu levo.

— Ora, convenhamos, são quase vinte minutos *de carro...*

— Nãão... conheço todos os atalhos.

— Pois talvez seja melhor eu ligar pra Hildegard Lasseen e saber o que eles pretendem, pois isso é *ridículo*.

— Tá legal, eu levo o almoço.

— Vocês poderiam estar mortos, e eu nem ia saber. — Pam abre com um chute a porta do Mercury e fica sentada, tomando fôlego, antes de se alavancar. Algo parecido com uma maldita rã-gigante salta pelo meio das pernas dela, juro. — Vernie, venha ajudar a velha Palmyra com estes sacos... Estou ligando para o número de vocês desde Adão e Eva. — Larga alguns sacos no caminho, depois peleja até o salgueiro e afasta os galhos como se fossem cortinas. Mamãe está sentada ali, fungando.

— Lalito foi embora — funga.

— Ele está dando um tempo — diz Pam. — Agora, venha, a comida está ficando empapada. — Inicia o longo arrastar para a varanda. Recolho os sacos do *Bar-B-Chew Barn* e sigo relutante ao lado dela.

— Vernie, olhe! — exclama, apontando para o céu. Olho para cima. — Tsh — bate na minha barriga. Faz até mesmo aquele sonzinho, "Tsh", como um címbalo. É uma coisa que fazemos, eu e Pam. — Venha, Doris, ou vou ligar pro Lolly e contar sobre sua *herpes*.

— *Droga*, Palmyra, que *coisa*.

Trovejantes estampidos de gargalhadas ondulam a pele de Pam. Minha coroa peleja para conservar sua dor, se contorce e luta consigo mesma no banco. Finalmente, se irrita e sobe correndo para a varanda.

— Você é mesmo implicante... às vezes, é *importante* sentir dor.

— Quer que eu empurre você escada abaixo? Quá, quá, quá.

— Pois *pelo amor de Deus*, Palmyra. De qualquer modo, a gente não quer a sua maldita comida.

— Quá, quá, quá. Você devia ter visto Vaine, no passeio de carroça, ela enfiou mais milho no bucho do que um caminhão cheio de chicanos desocupados.

— Mas a dieta de Atkins não é só *proteína*...?

— Barry passou a noite fora.

— É?

— O pessoal do grupo de busca devia uma cerveja pra ele. Ontem, ele encontrou uma arma, na propriedade de Keeter.

# doze

Não foi idéia minha partir antes do amanhecer. Minha coroa resolveu visitar minha avó, e é por isso que a casa fede a laquê. Você sabe por que ela está saindo cedo: é para ninguém vê-la atravessar apressadamente a cidade a pé. Tudo o que ela quer é que eles a vejam chegar, toda nos trinques. Sem pressa. É um aprendizado que obtive desde que o carro se foi.

— Pois não posso acreditar que não exista um par de Tumbledown em toda a cidade e vou ter que tentar na cidade da vovó. — Emite uma respiração ruidosa e move as pontas dos dedos pelo meu cabelo. Então, dá um passo para trás e franze a testa. Isso quer dizer adeus. — Prometa que não vai faltar à sua *terapia*.

Um elétrico céu roxo derrama estrelas atrás de uma bomba de petróleo, chamando de volta as últimas mariposas da noite. Isso me lembra da manhã quando a velha Sra. Lechuga estava lá fora, completamente arrasada. Tento não pensar a respeito. Em vez disso, olho adiante para o dia de hoje. Ir às terras de Keeter é uma idéia esperta; se me virem por lá, vão dizer: "A gente viu Vernon perto da Keeter." Ninguém vai saber se se referiam à loja de peças ou ao terreno. Sacou? Vernon Gajão Little. Por outro lado, pedi ao Destino que me ajudasse a resolver o problema da grana. Ficou claro que a grana é o único meio de se lidar com os problemas da vida. Até mesmo arrebanhei umas coisinhas para botar no prego da cidade, se precisar chegar a tanto. Eu sei que precisarei chegar a tanto, e é por isso que estão comigo, na mochila, minha clarineta, meu skate e quatorze CDs. Estão na mochila, com a lancheira, que contém meu sanduíche, os dois bagulhos e um pedaço de papel com um endereço da Internet.

Em relação aos bagulhos e ao pedaço de papel, ouvi ontem à noite a voz de Jesus. Ele me aconselhou a encher os cornos depressa. Se eu não conseguir logo de cara, disse ele, então que eu fosse tomar no cu. Meu plano é ficar sentado lá na Keeter e sacar algumas novas idéias nutridas pela coragem do porre.

Viajo pelas ruas de prata congelada, o ruge-ruge das árvores acima sugere a tranqüilidade de calcinhas mornas em lençóis. Liberty Drive está nua, a não ser por alguns restos de feno e embalagens do *Bar-B-Chew Barn*. Sob essa luz, você não consegue ver as manchas na calçada perto da escola. Quando o prédio do ginásio de esportes passa por mim, todo imenso e negro, olho para o outro lado e penso em outras coisas.

Música é um lance maluco, se você pensar bem. Foi interessante como decidi que CDs não pôr no prego. Eu podia ter ficado com algumas músicas de festa, mas isso só serviria para tentar me animar, todo aquele tipo ralo de música "Tss-tss-tss". Você se anima todo, convencido de que vai se dar bem na vida, e então a música termina, e você se descobre perdido, fodido. É por isso que você acaba tocando essas músicas sem parar, caso você não saiba. Irado, maluco. Podia também ter guardado alguns de *heavy metal*, mas isso provavelmente me levaria à porra de um suicídio. Preciso mesmo é de um Eminem, alguma poesia irada, mas você não consegue comprar esses lances em Martirio. Do mesmo modo que uma boneca inflável para sexo animal, você não consegue comprar poesia irada. Quando se fala em *gangsta* por aqui, eles ainda pensam em Bonnie & porra de Clyde. Nãão, adivinha só: acabei ficando com os velhos álbuns de música *country*. Waylon Jennings, Willie Nelson, Johnny Paycheck — e até mesmo a coletânea do velho Hank Williams, que pertencia ao meu pai. Fiquei com eles porque esses caras viram muita merda — caralho, tudo o que eles cantam é sobre a merda que viram; você saca logo que acordaram várias vezes no assoalho de madeira em algum lugar, com noventa sabores de bode montados em suas bundas. A *slide-guitar* entende seus problemas. Então, tudo de que você precisa é cerveja.

Silas Benn usa uma velha máquina de lavar roupa como caixa de correio. É preciso procurar por ela, pois fica atrás de algumas árvores, quando você se aproxima da casa dele por aquele lado da Calavera Drive. Digo isso porque algum dia você pode querer passar a toda pelo acesso para carros da casa de Silas. Cuidado com a porra da máquina de lavar. É apenas uma das coisas esquisitas de Silas. Sei que é cedo para uma visita, mas ele sempre deixa acesa a luz da sala, por segurança, acho, e isso lhe dá a chance de dizer: "Ora bolas, Silas, eu vi a sua luz acesa." Ele já está escolado em relação a essa velha frase, mas continua fazendo o jogo. Empurro a bicicleta para a entrada de carros, e dou a volta para a janela do quarto dele, e bato no caixilho, do modo habitual. Então recuo e prendo a respiração. Uma fenda se abre na cortina. Caminho suavemente para a porta dos fundos. Após algumas arranhadas e sacudidas, Silas abre e espreita através de olhos remelentos.

— Ai meu cacete, minino, que tipo de hora você acha que é?

— Ora bolas, Silas, eu vi a sua luz acesa...

— Você num viu a maldita luz do meu *quarto* acesa. Ora essa, mas que diabo... — Silas não teve tempo de amarrar a perna. Está ali apoiado numa espécie de muleta. Silas teve uma perna amputada, sabe.

— Sie, eu tenho um negoção pra você.

Ele roça o roupão à procura dos óculos.

— Deixa eu ver o que arrumou pra mim hoje...

— Você vai ver, é o máximo... não tenho nenhum lance *no duro* pra você, tipo impresso no papel e tal, pois eles levaram o meu computador.

— Então o que é...?

— Olhe, sei de um jeito que você pode pegar todas as fotos que quiser, centenas delas... hoje mesmo, depois que a loja do Harris abrir.

— Mas que diabo, minino, vá se catar... você me acordou pra *nada*?

— Olhe — insisto, desdobrando o pedaço de papel. — Está vendo estes endereços na Internet? É onde estão guardadas todas aquelas fotos barra pesada, e de graça... até mesmo aquela *transa de amputados* que você adora. Com essas instruções, você pode ir na loja do Harris, entrar na cabine do computador e imprimir tudo o que quiser. Sem papo furado. Com esta lista, nunca mais terá que pagar por fotos.

— Merda, sei não... nunca mexi com essas coisas de máquina de computador.

— Esquece, é fácil. Tudo que você tem que fazer está escrito aqui.

— Bãão... — diz ele, coçando o queixo. — Quanto quer por isso?

— Um engradado.

— Vá se catar.

— Sem brincadeira, Sie, esta lista pode fazer você economizar um caminhão de cerveja durante o verão. No mínimo, um maldito caminhão.

— Pago meia dúzia.

— Bem... — hesito. Com Silas, você tem que hesitar. — Bem. Não sei não, Sie, a galera vai querer me matar, depois que eu revelar um negócio como este.

— Meia dúzia de Coor, e eu topo. — Bamboleia para o interior da casa, como um macaco de uma perna só. Você não pode beber, por aqui, se não tiver vinte e um anos. Eu não tenho vinte e um. O bom e velho Silas sempre mantém estocadas umas biritas, para trocar por fotos especiais. Nós, os garotos de Martirio, somos como uma Internet particular dele. Ele é o nosso bar particular.

Por volta das sete e meia desta manhã de segunda-feira, estou sentado no chão numa clareira atrás de alguns arbustos, na Keeter, mamando cerveja e esperando que surjam idéias para conseguir grana. De onde estou sentado, você pode ver o sol mijar laranja em volta das bordas daqueles velhos vasos sanitários abandonados. Tenho minhas cervejas, meus baseados e a música *country* pulsando fundo no cérebro. Estou pronto para uivar como um racum. Utilizo tudo isso para tentar marcar minha posição na vida. Estou aqui, e o México, ali. Taylor Figueroa no meio. Tudo o que tenho a fazer é imaginar todo o resto. "Vá ao ponto essencial das coisas", como costumava dizer o Sr. Nuckles, antigamente, quando sua maldita boca funcionava. Para ser honesto, a única informação que vem a mim é todo um enxame de mentiras sobre o meu suposto trabalho. Observe o que acontece num mundo-mentira como este; quando você está tão encalacrado assim e inventou um emprego imaginário, com um início imaginário e salário imaginário, e levou os seus entes queridos a entrar na rotina de preparar sanduíches e "Oh, meu Deus, preciso ligar pra Hildegard Lasseen" e coisa e tal — não importa mais se você deve confessar a mentira ou simplesmente ser descoberto ao seguir com a porra da mentira. As pessoas vão dizer: "Mas ele foi tão *convincente*." E começam a perceber que você as inseriu num total mundo paralelo, repleto de merda imaginária. É um saco, eu sei, e não culpo elas de maneira nenhuma. Mas é tipo, de repente, você ser aceito como sócio da porra da Zona Patológica, ainda que essas mesmas pessoas se virem imediatamente e se mandem: "Não posso ir, Glória — meus parentes estão vindo de Denver."

Nãão, meu limo é tão espesso que não vale mesmo a pena limpar. Observe bem; quanto mais você afunda, mais o destino torna *difícil* tolerar o limo. Que tipo de sistema é este? Se eu fosse presidente da Comissão do Limo, tornaria mais *fácil* sair limpo da merda. Se é sair limpo o que você *supostamente* deve fazer, então eu afirmo que essa porra deveria ser mais acessível. Acho que o calafrio que realmente me atinge é porque acabo de fornecer a todo mundo o último prego para a minha cruz. O que eles precisavam, acima de tudo, era de uma mentira convincente. Você é capaz de ver a minha coroa na TV, quando derem a notícia, não me diga que não é capaz. "Pois até mesmo fiquei acordada até tarde pra preparar os sanduíches dele..."

Pego um isqueiro no bolso e acendo um baseado. Hoje não vou ao Ganza. Que se foda. Minha coroa está a salvo com vovó. Vou bolar um meio de dar o fora daqui.

— Bernie? — É Ella Bouchard. Pára atrás de um arbusto na beira da minha clareira e movimenta os lábios na direção contrária ao que ouço com os meus ouvidos, que é a parte de *crawfish pie and filet gumbo* de *Jambalaja*.

Deixe-me dizer uma coisa, para o caso de você pensar que estou secretamente apaixonado por Ella, pois a conheço desde que eu tinha oito anos. Todos os garotos da cidade conhecem Ella desde que tinham oito anos, e nenhum deles está secretamente apaixonado por ela. Seu equipamento ainda não chegou. E, se olhar para ela, você também acha que nem vai chegar. Tipo o equipamento dela ter sido entregue a Dolly Parton ou coisa assim. Ella é magricela, com algumas sardas, e aquela velha cabeça grande com a mixórdia de um cabelo louro sempre com um puta desgrenhado, como uma boneca Barbie que o seu cachorro andou mastigando durante um mês. Ninguém ainda sacou como lidar com Ella Bouchard. Ela vive com os pais, na estrada da Sobressalentes & Reparos de Keeter. Os pais dela são tipo uns caipiras que não movem os braços quando andam e o tempo todo ficam encarando à frente. Daquela espécie que repete tudo oito vezes, quando fala, tipo, "foi isso mesmo, sim, senhor, foi assim que foi isso, assim do jeito que foi". Talvez isso explique porque Ella é meio que esquisita também. Causa e efeito, cara.

— Oi, Bernie. — Entra lentamente na clareira, como se eu fosse fugir. — O que tá fazendo?

— Só tô à toa.

— O que tá fazendo de *verdade*?

— Só tô à toa, já disse... você nem devia estar aqui.

— Tá é enchendo a porra da cara e entupindo o rabo. De qualquer modo, você *prometeu*, caralho.

Uma garota desbocada assim talvez deixe você chocado. Então, você é levado a pensar: uma garota desbocada, na Keeter, sozinha com Bernie. Sim, tá legal, uma porção de nós, os garotos, teve o seu primeiro gostinho de nudez através de Ella Bouchard. Isso nos curou de qualquer tesão que a gente pudesse ter; não dava para você determinar os sabores de sorvete que aparentemente passaram dias se espremendo através de sua calcinha. Tipo, ela talvez tenha nos feito recuar anos em nosso desenvolvimento sexual. Tudo o que ela queria fazer com a gente era chamar palavrão, cuspir e peidar, e acho que a única moeda de que dispunha era o seu pobre e velho corpo. Sei que não se deve mais dizer isso sobre certas garotas e tal, mas, aqui entre nós, Ella nasceu desse jeito. Era ela quem sempre vivia dando descuidadas cambalhotas no gramado, abrindo as pernas para tudo quanto é lado. A calcinha dela estava sempre resplandecendo para o seu lado. Quando extraterrestres pousarem na cidade, Ella vai estar lá na frente, com a porra do vestido levantado, aposto.

Dá outro passo para dentro do meu espaço, e baixa a vista para mim.

— Porra, Bernie, tá parecendo um alcoólatra.

— Meu nome não é Bernie e não tô parecendo um alcoólatra.

— Qual é seu nome, então? É algo parecido com Bernie, eu sei disso...

— Não, o meu nome não é parecido com Bernie nem um pouco...

— Vou ter que perguntar a Tyrie o nome do cara que está aqui fumando erva e bebendo cerveja. — Ela alcança aquela fabulosa vantagem que as garotas conseguem na voz, a vantagem que anuncia a chegada do furor intestinal do inferno que diz: "Vou eliminar o céu à sua volta e sugar a porra do ar dos seus pulmões e cuspir você para a porra do inferno e você sabe disso."

— O nome é *John*, tá legal?

— Não, num é John, num é John, num é John mesmo, num é mesmo... — De imediato, você percebe que ela passa um maldito tempo demais perto dos pais.

— Ella, hoje eu não quero fazer nada nem forçar nenhuma barra, tá legal? Só estou tentando ficar na minha e sacar algumas merdas... Tá legal?

— Num se chama John, não, num tem um nome parecido com John, hã-hã, num é John, de *jeito nenhum*...

— Bem... tanto faz, tá legal?

— Eu sabia que era Bernie. Posso tomar uma cerveja?

— Não.

— Por quê?

— Porque você tem só oito anos.

— Eu num tenho só *oito* anos, tenho quase a porra dos *quinze*.

— Ainda assim é nova demais pra tomar bebidas alcoólicas.

— Que se foda, você também é porra de novo demais pra beber... e *fumar erva*, caralho.

— Não, num sou.

— É *sim*! Quantos anos você tem?

— Vinte e dois.

— *Num* tem, você *num* tem a porra de vinte e dois anos. — Tudo isso serve para ilustrar a Primeira Regra de se lidar com pessoas que têm a vantagem. Não dê, sob quaisquer circunstâncias, papo para elas.

Após um minuto de ela tinir os dentes, e eu ignorá-la, Ella começa a mexer na bainha do vestido. Faz aqueles ruídos, como uma cobra que levou uma paulada, e prossegue:

— Porra, como tá *quente* aqui. — Em seguida, levanta a bainha acima das pernas, até onde elas começam a engrossar e amolecer e se transformar em coxas. Você é capaz de sacar que ela roubou esse comportamento direto de um filme para a TV. Espero que não seja errado dizer isto, mas juro, porra, que é como ver um japonês dançando quadrilha, nenhuma credibilidade.

— Ella, *sem essa*, tá?

Mas não, lá vai o vestido caminho acima das pernas. Eu apenas pego a mochila e começo a enfiar tudo de volta para dentro. Então ela se vira para mim, na maior educação.

— Vou gritar lá na loja. Vou contar pro Tyrie o que você fez comigo, depois de toda essa erva e cerveja, Bernie.

Um aprendizado cresce dentro de mim como um tumor. É sobre o modo pelo qual diferentes pessoas carentes encontram o caminho mais rápido para atrair alguma atenção para a porra de suas vidas miseráveis. A porra do porejante desamparo, o desespero de ser uma criatura tão vulnerável quanto um ovo de aranha, tipo, um assim chamado ser humano, às vezes simplesmente me enoja, principalmente agora. A Condição Humana, como mamãe chama. Cuidado com essa porra.

Largo a mochila e faço um acordo com Ella. Ele dura até o nono gole da cerveja que dividimos. Sei que é o nono porque ela conta.

— Cada gole juntos faz o nosso sentimento aumentar — diz.

E, estranhamente, por um nanossegundo antes do nono gole, eu meio que passo a começar a gostar de Ella, não me pergunte por quê. Sinto algumas ondas sobre como ela deve ser uma fodida, e como apenas gostaria que alguém lhe desse atenção. Estou chumbado, admito. Mas, por um lampejo, eu até mesmo meio que penso em agarrá-la, com seu velho cabelo de palha soprando no rosto, e o odor de tépidos arbustos em volta. Minha mão até mesmo roça na perna dela, levando pelinhos sedosos a se eriçarem. Ela se agita até um triângulo de calcinha se revelar na terra. Mas, no mesmo momento, a brisa salpica o cheiro de suas pernas, tipo salame ou coisa assim, e recuo imediatamente. Tento não enrugar a cara, mas acho que meio faço isso, e ela percebe. E volta a se contrair num nó.

— Bernie, por que não transa? Você é *viado* ou *o quê?*

— Não, porra. Apenas acho que você é muito nova, só isso.

— Tem uns caras muito mais velhos do que você que querem transar comigo.

— É, *falou*. Tipo quem?

— Tipo Danny Naylor.

— É, *falou*. Não acredito nessa porra.

— É, ele quer, ele e uma porrada de outros caras.

— *Sem essa*, Ella...

— O Sr. Deutschman até mesmo pagaria, eu sei disso, sei disso muito bem, sei muito bem *demais*.

— Porra, Ell, o Sr. Deutschman deve ter uns oitocentos anos de idade.

— Não importa, ele é mais velho do que você, e até pagaria por isso.

— *Tá, tá legal*. De qualquer modo, como é que você sabe? Foi lá e *perguntou* pra ele?

— Certa vez, passei por lá, e ele me deu uma Coca, e me alisou um pouquinho, na minha bunda...

Nem pensar. Um homem precisa ter honra, sabe.

No fim do dia, pego para casa todas as sarjetas e estradas secundárias, e fico de olhos atentos contra quaisquer tiras errantes ou psiquiatras. Ainda bem que minha mãe está na casa da vovó... ela terá companhia, e comida na barriga, se bem que apenas macarrão instantâneo. Faltei à consulta com Ganza, e tenho que sair da cidade, sabe. Eu não poderia simplesmente abandonar mamãe, se ela estivesse em casa soluçando, de jeito nenhum. É assim que estou programado. Ao chegar em casa, estou pronto para ligar para vovó e contar para mamãe que o emprego não pintou — sair limpo dessa, como um gesto final. Então, ao pisar dentro de casa, ouço uma inconfundível série de guinchos e suspiros. O vento abandona minhas velas e fica parado na porta, como um amigo panaca quando vai à sua casa pela primeira vez. Minha coroa está aqui. Berrando. Permaneço quieto, como se ela fosse me ignorar. Mas não ignora, e é aí que o número dela se torna bastante transparente, e muito, pois pigarreia, bem alto, e depois usa essa energia para se lançar num berreiro maior, mais alto. Isso corta a porra do meu coração. Principalmente porque ela precisa recorrer a esse tipo transparente de lance para chamar atenção.

— O que foi, mãe?

— Shnff, squss...

— Mãe, o que foi?

Segura minhas mãos e ergue a vista para olhar nos meus olhos, como um gatinho de calendário depois da porra de um acidente com um trator, toda amarrotada, com saliva entre os lábios.

— Oh, *Vernon, meu bem*, oh, *Deus*...

Uma familiar sensação impregnante me domina, tipo quando existe o potencial para uma séria tragédia. Uma coisa, porém, eu levo em conta, é que a minha coroa sempre *deseja* que o meu sangue corra gelado; ela berra de modo mais convincente, quanto mais tempo a conheço, porque aumenta o nível do meu congelamento de sangue. A essa altura do campeonato, ela até mesmo hiperventila, porra. Meu sangue está congelado.

— Oh, Vernon, agora vamos ter mesmo que nos virar sozinhos.

— Mamãe, tenha calma... É a respeito da arma?

Seus olhos iluminam-se por um instante.

— Pois não, na verdade, eles acharam *nove* armas no sábado... o *Bar-B-Chew Barn* desclassificou os ganhadores do prêmio por terem plantado armas ao longo da estrada, e eu tenho todo *tipo* de coisa pra pagar hoje na cidade.

— Então, qual é o problema?

Ela reinicia o berreiro.

— Fui receber o dinheiro do investimento, esta manhã, e a firma já era.

— O investimento de *Lally*?

— Passei o dia ligando pra Leona, mas ele não está lá...

O suposto investimento foi numa dessas firmas com uma porção de nomes juntos, tipo "Rabum, Vesículo, Púbiss & Colhão". Se você quer saber quem são os *verdadeiros* psicopatas, é só pegar qualquer cara cujo nome da firma pareça com o de um escritório de advocacia, e o que continua me surpreendendo é o fato de as pessoas não virarem as costas para ele.

— A luz vai ser desligada amanhã — avisa mamãe. — Conseguiu o adiantamento? Eu estava contando com o seu adiantamento, pois a conta de luz é de apenas cinqüenta e nove dólares, pelo amor de Deus, mas quando a polícia veio...

— Mãe, mais devagar... a *polícia* veio?

— Hum-hum, por volta das quatro e meia. Mas tudo bem, acho que Lally ainda não contou nada.

— E o que disse pra eles?

— Disse que você estava com o Dr. Ganza. Eles disseram que, amanhã, vão procurar você na clínica.

A criação de ursinhos de pelúcia dos Lechuga parece velha e atropelada quando acordo na manhã seguinte. Outra manhã de terça-feira, duas semanas depois Daquele Dia. A sombra sob o salgueiro deles está vazia. Kurt está quieto, a porta da Sra. Porter, fechada. Beulah Drive está livre de forasteiros, pela primeira vez desde a tragédia. Junho mal começou, mas é como se o licor do verão tivesse evaporado, deixando aquele seco resíduo de terror. Às dez e meia, o telefone toca.

— Vernon, deve ser a companhia de eletricidade... quando posso dizer pra eles que você terá o seu adiantamento do emprego?

— Hã... não sei.

— Pois quer que eu ligue pros Lasseen e pergunte o motivo do atraso? Pensei que eles tivessem prometido lhe pagar no primeiro dia...

— Diga que vou ter esta noite.

— Tem certeza? Não afirme, se não for certo, eu posso ligar pra Tyrie...

— Tenho certeza. — Vejo a pele em volta de sua boca se contrair de vergonha e constrangimento, ao levantar o fone. Em minha cabeça rodam as palavras de Ella na Keeter. "O Sr. Deutschman até *pagaria* por isso." A prova de que minha mente está presa à idéia é que finjo não me interessar. Apenas mudo de assunto. É desse modo que você sabe que a semente do demônio foi plantada.

— Pois é, Grace — diz mamãe. — Ele falou que vai ter esta noite, com certeza. Não, hoje ele vai começar mais tarde... está estudando dinâmica de marketing pro trabalho. Ah, bem, muito bem... Tirye está muito feliz com o progresso dele... diz que talvez até ganhe uma promoção! Hum-hum. Hum-hum? Não, não, eu falei pessoalmente com Tyrie, e ele vai realmente ser pago... Hildegard é uma velha amiga, portanto não há nenhum problema. Ah, é mesmo? Não sabia que você conhecia ela. Ah, sim... dê um alô por mim. — Os olhos de mamãe mergulham de volta para suas meias, e ela fica vermelho-escura. — O quê? Bem, se você conseguir segurar eles até depois do almoço, eu agradeceria. A caminhonete já saiu? Hum-hum. Mas, se eu der o dinheiro pra eles, quando chegarem aqui, não pode impedir que eles...?

O sangue abrolha pastoso de ambas as extremidades do meu corpo, solidificando-se em grotescas formações espigadas, o que só acontece com mentirosos e assassinos, e que a minha coroa pode perceber lá do telefone. Pensamentos que não deviam estar lá dançam em minha cabeça. Dar um polimento no Studebaker, por exemplo. Mamãe pousa o fone. Seus olhos cortantes me soltam numa jangada.

— A caminhonete do corte de luz já saiu pro serviço do dia — diz ela. Um lingüeirão retalha a porra da jangada. As sobrancelhas de mamãe apóiam-se em um cotovelo para observar. — É melhor eu ligar pra Tyrie. — Remexe na gaveta da mesinha do telefone, à procura de sua caderneta de endereços. Permaneço deitado de bruços diante da TV. Isso me livra da porra de cair duro ali quando morrer.

Em meio a um intervalo na minha pesquisa com as fitas de vídeo, o noticiário surge na TV.

— Superados os eventos no Texas Central — diz o repórter —, com fontes oficiais confirmando a tragédia desta manhã na Califórnia como a pior do seu tipo este ano, até agora. Condolências e ajuda continuam a chegar à comunidade arrasada...

— Vernon, você tem o telefone da Sobressalentes & Reparos?

— Hã... aqui não.

Não ergo a vista. Ouvi dizer que você consegue uma grana preta vendendo os seus rins, mas meu cérebro se extenua ao tentar imaginar onde vendê-los. Talvez no abatedouro. Sei lá, porra. Meu único outro plano, o plano B, é o plano do desespero. Procuro dicas passando uma vista nos velhos vídeos do meu pai. Aliás, verdade seja dita. *Feche o Negócio*, um dos seus favoritos, está aqui. Uma coisa a respeito do meu pai: ele tinha todo tipo de plano para ficar rico.

— Aqui está... Hildy Lasseen — diz mamãe. Ela se arrasta de volta para o telefone, e levanta o fone. Uma fanfarra soando importância a acompanha, quando a TV passa das notícias nacionais para as locais.

— A Sra. Lasseen não trabalha lá no terreno — aviso. — Esse número é da *casa* deles.

— Não, o número da Sobressalentes & Reparos também está aqui. — Começa a teclar. Tudo o que você ouve é a TV ao fundo.

— Não descartem ainda a cidade de Martirio — diz um repórter —, é essa a mensagem da equipe por trás de um novo empreendimento de multimídia inspirado pela luta de nossos bravos cidadãos... Um empreendimento cujos criadores alegam que vai propagar para cada canto do mundo o evangelho do triunfo humano sobre a adversidade.

— Martirio já é sinônimo de compartilhamento — diz Lally. Mamãe grita. Bate o telefone. — Muitas lições cruciais sobre perda, sobre fé e justiça ainda podem ser compartilhadas, se tornarem uma dádiva... uma dádiva de esperança e compaixão para um mundo carente.

— Mas o que diz àqueles que o acusam de tirar proveito dessa recente ruína? — pergunta um repórter.

As sobrancelhas de Lally afundam para o seu nível mais digno de crédito.

— Toda tragédia traz lições. O sofrimento apenas se repete, quando essas lições não são aprendidas. O que propomos é compartilhar nossos desafios, compartilhar os benefícios de nossa luta, na esperança de que outros possam evitar essas duras lições. Se conseguirmos salvar uma única vida, seja ela de quem for... teremos sido bem-sucedidos. Também lembrem que, por se tratar de um projeto interativo, os indivíduos por todo o planeta poderão monitorar, influenciar e apoiar Martirio nesse esforço de vinte e quatro horas por dia, via Internet. Não creio que ninguém vai chamar isso de algo ruim.

— Muito bem, mas agora, com a tragédia no passado... acha realmente que ainda há um mercado para a exibição de um estilo de vida daquela que é, afinal de contas, a única capital do molho barbecue do Texas Central?

Lally abre os braços.

— Quem disse que a lição está no passado? A lição ainda está por vir, temos criminosos a serem levados perante a Justiça, motivos a serem descobertos...

— Mas o caso não foi encerrado?

— As coisas podem parecer assim, de um ponto de vista da mídia — afirma Lally. — Mas, se utilizarmos a competência de minha parceira nesse empreendimento, a delegada Vaine Gurie, veremos que as coisas nem sempre são o que parecem...

Mamãe choraminga.

— Lalito...? — Ela estica as pontas dos dedos para a tela.

— Então — diz o repórter —, você não vai se transferir para a Califórnia, para a experiência, em vista dos trágicos acontecimentos de hoje?

— Claro que não, o nosso investimento é aqui. Acreditamos que os bons cidadãos de Martirio se destacarão diante do seu desafio, com o generoso patrocínio da empresa *Bar-B-Chew Barn*, é claro, e em associação com a Câmara de Comércio de Martirio.

Os afetuosos olhos de hamster de Leona saltam para a tela.

— Uau, como me sinto? Trata-se de um tal desafio como nunca tive notícias antes...

As mãos de mamãe voltam estalando para o corpo. Nós dois nos viramos na direção da janela da cozinha. Sob o estrepitar da bomba, você ouve o Eldorado em seu caminho rua acima.

— Vernon, eu não estou em casa, se a porra daquelas meninas vierem aqui... Diga que estou na casa da vovó, não, melhor ainda... Diga que fui na *Penney*, com o meu cartão Amex ouro...

— Mas, mãe, você nem mesmo tem...

— Faça *isso*!

Ela sai apressada pelo corredor, como um coágulo de sangue, ao mesmo tempo que Aquelas Meninas quicam na entrada para carros. A porta do quarto bate forte. É demais para mim. Continuo vasculhando os vídeos do papai. *Dinheiro Traz Dinheiro* e *Você Já Viu um Bilionário Pobre?* Preciso aprender a transformar meleca em um negócio legítimo, como tenho todo o direito de fazer neste mundo livre. É minha obrigação, quase, quando penso a respeito. O que certamente aprendi neste exato momento é que tudo depende das palavras que você utiliza. Não importa o que você faça na vida, você só tem que envolver as coisas com o tipo certo de palavras. De qualquer modo, cafetões já são uma coisa aceita hoje em dia, é só checar qualquer filme para a TV. Até amáveis, alguns deles, com seus Cadillacs com estofado de pele de leopardo, e seus Stetsons roxos. Suas putas e coisa e tal. Posso ir bem longe com o que aprendi esta manhã na biblioteca do meu pai. Produtos e Serviços, Marca, Motivação. Já sei que terei de oferecer um Serviço. Só preciso Posicionar e Embalar a coisa.

— Doris? — George se deixa atravessar a porta de tela. Betty vem atrás. — Do-*ris*?

— Hã... ela não está — aviso.

Leona adeja pela porta atrás delas.

— Aposto como está no quarto dela — sugere, rebolando direto pela porra do corredor. De repente, me sinto como uma daquelas secretárias de filme para a TV, quando algum babaca avança para a sala do presidente, "Senhor, não pode entrar aí..." Mas não, com toda a porra da certeza, Leona avança para dentro do quarto de mamãe.

— Ei, *aí* está você — murmura, como se tivessem acabado de se encontrar no Mini-Mart. — Já soube? Consegui o meu próprio programa!

— Uau — soluça mamãe.

— Ainda não conseguiu, meu bem — berra George da poltrona. — Só depois que Vaine levantar o capital para a sociedade.

— Ora, *sem essa*, Georgie, ela vai conseguir... ora, pelo amor de Deus, ela acaba de conseguir o seu próprio grupo da SWAT.

— Hum-hum, e logo indicou pra ele o monte de banha do Barry, que é apenas um maldito *carcereiro*. Só espero que, por "SWAT", eles queiram dizer "mata-moscas".

— Ora, você só está zangada porque o *Barn* passou por cima do xerife.

— Isso mesmo, queridinha, fiquei *tããão* arrasada — rebate George. — Só estou dizendo que um grupo da SWAT não qualifica Vaine para a maldita transmissão pela Internet, e isso, certamente, não lhe dará a grana. — Faz uma pausa para sugar meio cigarro para o peito. — E, de qualquer modo... a nossa velha e pequena tragédia acaba de deixar o seu maldito poleiro.

Leona volta pisando forte do quarto de mamãe e coloca as mãos nas cadeiras.

— Não queira jogar água fria no meu grande dia, Georgette-Ann! Lalo disse que não terão tempo de instalar a *infra-estrutura* na Califórnia, não se a gente se movimentar depressa.

— Ooora. — George lança uma coluna de fumaça para o teto. — Ooora. Vou tentar não piscar, para não perder a velha Vaine se movimentar tão depressa.

— Olhe, isso vai pintar... *tá legal*?

— Vai precisar de uma baita guinada, é tudo o que estou dizendo.

— *George*... Acontece que Lalo está ciente desse fato, *uau!* — A força da última palavra faz a cintura de Leona sacudir levemente à frente. Fica ali por um instante, para ter certeza de que colou. Em seguida, gorjeia de volta no quarto de mamãe. — Ei, já lhe contei que estamos instalando o escritório de Lalo no recanto íntimo?

Mamãe sai às pressas para o corredor.

— Pois eu acho que temos tempo para o café, antes de eu ir à Penny. Vern, não está na hora de ir pro trabalho?

— Ei — exclama Leona —, posso deixar ele lá.

— Loni, pare com isso — pede George.

— Mas... ele chegaria lá mais depressa...

— Le-ona! Não é justo. — George escava um túnel até mamãe através da fumaça de seu cigarro. — Querida, lamento lhe informar, mas Bertram está mandando alguém pegar o garoto. O psiquiatra dedurou ele.

— Pois, mas... Vern está ganhando *dinheiro* agora, ora, só hoje vai receber *quinhentos dólares*...

Leona sacode a cabeça.

— Não devia ter contado pra ela, George.

— Sim, claro, pra você levá-lo via Lally e filmar a prisão. Doris é nossa maldita *amiga*, Leona.

O rosto de mamãe desaba da cabeça e fica pendendo do queixo, em farrapos.

— Pois, mas...

Eu apenas me levanto do chão.

— De qualquer modo, preciso pentear o cabelo.

— Pois olhem, estão vendo? É um rapaz mudando, com um excelente emprego e tudo o mais.

Deixo as coroas e deslizo pelo corredor, via quarto de mamãe, para recarregar minha mochila. Ponho a caderneta de endereços, a jaqueta e algumas roupas miúdas. Meu cd player e alguns CDs. Tiro a clarineta e o skate. Não creio que eu vá passar novamente pela cidade. Pego a mochila e saio pela porta da lavanderia, sem uma só palavra para as Forças do Mal. Lá da varanda, você ainda consegue ouvir a minha coroa, pelejando para espalhar chantilly na torta dela.

— Pois tenho que ir a San Antonio, pra geladeira nova, e também vou dar uma olhada naquele sistema de aspiração central, que você liga em qualquer lugar da casa... acho que está na hora de pensar em mim, pra variar, agora que Vern tem uma carreira.

Do último degrau da escada da varanda, vejo uma caminhonete da companhia de eletricidade passar devagar diante da bomba, verificando os números das casas da rua. Vem mais depressa na minha direção, e começa a encostar. Eu simplesmente vou embora rangendo na minha bicicleta.

# treze

Ninguém vai olhar duas vezes para nós, tenho toda a certeza disso. Um garoto e uma garota numa bicicleta. Um garoto com jeans básico, e uma loura desgrenhada com um vestido da cor de tremoço-de-flor-azul. Sem dar nenhuma bandeira, exatamente como na TV. Levo comigo a mochila, e portanto pode até parecer que estamos vendendo coisas. Vender coisas é uma boa desculpa por aqui.

— Adivinha só — grita Ella no meu tímpano.

Paro no acostamento da estrada Johnson, para ensinar-lhe como bancar a carona de uma bicicleta sem matar o condutor. Ela levanta o vestido para me mostrar a calcinha branca limpa. Só presto atenção pela metade, porque aquela me parece uma tarde agitada; rajadas de vento surgem entremeadas com trovões, e o horizonte atrás da Keeter está iluminado por um único cinturão de ouro. Ella não nota presságios, você percebe que está apenas curtindo adoidado. Provavelmente porque está metida numa aventura comigo. Ella é muito idiota, juro por Deus. Vamos dividir o saque, se bem que ela diz que não é pela grana. Isso mostra o quanto ela é uma porra de garota esquisita.

Capto algumas ondas a esse respeito. Que eu saiba, Deutschman pode estar tentando desistir das estudantes, pode estar se abstendo de estudantes, enfrentando um dia de cada vez e coisa e tal. Mas agora... eeeis Ella. Faço um esforço para pensar mais como nos vídeos do papai. Isto é, o cliente tem uma Necessidade Insatisfeita, portanto — eis o Serviço Conveniente e Atencioso. E tem mais, parte de nosso Serviço Extensivo Pós-Venda é o que ninguém jamais saberá. É uma Lacuna de Mercado, caralho. Mas minha consciência ainda me chama lá do Brooklyn. "Nãão, Boinie", diz ela. "Você tá criando um puta pobrema pra esse cara". Então penso na minha mãe em casa. Talvez com a luz cortada, talvez a galera rindo dela, por causa de sua pobreza, e por ela carecer da porra de dinamismo. O fixo sorriso afetado da ducha vaginal Leona. Estou comprometido.

A bicicleta zune entre barracos grotescos e trailers-residência, por ruas sem margens, até a luz quase desaparecer do céu. Chegamos a uma pobre casa de madeira, do tipo que você consegue construir num fim de semana, mas pintada de novo, com um pequeno e jeitoso gramado, caprichosamente margeado por tijolos e cascalho. A residência do velho Sr. Deutschman. Passamos triturantes pela estátua de barro de um mexicano dormindo, e pousamos cuidadosamente a bicicleta sobre o cascalho ao lado da casa. O Sr. Deutschman não está à nossa espera. No ramo, isso é chamado de uma Incerta. Seguro os ombros de Ella para lhe fornecer um último sumário.

— Ella, é apenas para olhar e apalpar, certo? Nada barra pesada... certo? Me chama, se ele for longe demais.

— Fica frio, Bernie... sou eu que tenho os pólos, *lembra*?

Meu Deus, às vezes ela mete um puta medo. O plano é ela ser acanhada e amável, e deixar a iniciativa para ele. Tipo: é, tá legal. Falei para ela nem mesmo abrir a boca, se possível, mas isso é pedir muito de Ella.

Esmaga o chão com os pés, fazendo a volta até a porta do Sr. Deutschman, enquanto fico agachado no cascalho, fora de vista. Finjo remexer na mochila. Dois grossos pingos de chuva me atingem em cheio como cocô de passarinho. Uma porra típica de Crockett. Então ouço uma porta se abrir. A voz de Deutschman garganteia de lá.

— Quem está aí? — pergunta, todo gentil e velho. Tem um tipo de voz de uma típica velhice, como se tivesse engolido um vibrador ou coisa parecida.

Depois de ouvir os dois entrarem, descarrego a mochila e esmago o chão em volta até a porta, esquadrinhando a rua atrás de vizinhos. Não se vê nada, exceto um velho Jeep estacionado, e não se ouve muita coisa, exceto arame ressoando ao vento. Experimento a porta da frente de Deutschman — ela se abre. Prendo a respiração até a voz de Ella soar nas profundezas da casa.

— Mamãe compra elas porque o algodão é... *uau*, suas mãos estão *frias*...

O jogo começou. Fecho a porta atrás de mim, e sigo sorrateiro para a sala de estar. Um novo odor carimba meu cérebro; o cheiro de velhos sonhos em conserva, como órgãos num vidro. O cheiro da casa dos outros atinge você com mais intensidade quando você supostamente não deveria estar lá. Avanço pelo estreito corredor em direção à voz de Ella, passo pelo banheiro, onde perduram outros odores industriais. Então um carro faz a curva para a rodovia lá fora. Abafo com a mão o som do meu coração, até ele sibilar rua acima; isto é, o carro, e não a porra do meu coração. Volto a me arrastar adiante.

Deutschman e Ella estão no quarto ao fim do corredor. A porta está entreaberta. Eu me achato contra a parede e estico o pescoço para espreitar pela abertura. O Sr.

Deutschman está sentado numa daquelas velhas camas duras, que precisam de uma escada para se subir nelas. As roupas de cama estão simetricamente dobradas sob sua bunda simétrica, o que cria uma pequena e alinhada ruga na parte de cima. Ao lado da cama, há uma mesa de madeira lustrada, onde um abajur repousa sobre um paninho tricotado. Uma carteira, uma Bíblia e uma foto em preto-e-branco, numa pesada moldura de latão, estão lado a lado. Uma coroa amável resplandece na foto, com claros olhos crédulos, e cabelos ondulados e lanosos, que sopram com a brisa ao lado de flores. Você percebe que a brisa soprou há muito tempo. Do outro lado do quarto, há uma janelinha que dá vista para o lixo jogado no quintal, que inclui uma espécie de sofá de dois lugares enferrujado.

Ella está de pé na ponta da cama, com a saia levantada até o queixo.

— Ha! Isso faz *cócegas*... peraí, você quer ver o meu Pólo Sul... ou o meu Pólo *Norte*?

Arria a calcinha até os joelhos; não, baixa ela sensualmente ou coisa assim, mas dá a porra de um puxão, sorrindo, como se você acabasse de se encontrar com ela no Mini-Mart. Entende o que eu quero dizer de Ella?

— Nossa, o que é isto aqui? — Os dedos de Deutschman tremem na bunda nua dela, a respiração se torna convulsiva.

Eu também inspiro fundo. Então, salto com a Polaroid de mamãe. Tlec!

— O psicopata! — exclama Deutschman. Os lábios parecem tremer em pleno ar, em seguida sua cabeça cai bruscamente para o peito, de vergonha, acho.

— Sr. Deutschman, está tudo bem — falo. — Sr. Deutschman? A gente não veio aqui causar problema, a mocinha está aqui porque quer, e eu estou fazendo companhia pra ela. Entendeu?

Ele ergue olhos estupefatos para mim, e engole algumas palavras silenciosas. Em seguida, volta a olhar para Ella. Ela empina a cabeça como uma apresentadora de programa de auditório, e olha fixo para ele, com os dentes arreganhados. Meu *Deus*, ela leva jeito para a coisa, juro.

— Sr. Deutschman — alego —, lamento muito esta invasão, e não pretendo lhe faltar com o respeito. Mas, sabe, o senhor e eu temos necessidades especiais, e podemos ajudar um ao outro. — Deutschman mantém a boca aberta, ouvindo como um texano. — Está vendo esta mocinha aqui? Aposto como gostaria de passar um tempo com ela. Suas necessidades provavelmente serão bem satisfeitas. — Imito o vendedor nos vídeos de papai, que sempre abre os braços e dá uma risadinha, como se você fosse a porra do maior burro do mundo por não entender como as coisas são simples. — Um pouco de grana é tudo de que precisamos, em retribuição por tudo. Hoje, a sua taxa de adesão poderia ser de trezentos dólares, por exemplo... um único e fácil pagamento... e deixarei vocês dois curtirem um pouco mais. Nem mesmo voltarei, de modo algum. E, Sr. Deutschman, pode ficar com esta foto, e nunca mais passaremos por aqui, nem vamos dizer uma só palavra. Essa é a promessa solene que lhe fazemos, não é mesmo, senhorita?

Ella coloca as mãos nos quadris, sorrindo como uma mínissócia do Clube do Mickey, a calcinha em volta dos joelhos. Deutschman encara o chão por uns tempos, depois alcança a carteira na mesinha-de-cabeceira. Esvazia todas as cédulas, e as entrega para mim, sem dar uma palavra. Cento e sessenta dólares. Meu coração afunda.

— Senhor, isto é tudo que tem? Apenas esta merreca aqui? — Baixo a vista para ele, todo velho e trêmulo, e meu coração afunda um pouco mais. Abro o maço de notas e descasco uma nota de vinte da parte de cima. — Tome, senhor, não queremos deixá-lo duro ou coisa assim.

Que porra de criminoso sou eu. Ele pega a nota sem sequer olhar para cima. O que de repente me grila, porém, é isto: Ella está tendo toda a atenção que almeja, e sendo *paga* por isso. Deutschman está usando uma grana gasta, e conseguindo a curtição com que sonhou durante toda a sua vida adulta. Minha coroa está com a consciência tranqüila, por causa do meu suposto emprego, e de um novo e pequeno rendimento. E tudo que consigo é o privilégio de fazer malabarismos com um velho monte de mentiras e a porra dessa meleca. Essa coisa me deixou tão bolado que só quero mesmo é dar a porra do fora daqui.

— Agora, deixarei vocês dois sozinhos — aviso, fazendo meia-volta para a porta.

Mas, quando alcanço a porta, ouço Deutschman gemer atrás de mim. Giro e o vejo se pôr de pé. A calcinha de Ella voa de volta pernas acima.

— Não parem — pede Lally da janela. Ele afasta o olho da câmera para chamar por cima do ombro: — Leona... venha ver o que conseguimos pro programa!

Agarro Ella, o vestido meio enfiado na calcinha, e a puxo pelo corredor, atrapalhado e deixando a câmera de mamãe cair no meio do caminho. Deutschman, na nossa frente, entra ruidosamente no banheiro, olhos e boca escancarados. Enfio a fotografia para ele através da porta.

— Destrua isso, senhor, e, de jeito nenhum... não fale com aquele sujeito.

Tábuas de assoalho quicam enquanto avançamos para

a porta da frente e descemos os degraus. Somos recebidos por gotas de chuva voando de lado através da luz da varanda, nos entrelaçando como espermatozóides furiosos. Dou um puxão em Ella para virarmos num canto, em meio a um borrifo de cascalho, até onde a minha tralha está malocada nas sombras. E ali está Lally com a sua câmera.

— Oooa, crianças... esperem.

Agarro os ombros de Ella e a empurro para longe. Ela gira na direção da rua, uma mão abanando, a outra ainda ajeitando por cima do vestido a traseira da calcinha. Lally caminha cheio de chinfra até minha mochila, colocando-se entre mim e a bicicleta. Dá uma exuberante coçada no saco.

— Puxa, ultimamente, você se tornou mesmo um profissional.

Mil palavrões saltam para a minha mente, mas nenhum deles sai de lá. Em vez disso, fixo na mente o seu olhar malicioso, baixo a cabeça e invisto contra sua pança.

— *Dhuuf!*

— Ele cai para trás sobre a bicicleta, a câmera rodopia no ar, e depois resvala em sua cabeça com um estalido.

— *Seu saco de merda!* — Livra as costas da bicicleta e dá uma pancada de raspão no meu tornozelo. — Quer brincar no mundo real, seu filho-da-puta? — vocifera.

Agarro a câmera e arranco fora a fita. Em seguida, faço pontaria com a perna, e dou um chute com tudo a que tenho direito. O pontapé atinge forte, ele cai de costas com um estrondo sobre a bicicleta, aturdido e ensangüentado, em meio a uma chuva de cascalho.

— Uau, Lalito — chama Leona, ainda fora de vista, atrás da casa. — Sua estrela acaba de ver uma *aranha* aqui atrás... é assim que *deve* ser esse trabalho?

Apanho a mochila e dou uma corrida até a rua. Ella sai de seu esconderijo atrás do Jeep estacionado do outro lado, procurando a minha mão livre. Eu a puxo apressadamente para a escuridão, e vamos a toda rua abaixo, de mãos dadas, perseguidos por nuvens que se deslocam rapidamente.

— Lalo — pergunta Leona atrás de nós. — Quero que seja honesto agora. Como nome, você prefere *Vanessa* ou *Rebecca*?

Nossos batimentos cardíacos nos seguem ao longo de barracos empenados, passam por varandas improvisadas bamboleando luz amarela, dentro de leitos de riachos, sobre ladeiras; sugamos ar como motores de jatos até nos exaurirmos. Lally deve estar agora de volta à estrada, procurando. Puto da vida. E a lei não deve estar muito distante dele. Sinto arder o *piradigma*.

— *Caralho* — ofega Ella, quando finalmente paramos.

Eu me ajoelho perto dela nos arbustos atrás de sua casa. Dali você pode ver um beco com vegetação rasteira que vai dos fundos da cerca dela até o barraco vizinho. No fim do beco, você consegue distinguir a rodovia Johnson. A Keeter e o escarpado mais além meneiam negros e profundos atrás dela. Depois que a minha respiração se aquieta, ouço os primeiros grilos e o som do capim farfalhando ao vento. O ar úmido da boca de Ella atinge meu rosto. Viro-me para olhar para trás por entre os arbustos, onde cintilam as luzes mais afastadas de Crockett. Em meio ao silêncio, você ouve um suave alvoroço vindo da cidade, e depois um carro se aproximando. Um aprendizado me atinge mansamente, quente como um soco. Que eu tenho a porra de sete segundos para planejar o resto de minha vida.

— Ell, preciso lhe confiar uma coisa importante.

— Pode confiar em mim, Bernie.

— A gente tem cento e quarenta dólares. São setenta por cabeça. — Puxo o dinheiro do bolso e procuro no maço uma nota de dez dólares. Enfio a de dez no bolso e entrego o resto para Ella. — Pode levar sessenta à Beulah Drive 17? Pode fazer isso pra mim? Terá que ajeitar o cabelo, mudar de roupa e ir até lá sorrateira como uma sombra. Pode fazer isso?

— Claro que posso. — Afirma com a cabeça como uma criancinha, pois você sabe que elas exageram na afirmação. Então me encara através de olhos brilhantes. — O que *você* vai fazer?

— Preciso sumir por uns tempos.

— Eu vou com você.

— Uma porra que vai. Eles nos pegariam num segundo.

Ela fecha os lábios, pressionando-os, e me encara um pouco mais. Juro que ela é tipo o seu gato ou coisa assim, do jeito como encara. Um caminhão ruge ao longo da rodovia Johnson. Fico tenso até ele passar. Ella apenas continua encarando. Então uma porta bate a meia distância, e a voz de uma coroa grita esganiçada.

— E-*lla*!

Ella fica com cara de tacho. Acho que foi uma aventura de verdade que acabamos de ter; você percebe que isso quebrou o gelo com Ella Bouchard. Aperto a mão dela, em consideração aos velhos tempos recentes, e apanho minha mochila.

— Se encontrar a minha coroa, diga a ela que sinto muito e que manterei contato. Ou, não, melhor ainda, não diga nada, apenas enfie o dinheiro por baixo da porta. Tá legal? — Faço menção de me levantar do meio dos arbustos, mas a mão de Ella me intercepta segurando minha perna. Baixo a vista para o rosto dela. Subitamente, ele parece configurado para tomar corajosas decisões na vida, tipo a força de vontade ter se infiltrado pelos poros dela ou coisa assim. Alcança minha boca e crava um beijo desajeitado.

— Eu te amo — sussurra. — Fique longe da trilha da Keeter, esta noite eles vão botar lá essa coisa da SWAT. — Agarra minha mão e coloca nela todo o dinheiro, todo, menos os sessenta dólares de mamãe. Então, põe-se de pé num salto e afasta-se com um ruge-ruge pelo beco como um fantasma de algodão.

— Eee-*lla*!

— *Tô indo*!

Ainda sinto a saliva dela nos meus lábios. Eu a limpo com o braço. Ao me fundir com a escuridão do lado do escarpado da rodovia, avisto uma forma balouçando através da luz na extremidade da Keeter. É a inconfundível cabeça gorda de Barry Gurie. Não está com pressa. O sibilar de um carro se aproxima da outra direção. O carro de Lally. Corro antes que as luzes dele varram a estrada.

# Terceiro Ato

## Paixões violentas

# quatorze

Das terras acima da Keeter, Martirio cintila como uma ninhada de vaga-lumes. Você consegue enxergar a nova placa do Seldome Motel, e um canto do *Bar-B-Chew Barn* é visível, juntamente com a torre da rádio. Se apertar os olhos, pode ver a espinha dorsal da cidade, uma centopéia com pernas de bombas de petróleo iluminadas ao longo da rua Gurie — merda, merda, merda. Trilho a espinha o mais distante que consigo, até a Liberty Drive, pelo menos. Minha cidade é bonita daqui de cima. É como se uma estrela brilhasse para cada criatura na constelação de Martirio, e algumas mais brilhassem além disso. Há apenas um pontinho negro na periferia norte da cidade, onde não brilha estrela alguma. Só pode ser minha casa.

Ondas vêm vindo. Meu instinto de sobrevivência se esgotou quando deixei a rodovia Johnson. Agora, pisoteando a fita de vídeo de Lally na porra do chão, consigo sentir o gosto do sal das ondas. Elas surgem com imagens da minha mãe em sua cozinha escura, raspando qualquer velha migalha de esperança, para acumular e formar uma torta. Mas tudo o que ela raspa é papo furado. Isso me arrasa. Ela deve estar murmurando "pois pelo menos ele tem um emprego, e ainda temos o seu aniversário para aguardar com ansiedade". Mas estou a meio caminho do escarpado, a caminho do maldito México. Provavelmente para sempre.

É pouco antes das dez. Posso alcançar a auto-estrada em duas horas, e depois talvez conseguir uma carona, pegar um ônibus ou coisa assim para San Antonio. Dou uma última olhada em Martirio faiscando através da baixada, o meu universo por todos esses longos anos. Então, me encaminho para as colinas, todo triste e solitário. Meu mecanismo de defesa se torna acessível a um delírio de chantilly. Lembra aquele velho filme com a casa de praia? Muita gente deve fazer isso, de verdade. Não há nada dizendo que você tem que ser um tipo especial de pessoa para fazer isso. Imagino mamãe se acalmando depois que as coisas esfriam. Compro algumas lembranças para ela. Talvez lhe mande uma empregada; ela pode enfiar isso no rabo gordo de Leona. Um aprendizado: é uma coisa de louco como babaquices tornam mais atraentes seus planos.

É meia-noite quando os primeiros faróis na rodovia tremeluzem através dos arbustos. Para ser honesto, nem mesmo sei em que direção é o Sul. Meu coroa achava que escotismo era para maricas, e por isso eu nunca soube na vida em que porra de direção fica o Sul. Em vez de tentar imaginar isso, chamo à mente um pouco de Glen Campbell, para me ajudar a seguir em frente, triste e solitário, mais velho do que a minha idade. *Wichita Lineman* é a música à qual recorro, e não *Galveston*. Eu teria conjurado Shania Twain ou algo mais provocativo, mas isso talvez levantasse demais a minha bola. O que acontece com uma música provocativa é que você sai flutuando de si mesmo, e depois é duro demais cair na real. Detesto isso. O único antídoto é simplesmente permanecer deprimido.

É quase uma hora da manhã de quarta-feira, quando a lua finalmente goteja através das nuvens para colorir tudo de um cinza-geada. A porra do Texas é tão bonito. Se você ainda não esteve aqui, deveria vir. Fique à vontade para evitar Martirio, apenas isso. Manadas de caminhões e carros passam pela auto-estrada, mas nenhum parece a fim de parar. Isto é, eu sei que não vão parar se eu não me levantar e fizer com que parem, não me entenda mal. Apenas não gosto das minhas chances. A melhor idéia é esperar por um ônibus, que tem uma tradição de parar. Eu me instalo no arco de uma curva da auto-estrada, tiro a jaqueta da mochila e preparo um encosto num arbusto. Sento e espero, e repasso na cabeça alguns aprendizados.

A TV o deixa na mão, descubro, ao não convencer você de como as coisas funcionam realmente no mundo. Tipo, ônibus param em qualquer lugar da estrada, para embarcar qualquer tipo de babaca, ou você tem que estar numa parada normal de ônibus? Você vê uma porção de filmes nos quais um mané solitário pára um ônibus no meio do deserto ou coisa assim. Mas talvez isso só se aplique ao meio do deserto. Ou talvez só os motoristas que assistem a esses filmes é que param. Tudo isso passa batido pela minha cabeça, e começa a descambar para outros tipos de filmes, como aquele com o carro negro demoníaco que quer se vingar de um cara. Sinto o cabelo serpear na brisa, o capim e os arbustos serpeiam à minha volta. Apenas a natureza e eu, serpeando, enquanto o carro demoníaco consegue sua vingança.

Um calafrio atravessa com dificuldade minha pele e me desperta. Já passa das cinco da manhã. Ouço o ribombar de um ônibus na auto-estrada e iço minha mochila do acostamento. Um coletivo malha na curva, reluzindo frescor e aconchego em seu interior. Agito os braços, e faço como se tivesse acabado de chegar do cenário de um motivo urgente para viajar. Um motorista uniformizado se inclina para me observar pelo espelho retrovisor, quando o ônibus passa costeando. Em seguida, "pschhsss", encosta e pára, a duzentos metros adiante na auto-estrada. Vôo na direção das luzes traseiras.

A porta se abre com um arquejo.

— Está com algum problema? — indaga o motorista.

— Preciso ir a San Antonio.

— Martirio fica a poucos quilômetros de distância, você deveria apanhar lá o próximo ônibus da linha... não posso parar à toa, sabe.

— É, mas... estou enrascado aqui e...

— Está *enrascado* aqui? — Ele olha em volta. — A gente tem paradas predeterminadas, e você não pode simplesmente acenar para um ônibus em qualquer lugar. — Disparo para ele aquele olhar de filhote de cachorro, e, finalmente, ele diz: — Vou ter que lhe cobrar a tarifa completa, desde Austin... treze e cinqüenta.

Subo a bordo, sem mesmo checar onde está sentada a vaqueira, ou mesmo se há uma vaqueira. Apenas trago a aura de lençóis amarrotados, de viajantes bagunceiros com aparas de sono, e me arrasto até uma fileira vazia nos fundos. Minha glândula adrenal secreta enquanto voltamos a andar, meio que esperando que Lally apareça, ou a mãe de Ella, ou algum tipo de merda. Nem pensar nisso, pois o destino sempre presta atenção no que você pensa, e depois empurra isso com força na porra do seu rabo.

"Drrrrrr", o ônibus retorna à auto-estrada, e, após inomináveis quilômetros, pairo suspenso sobre o fio da navalha de um cochilo, meu cérebro como grânulos de cristal. Depois passamos por um campo de esterco ou coisa assim, o tipo de cheiro sujo penetrante que seus parentes fingem não notar quando você está no carro com eles, e isso subitamente inunda os meus sentidos com Taylor Figueroa. Não me pergunte por quê. Eu a sinto num campo perto da auto-estrada. Ela está de quatro atrás de um arbusto, nua, exceto por uma calcinha azul de tecido sintético, que fica bem apertada no v das coxas, e irradia embriagante sujeira. Eu também estou lá. Estamos em segurança e à vontade, com tempo disponível. Surfo com o nariz pelo seu acolchoado, mapeio a pegajosa pele juntamente com vislumbres de ângulos até o *collant*, onde o cheiro forte se intensifica como um chocolate acre e viscoso, pinica, e me faz recuar quicando de sua tabaca. No meu sonho recuo quicando para muito longe. Então percebo que estamos num campo de toletes, e subitamente não sei se é o odor de Taylor, ou apenas a plantação que consigo cheirar. Pelejo para voltar à racha dela, mas os ângulos sumiram. O odor proibido se dissolve no meio das emanações de calor dos corpos e da loção após barba do ônibus. Acordo tragando o ar loucamente. Ela sumiu. A distância vazia passa correndo pela janela.

Sento aprumado na poltrona, esperando enganar a mim mesmo e voltar à normalidade. Mas as ondas continuam despencando, ondas de maré de terror ao fundo desse belo sonho. Agora luminosas imagens de Jesus formam-se à minha volta. Ele não olha para mim. Desvia a vista e enfia o cano da arma na boca, sente o gosto de sua quentura. Em volta dele, olhos leitosos pontilham o pátio da escola como flores, olhos convulsivos tornando-se mais lentos, apagando-se, morrendo. Buum. O ar fraturado escoa tosses e gorgolejos, o sibilar do desesperado coagular, das últimas mensagens vitais que ninguém escuta. O Sr. Nuckles, o professor, também está aqui, o rosto enfeitado com bolhas de sangue jovem. As lembranças estão de volta. Disparo lágrimas desordenadas pelos mortos, por Max Lechuga, Lori Donner e todo mundo, e sei que estou fodido pelo resto da viagem, talvez pelo resto da minha vida, fodido e pregado pelo buraco do meu pau à maior das cruzes. Como podem pensar que eu fiz isso? Eu era amigo do pobre-diabo, não freqüentava a galera, só isso, e agora me botaram no lugar dele, agora qualquer coisa original que eu já tenha dito ou feito se transformou numa sombra sinistra. Pela primeira vez, eu entendo ele.

— Você está bem? — pergunta uma coroa, aproximando-se pelo corredor. Eu devia estar ofegando, como um peixe ou coisa assim. Ela leva a mão ao meu rosto, e eu a aceito como se fosse a mão de Deus.

— Eu vou ficar bem — respondo através de uma cortina de saliva. Ela recolhe a mão, mas meu rosto vai atrás, sem que eu o tenha instruído, ansiando por outro afago.

— Lamento por você ter problemas. Estou bem ali... Se precisar de companhia, estou bem ali. — Recua de volta para seu assento.

Um anjo do céu, essa coroa, mas não consigo sentir nada, exceto dor e escuridão, a escuridão do purgatório. Enterro o rosto nas mãos, e fico tremendo de dor, rezando por algum tipo de esperançosa distração. Então, juro pela sepultura do meu pai, começa a tocar *muzak* no ônibus. A princípio, apenas uma satisfatória nota de violino.

*Sailing, take me away...* *

Está claro, quando entramos em San Antonio, mas cedo demais para estar movimentado. Estou tão faminto quanto

*Veleiro, leve-me embora. (*N. do T.*)

um cão vadio. Meus olhos ainda parecem arenosos com o sal. Escondo-me no banheiro do terminal até as oito horas, depois vou até os telefones, ligar para os pais de Taylor Figueroa. Sinto-me totalmente vazio, drenado de meus humores vitais. A lógica atual é esta: se conseguir o telefone de Taylor, e der o primeiro passo em direção ao meu sonho, isso vai encher minha bola, e talvez até mesmo ligue para casa e explique as coisas. Se não conseguir o telefone de Taylor, então me restará tão pouco para perder, que ligarei para casa assim mesmo, porque não vou mais me importar de ficar com a bola cheia.

Teclo o número. Um pensamento me ocorre, ao fazê-lo, de que talvez a minha coroa, da noite para o dia, tenha se tornado amiga dos Figueroa, e está lá, tomando café, ou, mais provavelmente, chorando. Você sabe como é Martirio. Que bobagem, pois a minha velha coroa nunca foi à casa dos Figueroa em toda a sua vida. Mas você sabe como é Martirio. O telefone toca.

— Pois não? — A mãe de Taylor atende, com uma voz fria e grave.

— Sra. Figueroa? Aqui é um amigo de Taylor. Eu perdi o telefone dela, e queria saber como posso entrar em contato...

— Quem está falando?

— Hã... apenas um velho colega de escola, tipo, da escola.

— Sim, mas quem?

— Ah, é... Danny Naylor, foi mal. — A porra de um tremendo erro. Imediatamente, a voz dela se torna toda descontraída e íntima.

— Ora, *oi*, Dan, não o reconheci mesmo... como a vida está tratando você na A&M?

— Ah, legal, muito legal, estou mesmo adorando.

— Vi sua mãe, outro dia, na feira da New Life, e ela me disse que você vai vir para o festival do tremoço-de-flor-azul.

— Ah, claro... a senhora me conhece. — Suor escorre pela porra das costas, minha visão torna-se metálica, como se eu tivesse entornado quarenta xícaras de café.

— Viva — exclama. — Vou encontrar sua mãe amanhã, na reunião da comissão, e vou contar a ela que você telefonou e que está bem.

— Ah, legal, muito obrigado.

— E tenho certeza de que Tay vai adorar saber de você... Espere, que vou pegar o número do telefone dela.

Agora, mais essa porra. "Tenho *certeza* de que Tay vai adorar?" Sinto um repentino torcer da faca por causa disso. É típico do babaca do Naylor se intrometer nos meus lances. Tipo, ele só conseguiu fazer uma boa piada em toda a sua carreira escolar. Isso me faz querer dizer: "É, eu só quero colocar ela a par do meu câncer genital", ou coisa assim. Que filho-da-puta esse Naylor, maluco.

— Aqui está, Dan, ela continua na UT Houston... sei que ela tem um encontro na hora do almoço, e você não vai pegá-la lá nessa hora, tem que ser agora.

Anoto o número em "T", e em "F", no caso de eu ficar com amnésia, e depois escrevo também na capa da caderneta.

— Obrigado, Sra. Figueroa... cuide-se bem, e diga à mamãe que eu a amo.

— Claro, Dan... vejo você no festival.

Desligo o telefone, sacudindo a cabeça por causa de tamanha burrice. Você pode até imaginar Danny chegar ao festival e perguntar: "Que porra de telefonema?". Ou todo mundo descobrir que ele morreu num acidente, uma semana atrás, dançando quadrilha ou coisa parecida. E eu levo a porra da fama, xará. Isto é, deve haver por aí umas galeras muito violentas, barra pesada mesmo, mas aposto que, em suas vidas, nunca se envolveram em cagadas idiotas. Tipo, aposto como o velho Aborto Hitler, um cara malvado paca, nunca teve ninguém procurando por ele, num festival de comilança ao ar livre, porque ele fingiu ser Danny Porra Naylor.

Ter o telefone de Taylor me faz parecer como se eu sofresse da Desordem por Deficiência de Atenção, ou qualquer que seja aquela em que você congela no ato, ou faz mímica ou seja lá o que for. Bolo uma expressão facial para disfarçar isso, franzindo a testa como se estivesse calculando pi até a oitava bilionésima casa decimal. Por baixo de minha nova expressão, faço percorrer todos os pensamentos que me deixariam ficar com cara de otário. Tipo pensar que a minha coroa já está acordada. Provavelmente já sendo tratada com a porra do desfibrilador, ou seja lá o que os paramédicos usam quando gritam "afastem-se!" Eu me arrasto para as portas do terminal, onde está afixado o horário dos ônibus. Saem ônibus regularmente para Houston, o que significa que tenho tempo suficiente para ligar para a minha coroa. E ônibus saem regularmente de Houston para Brownsville e McAllen, perto da fronteira mexicana. Sou tentado a comprar duas passagens até a fronteira, e presentear Taylor com uma, tipo um anel de noivado ou coisa assim. Mas meu cérebro diz não, nem mesmo ainda compre uma só. Calafrio por um segundo. Então começo a lembrar todos os fatos óbvios de *Quem Ousa Vence* e coisa e tal. Tipo, talvez o fato de eu não comprar uma passagem signifique que eu não a farei vir. Fico congelado na porra da porta, recalculando pi.

Digamos, por exemplo, que dois caras queiram arrastar Taylor Figueroa imediatamente para o México. Um lhe leva flores, diz que tem um plano de ir para o México e gostaria que ela fosse junto. O outro mané aparece com uma garrafa de tequila, um baseado e duas passagens até a fronteira. Ele não lhe mostra de imediato as passagens, mas diz: "Tenho algumas horas de vida... me ajude a superar a dor." Em três minutos exatos, ele a deixa chapada, chupa suas amígdalas pela garganta e então saca as passagens e diz: "Dez minutos até os tiras chegarem e levarem você como cúmplice... vamos trepar." Com qual dos dois ela vai? Você sabe a porra da resposta, eu não tenho que lhe dizer. Mas me deixe lhe dizer uma coisa: não é porque um é gentil e o outro é nojentão. É porque um deles *sabia* que ela iria. Como americanos, nós sabemos que isso é verdade. Nós *inventamos* a porra da assertividade, ora bolas. Mas, no meio de todos aqueles livros e fitas, no meio de toda a porra da indústria da assertividade — e não me refiro à de como convencer as pessoas, aumentar as vendas e essa merda toda, pois essa é uma outra indústria à parte, isto é, a indústria onde você acaba sabendo qual dia é o dia em que algo vai lhe acontecer — você *nunca*, nem *uma* só vez, ouviu a porra de como *fazer* isso *realmente*. Tipo, com relação à minha grana, apenas o pensamento positivo não traz nenhuma vantagem. Passei o ano todo pensando positivamente, e, porra, olhe para mim agora. Minha coroa pensa que uma geladeira nova vai surgir na sua porta, mas você ainda não viu aquela porra.

Vou mancando de volta aos telefones. Não tenho certeza se Taylor vai vir. Aliás, para ser realmente honesto, sinto que ela não vem. Ela tem um encontro no almoço, e sua vida é toda particular, e cheia de pele cheirando a sol e calcinhas rendadas. Eu tenho apenas a porra da terrível realidade, sem atrativos, com seu cheiro de motores de escadas rolantes e sangue, que zune e bipa, que liquida com todo o seu brilho. Sonhos são de uma puta perfeição, mas a realidade sempre reboca para o outro lado. O fato de que nossas duas vidas vão se roçar durante o tempo que se leva para dizer alô não significa automaticamente que vão voar faíscas. O melhor que talvez você possa esperar é que a vida de renda cor de pêssego dela se suje com meleca. É o bastante para fazer você abrir o berreiro. Especialmente porque, agora, estou com a disposição de ânimo contrária para que isso aconteça. Tem o aprendizado, ó parceiro: que você é amaldiçoado quando percebe as coisas verdadeiras, pois, desse modo, não consegue nunca mais agir com toda a confiança que lhe dá a burrice.

No fim das contas, fico apenas de saco cheio. Empacoto o meu maldito estojo de ação filosófica e tiro uma moeda do bolso. Arremesso. Cai com a coroa para cima, o que significa ligar imediatamente para ela em Houston. Levanto o fone e teclo o número dela.

# quinze

— Alô? — A voz é bunda líquida em calcinha elástica.

— Oi, Taylor... é Vern.

— Peraí, que vou chamar ela — diz uma garota. — Tay! *Taylor*... é Vern.

— *Quem?* — pergunta uma voz ao fundo.

Em seguida, você ouve risadinhas. Eu detesto essa porra. Suas chances com uma garota caem vertiginosamente nas vizinhanças de uma risadinha. Aprendizado: nunca tente lidar com mais de uma garota de cada vez.

Finalmente, ela tagarela na linha.

— Tayla.

— Hã... oi, é Vern.

— *Vern*?

— Vern Little... Lembra de mim?

— Vern *Little*? Tipo, poxa... — Enquanto ela fala, você ouve a outra garota num silencioso ataque histérico ali perto.

— Você deve ter-me visto no noticiário, Vernon Gregory Little... de Martirio?

— Tipo, eu lamento muito... Ouvi falar sobre o massacre e coisa e tal, mas, normalmente, eu só, tipo, assisto cabo, tá ligado?

— *Canal de Penetração Anal* — berra a outra garota.

— Não *fode*, Chrissie, *porra*.

— Hã... bem, eu sou aquele cara de cabelo desgrenhado que estava do lado de fora da festa de formatura... eu fiquei com umas coisas suas...

— Ah, ei, *Vern*. Foi mal... você cuidou de mim naquela noite, tipo, maluco, eu *exagerei*, não foi mesmo?

— Ora, que nada — digo. No fundo, você ouve ela expulsar a outra garota do quarto. Pausa para outras risadinhas, enquanto ela faz isso.

— É que, na verdade, tipo... *qualquer coisa* poderia ter acontecido comigo, sabe? — Empurro um pouco de saliva em torno da boca, imagino algumas coisas que poderiam ter acontecido com ela. — Como é que você conseguiu o meu telefone? — pergunta.

— É uma longa história... o lance é que estou indo a Houston, e pensei que talvez a gente pudesse tomar um café ou coisa assim.

— Poxa, Vern, estou tipo, uau, sabe como é? Talvez numa outra oportunidade.

— Mas que tal um almoço ou coisa assim?

— Sabe, minha prima está vindo aí, e é como, tipo, sei lá, coisa de mulher, morou? De qualquer modo, foi legal você ter ligado...

Pronuncia as palavras de arremate, sem mais aquela. Em seguida, vem um intervalo embaraçoso, enquanto espera o encerramento correspondente de minha parte. Um prego de terror me faz arriscar.

— Taylor, escuta... eu acabo de me mandar da cadeia, estou fugindo. Eu queria lhe dizer umas coisas antes de desaparecer, sabe?

— *Puta merda*, tipo... o que aconteceu?

— Não posso mesmo dizer pelo telefone.

— Meu *Deus*, mas você parecia tipo, uau, sabe como é, um cara tão sossegado.

— Talvez não tão sossegado, como veio a ser demonstrado. Não mais a droga de tão sossegado.

— Meu *Deus*, mas você só tem, tipo... quatorze anos, não?

— Hã, na verdade, dezessete, agora, por esses dias. Mas, tudo bem, acho que devo ter pirado contra as injustiças e coisa e tal.

— *Oh, meu Deus...*

Parado junto aos telefones, movimento os olhos pelo terminal, e aguardo a mordida na isca. Aguardo em nome de todo o conhecimento irrefutável, adquirido por toda a história da humanidade, que diz que as garotas simplesmente não conseguem resistir a meninos maus. Você sabe, eu sei. Todo mundo sabe, mesmo que você não tenha mais permissão de dizer isso.

— Vern, talvez eu possa, tipo... sei lá, morou? Isso é tipo, meu *Deus*. Conhece a Galleria, em Houston?

— Nem desconfio.

— Olha, eu tenho que estar na Victoria's Secret por volta das duas... eu podia, tipo, te encontrar lá na frente, na Westheimer, ou por ali.

— Na *Victoria's Secret*? — mordo a língua.

Ela dá uma risadinha.

— Eu sei, é tão *embaraçoso*... mas eu preciso, tipo, comprar umas *roupas íntimas*, e não acredito que tenha convidado você.

— Eu usarei óculos escuros.

— Tô ligada — diz ela, rindo. — Você está, tipo... num carro?

— Eu pego um táxi.

— Tô ligada, olha... tem tipo um boneco inflável de um polvo diante da Galleria, é uma espécie de promoção... vou ficar de olho ali, por volta de quinze pras duas.

Viu como as coisas funcionam? Primeiro, sou tipo uma mancha de cocô na cueca no telefone dela, e ela quer encerrar a ligação. Mas veja o que acontece agora que estou *numa roubada*. Veja só o espantoso poder da *roubada*. Roubada é o maior *agito*.

O ônibus para Houston custa vinte e duas pratas. Estou com fome, mas só me restam quarenta e quatro e cinqüenta. Vai custar mais do que isso levar nós dois para o México. Quando o meu ônibus chega a Houston, pouco antes de uma da tarde, vou para os telefones e procuro "Dinheiro" nas páginas amarelas. Minha música tem que dançar. Um táxi me leva a quilômetros de distância, até uma casa de penhores onde recebo a oferta de vinte e cinco pratas pelo meu *player* de duzentos dólares, o que aceito, pois o taxímetro está correndo, e já me custou dez dólares, que tive de pagar de imediato assim que o motorista percebeu que estávamos indo para a porra do prego. Também recebi a oferta de vinte e cinco centavos por cada um dos meus CDs. Dei uma risada de escárnio na casa de penhores, e o penhorista ficou furioso. Aliás, penhoradamente puto da vida, como dizemos por aqui.

Em seguida, o táxi me conduz por uma série de elegantes rodovias, passa por enormes prédios com parabólicas até a Galleria. Tento não imaginar o que Taylor estará usando, ou como estará cheirando. É melhor não ficar ligado em qualquer coisa que deixe espaço para a frustração, se não for verdade. Posso me ligar naqueles mesmos shorts de antes, encontrar ela usando jeans ou coisa assim e ficar sem vento nas minhas velas.

Eu me distraio observando o motorista. É um motorista de profissão, cujo corpo e bunda estão permanentemente moldados na forma do assento. Parece um cara legal, meio grandalhão e bigodudo, com um sorriso descontraído. Lembra Brian Dennehy, daqueles velhos filmes, do tipo com ovos alienígenas na piscina. Uma porção de gente da nossa escola gostaria que Brian Dennehy fosse nosso pai, da mesma forma que desejávamos que Barbara Bush fosse nossa avó. Não como a minha velha e suja avó. Mas o meu coroa ainda estava vivo quando vi aqueles filmes, e me senti meio que traindo ele desejando que Brian Dennehy fosse meu pai. Talvez essa porcentagem de energia negativa tenha contribuído para sua morte. Quem sabe?

O táxi entra na Westheimer, que é como quatro ruas Gurie juntas. Tento não tomar consciência das minhas palpitações, mas elas aumentam assim mesmo. A propósito, não há uma porra de cura para isso. Nos filmes, as suas palpitações aumentam quando você quer que aumentem — mas aqui elas apenas agem sozinhas. A porra das suas palpitações é a morte do ficar frio. Inspiro fundo várias vezes quando o monstruoso shopping surge ao nosso lado: um enorme polvo inflável flutua acima, preso por umas cordas na calçada. Meus ovos rastejam para a garganta.

— Bem ali, perto do polvo — falo para o motorista.

A figura de uma jovem está parada na rua. Escorrego mais para baixo do assento, torcendo para que ela não tenha me visto. Detesto isso, quando você vai se encontrar com alguém e a pessoa avista você a porra de quilômetros de distância e fica apenas encarando. Você sente como se seus passos fossem muito saltitantes, ou seus ombros estivessem bamboleando demais ou coisa assim. E mantém no rosto o mesmo sorriso idiota.

É Taylor Figueroa. Está com uma saia curta de cor cáqui. As pernas e os braços brotam calorosos e desatentos sob cintilantes cabelos castanhos. As sobrancelhas erguem-se instantaneamente quando avista o táxi. Sinto um enjôo na porra do estômago.

— São sete e oitenta — anuncia o motorista.

O frescor do cheiro dela me atinge assim que a porta se abre, mas o assento do táxi é tão baixo e fundo que até pareço escalar o Monte Everest para sair. Taylor mantém congelado o sorriso construído, enquanto iço a mochila através da encosta oriental da porra do táxi. Em seguida, deixo cair minha carteira no chão. Ela cruza os braços enquanto pelejo atrás de uma cédula e a entrego ao cara.

— São sete e oitenta — repete o motorista —, e esta é uma nota de cinco. — Segura a cédula através da janela como se ela fosse um cocô.

Gotículas de suor pipocam em minha testa. Apalpo o bolso atrás de trocado, mas o bolso é tão apertado que mal consigo enfiar a mão nele. Van Damme agitaria violentamente as costas da mão, em vez de contorcê-las daquele modo e apagaria a porra do motorista com uma porrada. Finalmente, acabo entregando ao cara uma nota de dez da minha carteira.

— Fique com o troco — falo para ele, na maior. Taylor se curva para beijar minha bochecha, mas se detém em pleno ar. O maldito motorista agita uma cédula pela janela.

— Não esqueça a sua nota de cinco.

— Eu *mandei* ficar com o troco.

— Tem certeza? Obrigado, muito obrigado mesmo...

Porra. Agora Taylor está sem graça. Eu estou sem graça, a meio caminho da porra da falência, e, no fim das contas, Taylor simplesmente tirou o beijo de cena. Capto, porém, uma rajada mais próxima do seu perfume, que tem nele um anzol, a farpa de uma mulher de verdade, no sentido de uma calcinha mais complexa, provavelmente de seda, pregueada, com barra de renda e tudo mais. Talvez em um meio-tom de azul, ou um tom cor de pele. Fico totalmente dominado por ela.

— Oi — diz ela, me conduzindo além do polvo. — Você assaltou um banco, foi?

— É... tá vendo esta mochila?

Sôo um tanto enfadado, como um cara seboso num desinteressante dia de Houston. Gotas de suor pingam do meu nariz. Taylor me examina. Seus enormes olhos castanhos estreitam-se.

— Você tá legal?

— Acho que sim.

Sôo como se não tivesse nenhum desejo de impressionar ninguém, mas, nesse novo tipo de depressão, acontece algo curioso. Uma coisa de vida. O que acontece, acho, é que mantemos uma espécie real de contato, como num filme ou coisa assim. Ela acabou de me ver bancando o completo babaca, e sabe que eu sei. E é como se ela relaxasse um pouco, e eu relaxo com ela. Como o cavalo que não tivesse mais que fazer seus cálculos no palco. Isso, acidentalmente, me tornou verdadeiro, creio, e me expôs como um velho cão sarnento, completamente ferrado. Ela me conduz em silêncio pelo shopping, respeitando o escuro redemoinho de roubada, e as lágrimas de outras pessoas em volta da minha alma.

— E aí, seu bandido? — provoca, na escada rolante.

— Pô, nem sei por onde começar.

— Eu arranco tudo de você. — Desliza a mãozinha seca para dentro do meu bando de dígitos de carne úmida, e me puxa através da multidão. — Vamos procurar a minha prima, e depois talvez tomar umas biritas e fazer confidências.

Umas biritas. Tomar umas biritas e fazer confidências. Que mulher. Observo suas belas e pequenas nádegas esticarem o tecido da saia, esquerda, direita, esquerda, sem a marca de uma calcinha à vista, não a olho nu. Estou tão apaixonado por ela, que nem mesmo consigo imaginar sua calcinha.

Chegamos à loja de lingerie, onde todo aquele esplendor explícito de roupa íntima está em exibição bem na frente. Não estou tão interessado em todo aquele tipo extravagante de coisas, para ser honesto. Prefiro biquínis simples de algodão, do tipo que uma garota usa quando não espera que você vá lá. Olho em volta para as mulheres na loja. Você é capaz de perceber que aquelas porras rezam para que você vá lá.

— Não estou vendo ela — diz Taylor, esticando o pescoço por cima das peças. — É típico. Quer sair pra conversar? Eu vou entender, se não quiser...

— Tá, mas você vai ter que guardar uns segredos bem barra pesada. Eu vou entender, se não quiser... — Garotas simplesmente adoram segredos.

— Tô ligada. — Enruga o narizinho. — Tipo, eu não preciso saber onde os corpos estão enterrados, ou nada disso. — Mostra os dentes cintilantes, e me leva até uma cafeteria de aparência elegante do outro lado do saguão.

— Pô, não tem corpos nem coisa nenhuma — digo.

Ao instalar a sua bunda num banquinho, noto que, afinal de contas, ela não é assim uma pintura — dois de seus dentes são tortos, e dá para você notar uma espinha recente por baixo da maquiagem. Eu me dissolvo como esperma num lenço de papel. Ela é tão real, porra, tão *aqui*.

— E aí, tipo... você é culpado? — pergunta.

— Nãão, não creio.

— É tipo assalto ou coisa parecida?

— Assassinato.

— *Ih!* — O rosto dela se contrai, como se tivesse acabado de pisar em merda. — Não acha melhor, tipo, ficar e enfrentar essa coisa?

— Nããão, as coisas se complicaram, e preciso desaparecer por uns tempos.

As sobrancelhas dela se apertam em sinal de compaixão. O que percebo, enquanto me dissolvo no melado dela, é que preciso conduzir o papo para longe da meleca, e começar a construir uma plataforma de emoção para que ela fique tentada. Pedir umas tequilas ou coisa assim, beijá-la na boca.

— Tay — enrugo a testa —, isso pode parecer repentino, mas... preciso lhe pedir uma coisa muito importante.

O rosto dela endurece, como fazem os rostos quando vem merda a caminho. De imediato, percebo que é a abordagem errada.

— Grana? — reage. — Tipo, se precisar de um empréstimo...

Surge um garçom.

— Em que posso servi-los? — Taylor e meus olhos dão um tempo para se separar.

— Eu quero um *liquado* de goiaba — pede ela.

— Hã... traz dois — digo. — Tequila é o caralho. Depois que o garçom se vai, tento outro enfoque. — Pô, Tay, estou um puta egoísta... nem mesmo perguntei como *você* está se virando...

Ela chocalha minhas mãos.

— Você está me *matando*, tipo, meu *Deus*. Estou simplesmente aqui, terminando essa coisa, já tentei a TV, mas ainda não fui escalada... estou tipo, *tanto faz*, tá ligado?

Sorrio, e absorvo a calidez do momento para construir

uma plataforma de romance. Então, ela joga os cabelos para trás e baixa a vista.

— E estou me encontrando com um *médico*, dá pra acreditar? É um cara mais velho, obviamente, mas estou *tãããão* apaixonada... é por causa dele que vim fazer compras, ele e o novo namorado da minha prima são *unha-e-carne*.

Começo a ouvi-la através de um distante túnel de eco, você sabe como é isso. Então, a voz da minha mãe escapa pela minha boca.

— Puxa... *uau*.

— Nossa, não acredito que tenha *contado* isso pra você! De todo modo, ele dirige uma Corvette, igual a um Stingray original e coisa e tal, e, em novembro, vamos ao Colorado, pro meu aniversário.

— Puxa, *uau*.

O destino tão-suave-e-delicado-para-a-sua-pele agora me faz morrer berrando por cada pixel do ser dela, e, com cada variação de seu sorriso, com cada indício de quão remoto da mente dela está o meu sonho, sofro a porra de uma morte sabendo que aquele é somente o germe de uma infecção causadora de mil mortes miseráveis.

Então Taylor se levanta do banquinho e acena para o saguão.

— Ei, lá está a minha prima... Leona! *Loni!* — grita. — Aqui!

Puta-que-pariu. É Leona Dunt, lá da minha cidade. Não sei se Lally está com ela. *Caralho*. Detono do meu banquinho e apanho a mochila. Leona continua parada perto da loja de lingerie, ela ainda não olhou adiante.

— Qualé? — pergunta Taylor para mim.

— Preciso dar no pé.

— Mas... o que era que ia me pedir?

— Por favor, por favor, por favor, não fale nada disso pra Leona.

— Você conhece *Leona*?

— Conheço, *pô*. — Meu Nike me leva em disparada pelo saguão.

— *Vern!* — grita ela, enquanto desapareço na multidão. Dou uma olhadela por cima do ombro, e capto sua imagem para sempre; ali está ela, como um gatinho perdido, lábios abertos, sobrancelhas contraídas. — Tome cuidado — faz silenciosamente com os lábios. — Me *liga*.

Apodreço e me decomponho na traseira de um ônibus da Greyhound com destino a McAllen, sob a luz túmida do desfigurado lampião de lava do céu, apenas uma concha de grifes sem sentido, um abrigo para larvas e vermes. Vernon Gosma-do-Inferno Little. E acabei não telefonando para mamãe, você adivinhou. Nem mesmo comi o dia todo. Tudo que fiz foi me pregar na cruz.

O Cinema Um do meu cérebro exibe intermináveis *closes* de Taylor. Tento não assistir, tento ficar na sala de espera para evitar isso. Mas a coisa está bem ali, percorrendo extensas rotações em uma bunda leitosa. O Cinema Dois passa aquele outro clássico atemporal, *Mamãe*, ou, *Querida, eu Enrabei a Família*. Tento não assistir a esse também. Tudo a que assisto é uma dupla exposição do meu velho rosto idiota na vidraça, enquanto a distância infinita passa lá fora; uma distância esponjosa e escura, como bolas de fiapos de tapete sobre cream-cracker molhado. Redes elétricas e postes de cercas passam como pautas musicais, mas as melodias soam como merda.

Essa é a cena quando recebo o prego do dia, o tal que esqueci de esperar. Uma música fica associada a Taylor.

Justo quando você pensa que investigou ao máximo a lei natural, sempre surge uma coisa de que você esqueceu. Conheço a rotina daqui em diante. Todo mundo, no fundo, sabe que não há meio de se eliminar uma música do destino depois que ela se fixa. É como a porra de herpes. O único modo de acabar com ela é comprar essa música e tocá-la dia e noite, até não significar mais nada. Isso só leva quarenta gazilhões de anos. Todo mundo sabe disso, mas não me lembro de terem me ensinado essa pequena pérola, na escola, sobre o poder destruidor das músicas do destino. Corrija-me, se talvez eu tenha faltado nesse dia, ou se foi o dia em que passei limpando o pátio, como castigo por ter libertado os sapos do laboratório. Não, pelo que lembro, estávamos ocupados demais em tentar assimilar a porra do Suriname, em vez de nos ensinarem algo de real valor em nossas vidas, como músicas do destino, por exemplo.

Ouço a música de Taylor através do "Tss, tss, tss" do fone de ouvido de um cara, umas duas fileiras adiante. A música é *Better Man*, do Pearl Jam. Nem mesmo conheço a letra dessa música, mas pode apostar que vou passar os próximos oitenta anos no inferno, fazendo com que cada verso se ajuste ao meu caso. Mesmo se a música acabar sendo sobre marmotas no espaço ou coisa assim.

O pior de tudo é que nem mesmo é uma pura música sensual. Nada de pequenos *riffs* de um baixo subindo e descendo ao fundo, sacudindo e tangendo; nada que a masturbação possa aliviar. Essa velha música enche o seu saco até você berrar dentro da cueca, por causa da distensão fatal de algo maior do que *riffs* animados. Inofensiva, carente de coragem e ansiosa. O som mortal do amor.

Um soluço pipoca na minha garganta. Eu o sufoco, e olho em volta em busca de uma inofensiva distração visual, mas tudo que vejo é uma jovem gorda com um bebê alguns lugares à frente. O bebê está puxando o cabelo da mulher, e ela está fingindo um olhar aterrorizado.

— Oh, não — diz ela —, como pode fazer isso com a *mamãezinha*?

Ela finge chorar, mas o bebê ri e gorgoleja como um psicopata, e puxa ainda com mais força. Presencio uma faca recente ser enfiada numa alma nova em folha. Uma adaga educativa. Uma lâmina maternal. Eis a mãe dele abrindo a incisão controladora, completamente inocente em sua burrice diante do mundo.

— Oh, não, você *matou* a mamãezinha, a mamãezinha *morreu*! — Ela se finge de morta.

O carinha dá uma risadinha por um minuto, mas somente durante esse tempo. Então percebe que há algo errado. Ela não está acordando. Ele a matou, ela o abandonou, sem mais nem menos, por causa de um puxão de cabelos. Cutuca ela com o dedo, e então se prepara para abrir o berreiro. E é isso aí: ele pega o cabo com as mãozinhas e enfia sua primeira lâmina até o punho. Apenas para trazê-la de volta. E, sem dúvida, com o gotejar da primeira lágrima dele, ela acorda de repente.

— Ha, ha, eu continuo aqui! Ha, ha, é a *mamãezinha*!

Ha, ha, esse é o Esquema das Coisas.

"Drrrrr", o ônibus dispara no meio de violento crepúsculo, um acre projétil cheio de facas e Vernon. Sei que estou sendo apenas amargo em relação a uma merda. Pode dizer que estou sendo apenas amargo com relação a essa merda, por conta de tudo. Eu sei disso. Mas acontece que sinto essa sensação em minha cabeça, como a Voz das Eras, que diz: "Este não é o modo de um jovem desperdiçar seus anos de aprendizado."

A essa altura, Taylor deve ter terminado suas compras. Provavelmente, já deve estar na porra do Stingray, com a saia levantada até a cintura. Do modo como vejo, sua calcinha de adulta se torna escassa só para acabar comigo. Agora, ela é um número imprudente de biquíni, apertado e firme, com um lacinho no elástico da cintura. Ele me corta e fatia. Uma mancha úmida do tamanho de um centavo brilha no monte dela, e, se você pegar uma nádega sedosa com cada uma das mãos, levantá-la do assento e cheirar com o rosto bem perto, apenas terá o penetrante bafejo de um bocadinho de tamarindo seco, apenas uma alfinetada. É assim o quanto ela é absurdamente limpa, mesmo num sufocante dia quente como o de hoje. Absurdamente limpa, como uma boneca. Oh, Taylor, oh, porra, Tay.

Um lance inesperado quando o ônibus entra em McAllen é a tranqüilidade. O motorista desliga o motor, a porta faz "pschssss", e o mundo simplesmente estaciona. São quase onze horas, e há um novo silêncio, ruidoso com o enrugar de roupas, quando me levanto do assento. É como caminhar com febre, principalmente depois de todos esses pensamentos venenosos. Sigo outros passageiros desdobrados até a frente do ônibus, onde um bafo enfumaçado me espera na porta. Talvez um cheiro forte de liberdade. A fronteira fica a uns quinze quilômetros de distância.

Saboreio o triturar vítreo do meu New Jacks sobre o concreto, e com ele cresce a sensação de que pelo menos estou vivo, ainda tenho braços e pernas, e a porra dos sonhos que me matam. E vinte e um dólares e trinta centavos. O praticamente vazio terminal de ônibus emite uma promessa de consolo, e vou arrastando os pés até lá à procura de um café, ou talvez um sanduíche, qualquer coisa para evitar que as células do meu intestino se ofereçam para fazer outros serviços no corpo. Um menino mexicano varre o chão próximo da porta, e duas velhas coroas cochilam em cadeiras perto de algumas caixas amarradas com corda. Estofados expelem pó contra pulgas e peidos. Então meus olhos captam uma TV ao fundo. É o noticiário. Meu cérebro diz: "Não se aproxime daquela porra." Eu me aproximo daquela porra.

— Um novo choque para a comunidade de Martirio, no Texas Central — diz a tela. Luzes vermelhas e azuis faíscam na luminosidade de uma chuvarada recente. Vaine Gurie sobe cambaleante uma entrada para carros perto da periferia da cidade. Ela veste um *training* e protege o rosto da luz da câmera. Outra mulher gorda a ajuda a passar pela porta de tela, e depois se dirige à câmera.

— Todo mundo está simplesmente arrasado... peço a todos para rezarem pela nossa comunidade neste período bastante difícil.

Corta para a luz do dia. Uma fita de local de crime se agita exaustivamente através da rodovia Johnson, perto de onde começou a minha viagem ontem à noite. Lally entra no quadro, caminhando em direção à câmera. Seu braço está numa tipóia.

— Tive sorte em fugir do local. Com a clavícula fraturada, e sérias feridas e hematomas, só posso dar graças por estar aqui para testemunhar um crime que afasta qualquer dúvida sobre a causa dos recentes eventos em Martirio. — O seboso homem do necrotério paira sobre um cadáver envolto em plástico. Policiais o erguem atrás de Lally para levá-lo a uma van que está à espera. — Barry Enoch Gurie não teve tanta sorte. Seu corpo tombou a menos de cem metros do campo de provas do novo grupo de elite da SWAT de Martirio... um grupo ao qual ele iria se incorporar poucas horas depois de ser brutalmente abatido com sua própria arma.

Surge uma foto de Barry como cadete, os olhos brilhantes, uma cega esperança no futuro atrás da lente da máquina fotográfica. Lally retorna, com uma expressão mais carregada.

— Eu fui uma infeliz testemunha dos tiros, tiros que encurtaram a vida de um homem que superou o autismo na infância para se tornar uma estrela brilhante na aplicação da lei, um policial descrito pelos colegas e habitantes da cidade como um verdadeiro ser humano. Enquanto as forças federais invadem o município em pânico, a atenção agora se volta para o paradeiro do comprovado assassino, Vernon Gregory Little...

Aparece minha foto tirada na escola, seguida por material de arquivo em que deixo o tribunal com Pam. Então, surge um estranho com óculos de lentes grossas, usando jaleco e luvas de borracha.

— O ambiente para o trabalho de perícia criminal é quase perfeito — declara. — Já identificamos a pegada de um sapato esporte, um tipo de calçado incomum por estas bandas, e há evidências de rastros ocultados em volta do local onde estava o corpo.

Lally retorna.

— O trabalho de proteção nas fronteiras e rodovias do estado continuará por toda a noite. As autoridades alertam que o suspeito pode estar armado, e não deve ser tentada uma aproximação...

Espalho um olhar rasteiro pelo terminal. O zelador varre indiferente diante dos banheiros. Atrás de um balcão, um vendedor de bilhetes bate desatento no seu teclado. Caminho decidido entre eles até as portas, depois miro na escuridão da rua e corro, vôo de volta para a estrada.

Atravesso a estrada no ponto mais escuro, e passo batido ao longo de seu lado sombrio, invisível, apenas duas veias desobstruídas pulsando meleca e relâmpagos. Adiante, uma placa da estrada aponta para o México. O tráfego escoa passando por ela. Nem mesmo sei que distância terei de percorrer, apenas corro até estar morto, depois sigo mancando até conseguir correr novamente. Passa da meia-noite quando faíscas se apagam sob os meus pés. Diminuo a velocidade para um arrastar de pés, e sufoco um assobio na garganta. Ondas assomam às minhas costas, ondas encrespadas, que em vez de espuma despejam moscas, moscas que preciso matar, pensamentos de derrota em um enxame imundo. Jesus vem com elas, flutuando, mas é tragado, inundado, engolindo moscas que se juntam à noite para reivindicar todas as suas cores, devolvendo-o negro. Paro, do modo como pára uma pedra que nunca se mexeu. Minha cabeça pende zumbindo no escuro, e quando a levanto, após a pausa de um século, vejo uma incandescência adiante. Cambaleio para a frente, e vejo a incandescência tornar-se um clarão, uma espécie de grandiosidade de faróis altos no meio do nada.

"Ponte Internacional — Puente Internacional", diz uma placa. — México.

Daqui, a ponte parece ter sido construída por Steven Spielberg, uma descarga de luz ártica emoldurada pela escuridão. Visto a jaqueta, embora não esteja fazendo nem um pouco de frio, e tento alisar o cabelo para trás. Avanço a passos largos as últimas centenas de metros me separando de casa.

Filas de caminhões se estendem no escuro do outro lado da ponte, carros lotados de pessoas passam pelo meio. Há bastante tráfego a pé, mesmo nesta hora, e nem sinal de bloqueio na estrada, exceto pelas cabines normais de checagem. Ponho os pés na ponte, sabendo que me dirijo para o interior do meu sonho, pisando forte na porra de sua beirada, para subir a bordo. A redenção, os suvenires, as indolentes calcinhas sob um sol fragrante.

Você já pode perceber uma coisa: a limpa estrada de concreto termina na linha de fronteira; depois dela, tratase de um país diferente. Pessoas altas e baixas deslocamse à minha volta como mostradores rotativos de lojas, tipos gorduchos em sarja permeiam por elas, com toda a confiança do lar. Mexicanos. Os rostos parecem cautelosos, como se você pudesse suspender uma promessa feita a eles. A fímbria de seus sonhos também pende sobre esta ponte, é por isso. Você é capaz de sentir o gosto dela. Passo por um coroa usando Ray-Ban, boné de *SOS Malibu*, jaqueta dos Dallas Cowboys, Nike verde fluorescente, e carregando a caixa de um Nintendo amarrada com lençóis de *South Park*. Faz com que me sobressaia como a porra de uma salsicha imberbe, mesmo à parte do fato de eu ser quinze centímetros mais alto do que todo mundo.

Os prédios do posto de controle de fronteira se esparramam pelo lado mexicano, funcionários uniformizados param carros e os revistam. Levanto a gola da jaqueta e tento me misturar ao fluxo de pessoas. Quase consigo também, até ouvir uma voz.

— *Joven* — chama um guarda mexicano. Começo a andar mais depressa. — *Joven... senhor!* — Olho em volta. Ele levanta a palma da mão.

# dezesseis

O guarda de fronteira não tem a menor pressa de vir emproado lá do posto de controle. Sua pele é mais escura do que a da maioria dos caras por aqui, e fios de cabelo cinza-negro estão grudados em cima da cabeça quase toda calva, tipo com graxa de eixo de roda ou coisa assim. Uma espécie de mané baixote e bronco, aliás.

— Passaporte, por favor — pede. Ele parece bastante sério em relação a tudo, e, para completar, tem agora uns dentes de ouro. Olhos negros me queimam.

— Hã... Passaporte?

— Sim, passaporte, por favor.

— Hã... eu sou *americano*.

— Licença de motorista?

— Bem... não, eu sou *americano*, visitando o seu belo país e tal...

Ele me encara. Vai alegar algum tipo de merda chata oficial, posso até sentir o cheiro se aproximando.

— Siga-me — diz ele, e marcha comigo de volta ao prédio principal.

Lá dentro cheira a graxa de sapato. É uma espécie de *Jurassic Park* de suprimentos de escritório, com todas aquelas velhas escrivaninhas e cadeiras tipo restaurante chinês, iluminado por uma aparentemente solitária luz de supermercado. Um ventilador tiquetaqueia num canto. O efeito é algo entre um tribunal e uma daquelas salas de espera de hospital público que você vê na TV, principalmente por causa do número de coroas mexicanas presentes. Mas, porra, não vá contar para ninguém que eu disse isso. Não curto esse efeito. O guarda me encaminha até uma escrivaninha e se senta atrás dela, todo empertigado, como se fosse o presidente da América do Sul ou coisa assim, como se a linha de fronteira fosse a porra da racha da bunda dele.

— Tem identidade? — pergunta.

— Hã... Não.

Range para trás da cadeira, abrindo bem os braços, como se estivesse para evidenciar o fato mais óbvio da porra do universo.

— Não pode entrar no México sem uma identidade. — Contrai a boca transversalmente, para efeito de Fato Mais Óbvio.

Algumas mentiras formam uma fila ordeira no fundo de minha garganta. Resolvo ir em frente, com cascatas já postas à prova e testadas, o que, no meu caso, é lançar mão do procedimento Garoto Burro. Invento uma família, rapidinho.

— Preciso encontrar os meus pais, entende? Eles vieram mais cedo, mas eu fiquei pra trás e tive que vir mais tarde, e agora eles estão me esperando, tipo, devem estar preocupados e tal.

— Seus pais estão de férias?

— Ah, sim, a gente está de férias, sabe.

— Onde estão os seus pais?

— Já estão no México, esperando por mim.

— Onde?

Porra. É fatal, quando você pega um cara como esse, pode escrever. O que acontece é que ele vai estreitar a minha cascata e fazer com que ela resvale na ponta do bico do funil da verdade. Está vendo como a mentira pode desencadear todas as coisas vagas, tipo, "é, eles estão no Hemisfério Norte", ou coisa assim? Pois bem, agora ele vai estreitá-la e estreitá-la, até você acabar tendo que fornecer o maldito número do quarto. Onde estão a porra dos meus pais?

— Hã... Tijuana — digo, confirmando com a cabeça.

— Ti-*juana*? — Ele sacode a cabeça. — Este é o caminho errado para Tijuana... fica do outro lado do México.

— Não, é isso mesmo, pois eles vieram pelo outro lado, sabe, e eu estava aqui, e é por isso que preciso atravessar e me encontrar com eles lá. Tá sabendo?

Permanece sentado com a cabeça apontada para baixo, mas os olhos apontados para cima, aquele jeito que as pessoas fazem quando não engolem a sua história.

— Onde, em Tijuana?

— Hã... no hotel.

— Que hotel?

— O... hã... droga, está anotado em algum lugar... — Remexo na mochila.

— Você não vai entrar no México hoje — afirma o guarda. — É melhor ligar para os seus pais, e eles virão apanhá-lo.

— Bem, é tipo tarde pra ligar agora... eu já deveria estar lá. De qualquer modo, eu achava que os nossos países tivessem um pacto ou coisa assim, pensava que os americanos podiam atravessar sem problemas.

Ele dá de ombros.

— Como vou saber que é americano?

— Droga, é só olhar pra mim... isto é, sou americano mesmo, claro que sou americano. — Abro os braços, tentando copiar o efeito da Porra do Fato Mais Óbvio. Ele se inclina para adiante sobre a escrivaninha e nivela os olhos com os meus.

— É melhor ligar para os seus pais. Esta noite, você permanece em McAllen, e amanhã eles virão buscá-lo.

Faço a única coisa possível nessa ponta do funil da verdade. Finjo que ele acaba de me dar uma idéia realmente inteligente.

— Ei, é isso aí... vou dar um telefonema e chamar os meus pais aqui, obrigado, muito obrigado.

Vou mancando até o telefone na parede, e finjo colocar umas moedas nele. Em seguida, bagunço a mochila como um perfeito panaca. Até mesmo finjo falar no maldito telefone. Sem dúvida, é esse tipo de merda que leva a toda alegação de psicopatia. Depois de tagarelar com os meus supostos pais, sento-me numa parte vaga do banco, desgarrando para um interminável purgatório, enquanto o ventilador guincha como um saco cheio de ratos. Fico sentado ali até três da madrugada, depois, três e meia, doido por um lençol fresquinho. Sabe aquela voz sensata dentro da sua cabeça, como se fosse a sua avó interna ou coisa parecida? A minha diz apenas: "Pegue um hambúrguer e tire um ronco até tudo fazer um pouco mais de sentido."

Sou distraído por um clarão vermelho na janela. Em seguida, azul. Uma patrulha encosta lá fora. Surgem chapéus de policiais estaduais. Policiais americanos. Eu me arranco do banco e passo por um velho enrugado que cochila encostado num arquivo. Ele poderia estar ali desde que era a porra de um menino. Em desespero, vou até a escrivaninha do guarda. Ele está de pé, conversando com outro mexicano uniformizado. Eles se viram na minha direção.

— Senhor, *señor*... eu preciso mesmo atravessar a fronteira e dormir um pouco. Sou apenas um americano de férias... — Com o canto do olho, vejo outro policial estadual passar pela janela. Na entrada, ele alisa um rifle de ataque e fala algo para o companheiro, depois um guarda mexicano se aproxima e conversa com os dois. Os policiais concordam com a cabeça e recuam.

— Seus pais estão vindo? — pergunta o meu guarda.

— Hã... eles não podem vir de imediato.

Ele dá de ombros e se volta para o parceiro.

— Olhe — insisto —, sou apenas um cara comum, pode checar a minha carteira e tudo o mais...

Um brilho diferente ilumina seus olhos. Faz um gesto, pedindo a minha carteira de dinheiro. Eu a entrego para ele. Retira o meu cartão do banco, ajeita-o sobre a escrivaninha com um requinte oficial, depois se senta, coloca a carteira no colo, e checa a nota de vinte dólares.

— Esse é todo o dinheiro com que você viaja?

— Hã... esse e o meu cartão.

Apanha o cartão de cima da escrivaninha e o vira delicadamente com os dedos, parando do lado onde está escrito "VG Little". Mordisca o lábio. Tenho o súbito pressentimento de que o México talvez tenha um Destino diferente do do meu país. O que acho que vejo em seus olhos negros é um brilho que admite que somos velhos cachorros juntos num mesmo jogo embaraçoso. Um brilho de conspiração. Então, num movimento repentino, ele empalma os vinte da minha carteira e enfia na gaveta da escrivaninha.

— Bem-vindo ao México — diz.

O famoso ator Brian Dennehy permaneceria quieto, e agora estreitaria os olhos, com um respeito tácito pelas transações ocultas dos homens. Talvez pousasse a mão no ombro do sujeito e dissesse: "Transmita meu afeto a Maria". No meu caso, agarro a mochila e me mando. Os policiais estão a trinta metros de distância no lado americano, falando em seus rádios. Viro para o outro lado e desapareço para dentro da noite do meu sonho.

Imagine uma parede de nuvens cancerígenas talhada perfeitamente na transversal da fronteira, cortada com a Lâmina de Deus, pois o destino mexicano não tolera esse tipo de merda por aqui. Sons íntimos perfuram a maré de viajantes, os novos irmãos e irmãs que me carregam para o Sul pela estrada como um seixo, impotente, mas valente diante da onda.

Reynosa é a cidade do lado mexicano da ponte. É enorme, bagunçada, e há um cheiro de palhaços e zebras nos bastidores, como se pudesse acontecer alguma surpresa, embora seja noite alta lá em casa. A noite não acaba no México. Se o mundo fosse achatado, você saberia que a beira pareceria exatamente assim. Você percebe que, aqui, a lei natural é sustada. O tráfego da fronteira começa a irromper pela cidade, e eu deixo a estrada para ziguezaguear pelas escuras ruas secundárias, até chegar a um beco, onde barracas vibram com música e comida resplandece sob lâmpadas de lampiões despidas. Um garoto numa barraca de comida aceita um pau em moedas por alguns *tacos*, que nem chegam a sujar minha garganta em seu caminho para baixo. A comida me fatiga. Chapinho de volta pelo beco como uma junta de bois derretida, e viajo por mais uma hora até que a lógica me alcance. Sei que preciso colocar alguma distância entre mim e a fronteira, mas estou sem porra de grana, e morto nos pés. Jesus se congrega à minha volta, em fragmentos, talvez feliz por estar em casa, na terra do seu sangue, talvez vingativo por causa dos estrangeiros que o mataram. Imploro a ele por paz.

Encontro um recanto escuro nas imediações da cidade, uma depressão entre as casas, com vista para um chaparral vazio, e me instalo contra uma parede para entabular alguns pensamentos. A janela de uma casa tem uma cortina que flutua na brisa. Assim que a porra do cachorro dela se cala, o corpo de Taylor se envolve na cortina como uma deusa, seus matizes chamejam leitosos através da renda enfeixada entre suas pernas. Então, ela está no chão comigo. Seu cabelo está desarrumado, nesse primeiro dia de nossa fuga juntos; penetramos num sono anestésico, nos lambendo e nos acariciando, apenas conscientes da vida desmoronando à nossa volta em pedaços granulosos.

Acordo tarde, na manhã seguinte, quinta-feira, e me descubro num lugar estranho, dezesseis dias após o instante que rasgou a minha vida em dois. Sei que preciso conseguir dinheiro para ir em frente. Poderia tentar com Taylor, mas antes preciso me certificar de que ela não me dedurou para a porra da Leona Dunt. Também preciso ligar para casa e ajeitar as coisas, mas o telefone de minha mãe provavelmente deve estar grampeado, e, de qualquer modo, com trinta centavos americanos não consigo ligar para a porra de ninguém. Apanho a mochila e vou trotando pela estrada que sai da cidade.

— Monterrey é um dos lugares aonde ela vai. Estou contente por ir em frente. Pois Reynosa pode até acabar tendo um Astrodome, ou um zoológico de animais dóceis ou coisa assim, mas, aqui entre nós, duvido muito dessa porra.

Caminhões sujos seguem inclinados pela estrada, com todos os tipos de luzes e antenas além do normal, como catedrais ambulantes ou coisa assim. Por enquanto, eu os sigo a pé. Só quero estar sozinho com minhas ondas. Arrasto os pés, em seguida me apresso, depois manco o dia todo, até minha sombra começar a se estender para o distante litoral, e formas indistintas de cactos começarem a ficar pastosas com a luz da tardinha. Chego a uma curva da estrada que mergulha costa abaixo, e tenho a sensação de que é tipo a fronteira para o meu futuro. Adiante é noite, mas, atrás de mim, há cor no céu. Isso provoca um calafrio, mas um pensamento superior diz: deixe o futuro para o destino mexicano.

Conforme o céu desfralda uma cortina de estrelas, chegam importantes presságios. Um caminhão passa moroso, com quatro milhões de enfeites no capô, iluminado tipo a árvore de Natal da JC Penney, e com frases pintadas por todo o canto. Não chama a minha atenção até passar por mim e eu ver as abas do guarda-lama na traseira. Pintada em cada uma delas, há uma estrada indolente que serpenteia entre uma praia e um bosque de palmeiras. Minha praia. Antes que eu consiga examinar as palmeiras em busca de calcinhas, o caminhão vai para a contramão da estrada, e desce a ladeira em direção às luzes ardendo em algumas deselegantes edificações no acostamento. Acho que simplesmente levar o seu veículo para a contramão deve ser um sinal mexicano de mudança de direção. Aprendizado: quando você vir pedaços de veículos salpicados na dianteira de um caminhão mexicano, você sabe que porra está indicando. Corro atrás dele colina abaixo.

"*El alacrán, el alacrán, el alacrán te va picar...*" Música ressoa de um bar ao lado do posto de gasolina. O caminhão estaciona perto do bar, e observo o motorista descer da cabine. É mais baixo do que eu, com um monte de pêlo na cara e um bigode grosso. Tira o chapéu para deslizar para o interior do boteco de beira de estrada, tranqüilo e confiante, como se estivesse portando revólveres. Então, quando está quase lá dentro, dá um apertão no saco. Um garotinho salta do caminhão atrás dele. Me arrasto para o interior do prédio sem tocar no meu saco. Ninguém parece ligar. Lá dentro, o ar é matizado com o turvo óleo de uma cozinha estrangeira. O motorista pára diante de um tosco balcão de madeira, e olha em volta para algumas mesas de folha-de-flandres onde uma dupla de outros manés se senta curvada diante de suas cervejas. O botequineiro tem aparência de mexicano, só que é branco de cabelos ruivos — vá entender essa porra.

O menino galopa até uma mesa perto de um televisor pendurado na parede. Todo mundo me observa, à medida que me aproximo do bar com uma idéia na cabeça. Uma cerveja gelada surge diante do motorista. Tiro um CD da mochila, aponto para ele e depois para a cerveja. O botequineiro franze a testa, examina o disco e em seguida põe com um baque surdo uma cerveja à minha frente. Entrega o disco ao motorista; ambos fazem que sim com a cabeça. Sei que deveria comer antes de beber, mas como é que se diz "leite e porra de biscoitos" em mexicano? Um minuto depois, os homens apontam para a minha mochila, e vistoriam delicadamente os discos. Os olhos deles também fazem a inevitável peregrinação até o New Jacks nos meus pés. Finalmente, toda vez que uma nova cerveja é servida ao motorista, o botequineiro automaticamente olha para mim. Faço que sim, e surge uma nova cerveja. Meu crédito está estabelecido. Me apresento. O motorista reluz algum ouro através dos lábios e levanta sua garrafa.

— Sa-*lud*! — diz.

Nem me perguntem quando chegou a porra da primeira tequila. Subitamente, mais tarde na vida, um céu claro como vidro atravessa a lateral aberta do bar, com estrelas como gotículas em uma teia de aranha, e me descubro fumando cheirosos cigarros ovalados chamados *Delicados*, aparentemente do meu próprio maço. Estou no maior porre. Os bigodes desses caras estão em cima, onde deveria estar o cabelo, e a porra de enormes grutas *uivam* abaixo, cheias de ouro e amígdalas; olhe só para eles, cantando até não mais poder. Outro cara se junta a eles, e um até mesmo se ajoelha. A noite toda é o maior barato, eu e os rapazes, berrando, gargalhando, toureando, fingindo sermos iguanas — juro que você ia se esporrar todo se visse esse cara, Antonio, fingindo ser a porra de um iguana. Manés se abraçam e berram à minha volta, tornam-se meus pais, meus irmãos, meus filhos, numa vaga de descuidada paixão, que faz lá em casa parecer a porra de uma Jacuzzi que alguém esqueceu de ligar.

Devem ser o mesmo oxigênio no ar e a mesma atração gravitacional que os lá em casa, mas aqui é tudo inflamado e gira até que nada, bom ou mau, importe mais do que qualquer outra coisa. O que eu quero dizer é que lá em casa está formigando com a porra dos mexicanos, mas, de onde eu vim, você não tem esse tipo de vibração. Lally, por exemplo; que diferença há na porra dos seus genes para ele acabar tão pervertido? Na sua época, o coroa dele deve ter feito imitações de iguana. Nãão, Lally pegou o vírus lá em casa. O vírus da carência.

Pensamentos viajam comigo até o mictório, que encontro lotado até em cima com metades de limões verdes espremidos, como os que usam nos drinques deles aqui. Não sei se isso desodoriza cem por cento, pois tipo você precisaria deles no chão e pelas paredes, mas há realmente um efeito limão fresco, para estimular seus pensamentos. Enquanto rego os limões, me dou conta de que, lá em casa, há uma espécie de sistema imunológico para aparar suas arestas, purificar os genes ferais, acondicionar você junto com a sua faca. Tipo, me desculpe, pois é um crime até mesmo mencionar isso, mas lembra do meu advogado, o velho Abdini? Parece que não andaram purificando muito os genes dele. Certamente continua usando os mesmos genes que tinha quando abandonou o barco. Sabe por quê? Porque são genes de faturar-uma-grana-fácil. O nosso tipo favorito.

Aqui, em outro espaço e tempo, passo a noite entre parceiros com genes mexicanos calibrados corretamente.

Um aneurisma me acorda sexta-feira de manhã. Estou enrodilhado no chão atrás de uma mesa. Um tijolo em minha cabeça se despedaça atrás dos olhos quando olho em volta. Desisto e, em vez disso, tento focalizar na parede acima da minha cabeça uma tosca cruz de madeira de aparência ondulosa. Meu Nike está pendurado nela.

— *Mira que te está esperando* Ledesma — diz o motorista do caminhão.

— *Cual* Ledesma *cabrón* — diz o botequineiro.

— *Que* le des ma*mones al nabo, buey.*

O motorista solta um grande e velho fardo. Você o ouve cuspir no chão. Me sento e observo os rapazes no bar se esforçando para se concentrar no televisor. Olho para a tela no momento em que a imagem de Lally é substituída pela minha foto da escola. Por cima, irrompem metralhadoras como num sapateado espanhol. Os rapazes parecem não estar nem aí.

— *¿Que le ves al güero?* — pergunta o botequineiro.

— *Si el güero eres tu, pendejo.*

— *Ni madres.*

— *Me cae... tas mas güero que la chingada, tu.*

Sei que *"chinga"* é um palavrão, aprendi isso na escola. Deve haver uma porção de maneiras de dizer a mesma coisa, mas *"chinga"* é certamente a nave-mãe do xingamento local. Nem pergunte o resto. O botequineiro apanha três copinhos, limpa cada um com a fralda da camisa e os enfileira sobre o balcão. Vejo minha foto encolher para o canto da tela do televisor, enquanto um mapa do Texas se forma abaixo. Fotos de desconhecidos se espalham através dele. Surgem brilhantes pontos vermelhos, tipo os locais latejantes onde ocorrem as dores, num comercial de aspirina. Locais onde eu devo ter sido avistado. Lubbock, Tyler, Austin, San Antonio.

Nenhum ponto, porém, aparece em Houston. Meu Deus, como amo aquela garota.

De repente, o garoto do motorista sai de um aposento dos fundos, e muda o canal para um de desenhos animados. Levanto trêmulo e sigo até o bar, ilha de esperança entre mesas de apoio. Então noto algo familiar no botequineiro. Ele usa a porra da minha camisa. E meu jeans. Viro-me para ver se é verdade em relação ao meu Nike, minha alma, agora pendurado na cruz de outro homem. É a porra da verdade. Encaro o botequineiro, e ele aponta para o bolso da minha calça. Olho abaixo para mim mesmo, passando por uma camiseta com "Guchi" impresso nela, até uma calça de cor laranja pendendo frouxamente sobre sandálias com velhos pneus à guisa de sola. Meu corpo é a porra de um relicário. Checo os bolsos da calça. Duzentos pesos em cédulas estão enfiados neles. Vernon Gates Little, maluco. Destino Mexicano.

Os rapazes servem um trago, que, segundo eles, vai me curar. É uma ferroada, e, enquanto bebo, um raio de sol irrompe no aposento, um feixe ofuscante que emoldura o crucifixo na parede e ilumina lembranças da noite anterior. Pelayo, o motorista do caminhão, vai me levar para o Sul, à sua cidade natal, Guerrero. Para as abas do guarda-lama.

Ele levanta o garoto para o caminhão, enquanto cambaleio até o posto de gasolina, para comprar um cartão telefônico. Checo as abas do guarda-lama, ao passar. O paraíso, cara. Entre elas, estão pintadas as palavras "ME VES Y SUFRES". Minhas vestes surfam, ou coisa assim. Espere só até eu contar para Taylor.

Ela atende após cinco toques.

— Tayla.

— Oi, Tay, é Vern.

— O quê, quem? Peraí... — Ruídos de baques percorrem a linha, uma voz de homem ressoa, e depois, silêncio, como se ela tivesse se enfiado num armário ou coisa assim. — Alô... quem?

— Vern.

A porra de um silêncio por quase uma década, e depois ela volta, bem perto do fone.

— Oh, meu *Deus*.

— Tay, escuta...

— Tipo, eu não acredito que estou falando com um *serial killer*.

— Pô, não sou nenhum assassino.

— É, *tá legal*... eles têm corpos amontoados o caminho todo até Victoria!

— Eu saí da cidade — afirmo. — Não pode ser.

— Mas, tipo, você matou *algumas* pessoas, não? *Alguma coisa* aconteceu... certo?

— Tay, por favor, escuta...

— Oh, coitadinho. Meu pobre e torturado inocente. Onde você *está*?

— No México.

— Meu Deus, já viu a nossa cidade como está? É tipo Miami Beach, a cidade toda grampeada com câmeras, com livre acesso à Internet, vinte e quatro horas por dia, sete dias por semana. As ações da empresa que montou isso foram lá pra cima, e ela comprou o *Bar-B-Chew Barn*... o meu pai apresentou uma proposta para montar um sushi bar bem onde era o unissex! Se der pé, vou voltar pra gerenciar o local... dá pra acreditar?

Vejo gotejar os créditos do meu cartão como o ketchup de um pé-sujo local.

— Tay, estou num telefone público...

Música vibrante e ruídos de multidão invadem a linha. Você ouve a voz de um homem, e depois Taylor grita em resposta:

— É *meu* amigo de outra cidade... *tá legal*?!

— A porta bate. Ela inspira fundo, como um suspiro ao contrário. — Foi mal, eu estou, tipo, muito vulnerável neste momento.

— Pô, não quero...

— Precisa de grana, não é mesmo? Eu tenho, tipo, seiscentos guardados pras minhas férias.

— Isso salvaria o caralho da minha vida.

Ela dá uma fungada, depois sua voz baixa um tom.

— Está falando sacanagem pra mim, assassino? — Incho dentro da minha calça nova de poliéster. — Mas, ei... pra onde devo enviar? Vai parar em algum lugar? E se eles, tipo... você sabe...

— Merda, tem razão.

— Vern, me liga de onde for, tipo uma cidade, ou um grande hotel... eu checo com a Western Union.

A música do Destino dela ressoa em meus ouvidos quando desligo o telefone. Seiscentas pratas aqui talvez dêem para *comprar* a porra de uma casa de praia. Fico de bola cheia. Tomo coragem e decido ligar para Pam. O telefone toca. Mato moscas enquanto ela ergue a tonelada de gordura do braço até a cabeça.

— A-lô?

— Pam, é Vern...

— Oh, meu *Deus*... *Vernie*? Estamos *arrasadas*... onde você *está*?

Detecto mamãe ao fundo. Devia ter adivinhado, no momento elas devem estar no nonagésimo milionésimo *burrito*. Ela funga vacilante em direção ao telefone, mas Pam a afasta.

— Está se alimentando bem? Não me diga que não está *comendo*, não me diga *isso*, oh, meu Deus...

Mamãe agarra o fone.

— Vernon, é a *mãezinha*. — Imediatamente, desembesta num berreiro. Meus olhos se encharcam de lágrimas, que ela alimenta, desatando num berreiro ainda mais desregrado. É dureza a porra deste momento em minha vida.

— Mãe... eu lamento muito.

— Pois Vernon, os detetives dizem que as coisas serão mais fáceis se você voltar.

— Não acho que eu possa fazer isso.

— Mas todas essas *mortes*, Vernon, onde você *está*? A gente sabe que você foi visto esta manhã perto de Marshall...

— Mãe, eu não matei ninguém, e não estou fugindo por causa disso. Eu só quero me dar bem, entende? Talvez eu vá pro Canadá, ou Suriname, ou sei lá.

— Um puta lance péssimo. Mães, automaticamente, detectam a palavra que faltou num caso de múltipla escolha.

— Oh, Vernon... *México*? Oh, meu Deus, meu bebê, *México*?

— Eu falei Canadá ou Suriname, mãe.

— Pois quanto mais tempo ficar longe, mais problemas vai haver à sua espera, não percebe isso? Vernon? O Sr. Abdini disse que você tem uma defesa, ele andou fuçando por aí e encontrou alguns indícios e tal e, quando Lalito mudar de volta pra cá, poderemos ser novamente uma família de verdade, exatamente como antes.

— Não me diga que continua esperando por Lally...

— Pois aquela senhora idosa do abrigo nunca mais ligou, e por que eu não posso esperar? Vernon? É amor, uma mulher *conhece* essas coisas.

— Mãe... quando foi a última vez que falou com Lally?

— Pois ele anda muito ocupado, você *sabe* disso.

Dou uma bufada tipo irônica. Acho que é irônico quando alguém faz passar por realidade uma perfeita cascata. Créditos gotejam do meu cartão telefônico, como se fossem créditos da minha alma; sinto como se eu fosse expirar quando eles acabarem. Lembro-me de tentar guardar alguns créditos, para o caso de eles acabarem covalentes à minha alma. Outro aprendizado sobre a merda total: você se torna a porra de um supersticioso.

— Onde você *está*? Me diga apenas isso... Vernon?

— Doris, pergunte pra ele quando foi a última vez que *comeu*.

— Mamãe, os créditos estão acabando... o importante é que estou bem, e volto a ligar depois que me instalar.

— Oh, *Vernon*. — Começa a chorar novamente.

Eu queria muito deixar para ela algo doce como um chantilly, falar sobre a minha casa de praia, da visita que me fará e tal. Mas simplesmente não consigo, porra. Simplesmente interrompo a ligação.

# dezessete

"Ai, ai, aiiiiiii, *Lu*-pita! Ai, ai aiiiiii..."

Músicas saem arranhando do rádio, enquanto nós seguimos para o Sul no caminhão, Pelayo, o menino, Jesus, o mexicano morto, e eu. "Uma verdadeira mixórdia", como nos chamaria o escroto do Sr. Nuckles. É esporrante, quando você ouve as músicas de quadrilha do local; velhas polcas com violão, contrabaixo e acordeão, e os caras não param de gritar "Ai, ai, ai" e essa merda toda. Melhor ainda são os intervalos comerciais; os berros dos locutores ecoam como se eles estivessem anunciando a porra de uma luta de boxe. Fico alto como um deus, no assento do lado do carona do caminhão, forçando a vista através da estreita faixa de vidro entre um enorme altar da Virgem no painel e uma cortina franjada com pequenas bolas de futebol pendendo dela. O garoto de Pelayo está de gracinhas comigo. O nome dele é Lucas. Toda vez que olho para ele, ele desvia a vista bem depressa. Portanto, eu o mantenho no canto do olho, e o treino a esperar meus olhos se moverem lentamente, até ele se acostumar a esse padrão; então, de repente, me viro depressa e o pego me encarando. Ha! Ele fica vermelho como o diabo, e enterra a cabeça no ombro. Por algum motivo, capto ondas por causa desse joguinho, de verdade, uma revoada de borboletas no meu coração e tudo o mais. Não me entenda mal, continuo sendo um babaca. Não passei para o Outro Lado, nada disso. Mas, falando sério, é tipo uma daquelas Coisas Simples da Vida de que as pessoas vivem falando, mas você nunca sabe que porra querem dizer. Imagine um cara normal com dez anos fazendo isso lá em casa. Porra, tô fora. Ele já estaria municiado de alguns palavrões, apenas por *via das dúvidas,* caso você botasse a porra do olho nele.

Penetramos fundo nas entranhas do México, passando por Matehuala e San Luis Potosí, onde um cenário mais verde se mistura com a minha ressaca para tecer sonhos congelados, com o lar, com Taylor. Tento afastar os fios sedosos, a carne de polvo se contraindo, lampejando roxo e vermelho, resfolegando borrifos de odor forte e mel, para que eu possa arejar os velhos pensamentos mofados e empalhados, pensamentos cheirando a lavanda que tenho todos os dias sobre a morte. Pensamentos grandes demais até mesmo para se arrepiar diante deles, pensamentos perfeitamente serenos naquele lugar, para se ficar para sempre, como os babados no cetim do seu caixão. Os pensamentos se misturam com a subida para a Cidade do México para trazerem estáticas de todo mundo que conheço, gritando atrás de suas portas de tela, "arrasado, arrasado, arrasado, o noticiário noturno, o noticiááário no-turno, o noticiário *so-turno*..." até em minha mente eu ser perseguido através de encrespados céus de bile por um vórtice negro e pútrido, que redemoinha por todas as regiões, por toda a porra dos estados, só para me cortar profundamente, arrancar minhas entranhas latejantes e pisoteá-las com botas e esporas, como num ninho de filhotes de cascavéis: "Pega *aquela* ponta! Pisoteia! *Corta* o maldito sacana, ele ainda está se mexendo!"

Vernon Godzilla Little.

Por volta da meia-noite, nesta sexta-feira estrangeira de

junho, um arrepio permanente paira à minha volta. Deixo minha carne e ossos no extremo norte da Cidade do México, e apenas os fiapos do meu sistema nervoso me impelem para o Sul. Por pouco não fomos mortos uma dezena de vezes. Quando, finalmente, pipocamos para fora da cidade, estamos numa perigosa situação de sermos impelidos. Exatamente como todo mundo em volta. Nós atravessamos florestas alpinas, esquivando-nos de imensos coletivos iluminados como ônibus espaciais, descendo para povoados tropicais que dão lugar a áreas de pedras e cactos, e inútil ruído no rádio. Tudo se soma para me deixar nervoso. Espero ver aqui a secretária do Dr. Ganza, ou a banda marcial do abatedouro ou coisa assim. Tento manter o sonho tramando em minha cabeça, um fio de Taylor, um fio de praia, um fio de *Sailing*. Mas o tecido torna-se mais intricado, os fios ficam emaranhados e são substituídos por veias. "Arrasado, arrasado, *arrasado*..."

Paramos finalmente numa cidade onde devem manter uma criação de moscas. Luto com algumas moscas por um suado cachorro-quente, até uma ficar atolada na mostarda. Moscas mexicanas são lentas. Olho em volta. O lugar é igual a um filme para a TV onde os jogadores de cassino estão na sala de espera da morte, aguardando para ver se o elevador sobe ou desce. Você espera ver ossos do pianista da boate numa vitrine em algum lugar, juro. É desnecessário dizer que há *muzak*. *Muzak* e indícios de ratos. Então, quando saio para a quente e churda madrugada, para uma mijada antes de me recolher ao caminhão, a porra de um escorpião parte correndo na minha direção. Os presságios já não são assim tão claros.

Acapulco se estende num padrão exatamente como Martirio: bairros na periferia de roupas de baixo coloridas penduradas, acentuando-se da abertura frontal para as macias zonas do centro, onde o cetim acelera e reluz apertado. As bordas se mostram à medida que subimos a última colina antes do litoral. Pelayo precisa deixar a carga em Acapulco antes de seguir para sua aldeia, mais distante ao Norte. Odores marcam nosso avanço pela cidade. Logo deveremos chegar ao bairro do Sabão Medicinal para Animais de Estimação, depois atravessar as regiões do Old Spice e das Essências de Ervas, se é que se parece com alguma coisa lá de casa. No momento, passamos por uma área onde você acabou de enfiar o dedo no rabo e cheirou.

A estrada serpenteia pelas colinas afora, até o mar azul se estender à distância. Acapulco é uma enorme baía circular, com hotéis e hotéis e hotéis. Preciso descobrir qual é o maior deles, e ligar para Taylor. Me dou conta de que o risco de ser reconhecido vai aumentar, pois já ouvi falar antes deste lugar, o que significa que aqui há turistas lá de casa. Já ouvi falar de Acapulco e de Cocô-un, ou seja lá onde a porra da Leona esteve certa vez. Começo a sentir o medo bafejar sobre mim. Esquadrinho a distância atrás do hotel com a aparência adequada, de onde devo telefonar, mas no fundo da alma torço para não localizá-lo. É assim que age a sua mente, para evitar o medo, veja só que porra. Meu rosto até mesmo age como se estivesse vasculhando a baía, os olhos estreitam-se e os lábios alargam-se com a concentração pela procura do hotel adequado. Até brinco comigo mesmo, tipo: se eu vir uma placa azul na rua, mando Pelayo parar. Mas sei que, se vir uma, meu cérebro vai encontrar uma desculpa para eu não poder parar. O jogo prossegue: se eu vir uma placa com a cor verde, é um motivo duplamente determinante para parar. Cara, eu sou mesmo demais, porra.

Pelayo resolve isso encostando perto de um barzinho de beira de estrada, atrás da avenida principal. A gente não come desde aquele cachorro-frio, e agora o sábado já anda bem adiantado. Pelayo pára na calçada do boteco e apenas olha para mim. Ele percebe que preciso me misturar de volta por algum tempo ao meu mundo de lavagem a seco. Me faz entender que, se quero uma carona até a cidade dele, devo encontrá-lo aqui dentro de duas horas, depois que descarregar o caminhão. Uma embaraçosa membrana germina entre nós, quando diz isso. Como se ele soubesse que o meu habitat natural é uma dessas torres repletas de gente rica. Sabe que ele seria tipo a porra de um jardineiro num desses lugares, se tanto. Seus olhos se tornam acanhados por conta da verdade das coisas, e dos momentos passados de nossa incomum amizade. Me dá um tapinha nas costas, e vira-se na direção do bar com seus revólveres invisíveis. Lucas também se vira, com olhos confusos. Vernon Gonzalez Little já era.

Estou ensopado de suor, quando alcanço a praia ao longo da avenida principal. É requintada. Como não custa nada caminhar na areia, tiro a camisa e minhas velhas e folgadas sandálias Firestone e começo a parecer novamente um americano. Dois seguranças me observam seguir para o imenso hotel. Acenam, quando olho para eles; apenas mais um otário americano, devem dizer. Arrumo para trás o cabelo e as sobrancelhas, e entro no hotel, com um andar afetado, como se estivesse portando revólveres, exatamente como Pelayo me ensinou. O saguão é quase do tamanho da porra do aeroporto Dallas-Fort Worth, chão de mármore, com belas pessoas-camarão vagando por ali. Um lugar *demais*. Um mensageiro mantém aberta a porta do elevador para mim, e nem mesmo estou perto dele.

— Vai subir, senhor? — pergunta.

Tento não me esporrar, mas é difícil. Me vejo naquele lugar, ontem à noite, com as moscas e o corpo em decomposição do pianista da boate, e hoje é como se eu estivesse esperando que dançarinas de hula-hula chupem o meu pinto, juro. Leona Dunt poderia apenas sonhar em vir a uma porra de lugar como este. Uma família americana passa rápida por mim, a caminho do elevador, vestida como Tommy Hilfiger indo a uma convenção de golfistas; são a mamãe com um coroa tenso e o tradicional casal de filhos — um bonzinho e um malvado. Tipo de gente que se anima com um fundo musical de jantar e passa a falar de seus sentimentos para mostrar o quanto é liberada. A porra da sua gaveta de facas em desfile.

— Bobby, lembre do que combinamos. Você sabe qual é o acordo — diz a mãe.

— *É*, Bobby — reforça o pai, mais atrás, como a porra de um marionete de meia. A garota levanta as sobrancelhas.

— Mas eu não me *sinto* muito bem — alega Bobby.

— Nós planejamos esse cruzeiro pela baía dias atrás, e já está pago — lembra a mãe.

— *Dias* atrás — reforça o pai.

O garoto simplesmente fecha a cara. A coroa aperta os lábios.

— Esqueça, Trey, você sabe como ele é. Vamos torcer para que não acabe como da *outra vez*, depois de termos gasto todo *aquele dinheiro* em *aulas de mergulho*...

Facada de nível superior, reconheço. E resta apenas um rosto satisfeito, o da garota.

Vagueio em direção ao cheiro de salsichas e café, à procura de um telefone público. Lá fora, vejo um enorme pátio com um serviço de bufê. Burramente, pego um menu. A coisa mais barata nele custa mais do que a porra de um passeio de helicóptero. Um garçom começa a pairar perto de mim, e continuo caminhando em direção a alguns banheiros que ficam na área de serviço perto da piscina. No caminho, também passo por um verdadeiro psicopata; um com boas perspectivas de êxito. Esse pequeno idiota gordo está parado perto de outro garoto, na piscina, bancando o amigão, enquanto sua irmãzinha dá mergulhos-bomba em volta dos dois. Então, fora do alcance da audição do amiguinho, o menino gordo berra para a irmã:

— Eu falei pra pular *nele*, e não *perto* dele... — Um futuro senador, garanto.

Transponho algumas espreguiçadeiras defronte à baía, com barcos e pára-quedas deslizando à frente delas, e os gritinhos de crianças pequenas na arrebentação ali perto. Passo a fantasiar que alguns pirralhos começam a se afogar bem ali diante de mim, e pulo para salvá-los. Em minha mente, ensaio o que direi aos repórteres, e até mesmo vejo as manchetes dos jornais girando: "Herói Adolescente Perdoado", e essa merda. Um minuto depois, é a porra do filho do presidente que estou salvando. O presidente chora de gratidão, e eu simplesmente vou embora. Está vendo? Tudo isso se arrasta pela minha cabeça como a porra de uma corrente enferrujada.

Para me tirar dessa, vou atrás de um telefone na rua diante do hotel. Teclo o número de Taylor.

— Barconfundivi? — pergunta um garoto. Ele está distribuindo volantes na rua.

— Como é *que é*?

— Judeu quer passear em barco com fundo de vidro?

— Tayla — atende o telefone. Gesticulo para o garoto se mandar.

— México chamando — falo.

— Oi, assassino.

Há algo errado, dá para perceber. Sinto uma dor aguda que a deixa enroscada em volta de mim, ela e seu mundo seguro, desodorizado, onde o seu maior problema na vida é ficar entediada, ou cheirar Glade por toda a casa. Provavelmente o seu maior segredo íntimo é engolir catarro. Ainda agora, ela devia estar chorando, você pode perceber.

— Está tudo bem? — pergunto.

Taylor solta uma gargalhada fungada.

— Estou tipo, ora, que se foda, tá sabendo? O filho-da-mãe que eu estava namorando...

— O médico?

— O suposto médico, sim. Eu só quero é fugir, por *Deus*...

— Sei como se sente.

— E aí, onde você está? — pergunta, assoando o nariz.

— Acapulco.

— Mas que sacana. Deixa eu ver o mapa... está, tipo, perto da praia?

— Tô, na avenida principal.

— Deve ser a Costera Miguel Aleman... tem uma agência da Western Union num lugar chamado *Comercial Mexicana*.

— Eu vou te pagar, Tay.

— Mas, olha... amanhã é domingo, e só vou ter o dinheiro na segunda. A agência fica aberta até as sete da noite de segunda; portanto, se você for às seis...

— Não esquenta — minto, vendo os últimos créditos escorrerem da tela.

— E, meu bem... — diz ela. Bip. A linha fica muda.

A porra do *Barco do Amor* está aqui. Juro por Deus, como um daqueles velhos seriados a que mamãe assiste, com o tesudo organizador do cruzeiro, o Capitão Stuping e tudo o mais. Ele tem na chaminé uma logomarca do tipo Wella Balsam. Acapulco é salpicada de estrelas, xará.

Puxo a cabeça para dentro da cabine, enquanto a baía vai ficando para trás de nós. O caminhão de Pelayo estrondeia algumas colinas acima, e depois segue para o Norte, ao longo deste litoral de filme para a TV, com coqueiros, uma porção de áreas cheias deles. A praia não é tão branca quanto em *Paixões Violentas*, e a água não é tão azul, mas tudo bem. Uma lagoa nos acompanha lado a lado durante parte da viagem, saída direto de *Tarzan* ou coisa assim. Até mesmo passamos por um bloqueio militar, com a porra de um ninho de metralhadoras, não é papo furado, não. Meus intestinos latejam, mas eles acabam se revelando apenas uns garotos, os tais soldados, tipo formigas de desenho animado, com capacetes enormes.

Após algumas horas, saímos da estrada e dobramos para uma pista em direção ao mar. A pista termina em uns troncos enfiados na praia, com uma floresta atrás. Trata-se de uma cidade minúscula, uma favela de barracos de madeira, com porcos, galinhas e cães de aparência grisalha por todo o canto. Nem é bem uma favela, é mais como algo saído do *National Geographic*. A porra de um paraíso. Pelayo estaciona atrás de uma birosca mantida em pé por placas de Fanta, e com uma varanda de folhas secas de palmeiras. Ali há dois homens deitados em redes, mamando cerveja. Um bando de crianças se forma, ao saltarmos do caminhão. Você percebe que Pelayo é o bambambã por aqui. Provavelmente, é o Sr. Lechuga da cidade, só que humano. Agora eu sou o alienígena neste mundo. Ele se esforça para me fazer sentir em casa, vociferando para as crianças irem embora, e pedindo uma cerveja da birosca. Eu fico calado, farejando a brisa, ouvindo um dicionário cheio de novos *bugs*. *Ungawa wakashinda*, juro. Pelayo abre a cerveja com os dentes, e orgulhosamente me conduz a um pátio coberto na praia. Dois homens mais velhos estão sentados a uma mesa, e uma coroa está debruçada sobre um balcão de bar improvisado.

Um menino nu passa de repente por ela, tentando enfiar uma lança num caranguejo ferido sobre o concreto arenoso. Finalmente, ele o acerta em cheio nas costas. "Isssso!", diz ele, parando para puxar uma alavanca imaginária com o punho. Pelayo chuta o caranguejo para longe do meu caminho e me puxa até uma mesa na praia.

Uma multidão de garrafas se forma na mesa. Quase à noitinha, aparece um cara jovem que fala um pouco de inglês; um cara magro, aparentando ser inteligente, chamado Victor, com aparelho nos dentes — algo que não se vê muito por aqui. Me conta o quanto é importante para ele subir na vida, para poder trazer riqueza e tudo o mais para a aldeia. Me faz sentir a porra do ser mais baixo e rastejante. Traduz as palavras pintadas entre os guarda-lamas do caminhão. "Me vês, e sofres" é o que querem dizer. *"Me ves, y sufres."*

Quando começo a mostrar sinais de que estou de porre, os meninos me oferecem ostras do tamanho de *burritos*, recém-tiradas do mar. Me inclui fora dessa porra. Comi uma, quando era menino, e a sensação foi como se tivesse sugado algo de dentro do meu nariz. Eles me oferecem ostras numa ocasião em que estou com um monte de catarro na garganta para engolir. Sem pensar, aponto para o meu nariz, enquanto o engulo, depois faço uma careta e aponto para a ostra. Eles se cagam de rir toletes tamanho-Acapulco por conta disso. Não conseguem me olhar na cara por uma hora depois disso porque se cagam de rir. Típico de mim introduzir meleca no paraíso.

Depois da tequila, enquanto leões e tigres se agitam na noitinha clara como silicone, tento explicar o sonho da casa de praia, as abas do guarda-lama, e o Destino. Estou meio bêbado. Bêbado *pra caralho*, aliás. Mas, assim que começo a falar a respeito, Victor e Pelayo me pegam pelo braço e me levam pela praia, por entre as palmeiras, onde agora orbitam morcegos, até um lugar a dez minutos dali, onde a floresta quase empurra você para dentro do mar. Crianças nos seguem, deslizando para dentro e para fora da arrebentação. Então, Victor pára. Aponta através da luz mortiça, e aperto os olhos para seguir seu dedo pela areia. Ali, toda cercada, quase escondida no mato, está uma velha casa de praia branca. Meu lugar.

O pessoal diz que posso acampar ali até segunda-feira. Talvez até mais. Talvez para a porra de todo o sempre. Depois que eles voltam para casa cambaleando pela praia, sento-me na sacada da casa, deixo a noitinha se filtrar do mar e através da minha alma. De repente, todas as ondas diferentes dentro de mim se fundem num único tom, com encrespados do meu sonho original dançando nas bordas dessa nova sinfonia; minha coroa por aqui, checando as condições de higiene, refletindo como as coisas ficaram boas. Talvez até mude meu nome, ou me torne mexicano ou coisa assim. Mas ainda sou *eu*, sem qualquer vestígio de meleca por perto. Olho além do jardim deste lugar para a praia e vejo Taylor por lá, correndo só de calcinha, morena como uma nativa.

Passo o domingo todo neste Valhala, preguiçosamente com os meus sonhos. Quando acordo na manhã de segunda-feira, um vento quente e úmido sopra em cima de mim, e, cara, é como a porra de um cimento reforçado, como se ele tivesse sido lascado do monte Rushmore. Minha mão nem chega perto dele, ele é apenas o convidado de honra em seu próprio pequeno desfile. Olho em volta para ver o céu coberto de nuvens e maltrapilhos pelicanos cinzentos arremeter e mergulhar na arrebentação. As copas dos coqueiros silvam e se agitam com a velocidade com a qual eu gostaria que a minha vida prosseguisse, tranqüila e suave. Pela primeira vez em algum tempo, há aquele pequeno quê de contentamento em acordar nesta manhã. Hoje é o meu aniversário.

Estar na minha pele, enquanto sigo para Acapulco esta tarde, é como ter Las Vegas arrolhada na sua bunda. Tenho dezesseis anos, e Las Vegas está arrolhada na porra da minha bunda. Levanto-me antes mesmo de o ônibus entrar na cidade, vibrando com potencialidades; peixes e pássaros tropicais, folhas de bananeiras, macacos e sexo. A casa de praia. Acontece que ela pertence a um velho quitandeiro, que mora atrás da aldeia, e não a usa mesmo. Victor acha que talvez eu possa ficar, de graça, se cuidar dela.

A avenida de Acapulco está abafada nesta tardinha, luzes coloridas proclamam enormidades tão grandes quanto a imaginação ao longo de sua extensão. Victor me emprestou um chapéu de palha, para suavizar meu cabelo de coqueiro e orelhas de concha de ostra. Capto o meu reflexo na vidraça da Comercial Mexicana; Huckleberry Finn, cara. Ponho os revólveres, antes de entrar na loja, para contrabalançar com o chapéu, acho, e depois apenas caminho de modo afetado em círculos, tipo um cachorro decidindo onde se deitar. Finalmente, avisto o balcão da Western Union, com umas pessoas esperando em volta dele, inclusive gente da minha terra reluzindo vermelho e branco. Um funcionário me atende de imediato.

— Hã... estou esperando uma ordem de pagamento de Houston, Texas.

— Nome? — pergunta o atendente.

Meu rosto começa a calcular pi.

— Hã... não tenho certeza para quem ela enviou...

— Tem a senha? — indaga o cara. Porra. Sinto mais gente fazendo fila atrás de mim.

— Acho melhor dar um telefonema e pegar ela — digo, me arrastando para longe do balcão.

As pessoas me olham de modo estranho, e por isso continuo arrastando os pés para fora da loja; fora do freezer, de volta para a porra do forno. Preciso entrar em contato com Taylor. Talvez ela não tenha mandado, quando soube que haveria uma senha. Não tenho mais créditos de sobra no meu cartão telefônico. Não posso sequer ligar para Pelayo. Las Vegas crepita e se apaga na minha bunda.

Caminho pela avenida até encontrar um telefone. Não sei se é como na TV, onde você pode ligar de qualquer parte para qualquer um a cobrar. Resolvo ligar para ela a cobrar. Suor escorre entre minha boca e a telefonista quando falo. Pelo menos ela fala inglês. Então o suor corre entre o meu ouvido e a telefonista, quando ela me diz que você não pode ligar a cobrar para aquele número de celular. Quando desligo o telefone, o suor represado no topo da orelha desaba na porra do meu ombro, e depois escorre gritando pela rua. Provavelmente de volta para a porra do mar depois disso.

Fico puto da vida, sobretudo pelo fato de todos os mentirosos e trapaceiros bem-nascidos irem para suas camas normais esta noite, sem nenhuma preocupação maior do que como poderão ferrar seus semelhantes no dia de amanhã. Por mim, estou empacado no Suriname com uma porção de acusações criminais formando uma fila ordeira lá em casa. A raiva me leva de volta à loja, direto para a mesa do agente. No momento, não há mais ninguém por perto. O atendente ergue a vista.

— Não consegui a senha — digo a ele.

— Como é o seu nome?

— Vernon Little. — Espero suas sobrancelhas explodirem da porra da cabeça. Não explodem. Ele apenas me examina por um momento.

— Quanto está esperando?

— Seiscentos dólares.

O cara bate no seu teclado, checa a tela. Em seguida, sacode a cabeça.

— Lamento, não há nada aqui. — Fico parado um instante, para calcular o quanto estou fodido. Então os olhos do agente se cravam em algo acima do meu ombro.

Sou agarrado subitamente pela cintura.

— Parado! — ordena uma voz.

# dezoito

Minha bunda salta para a garganta. Liberto-me do aperto na cintura, e giro na direção da entrada, as pernas enroladas como mola. Clientes param e olham.

— Feliz aniversário! — É a porra da Taylor.

Faço o giro completo, à procura dos meganhas que devem estar aqui para me prender. Mas é apenas Taylor. O atendente no balcão sorri quando ela envolve um braço na minha cintura, e me leva, trêmulo, para fora da loja.

— Você não esperou pelos detalhes da ordem de pagamento, tipo a senha, seu *retardado*.

— Hã-hã, e você bolou a porra de um plano.

— Olhe a *linguagem*, assassino.

— Foi mal.

— Bem, eu não podia deixar você desamparado. De qualquer modo, eu estava bundando em casa, e este é o dinheiro das minhas férias... Espero que você não se importe em dividi-lo comigo. Aqui estão trezentos, e depois a gente cuida da matemática...

— Vou tentar me virar. Como você sabia que era o meu aniversário?

— A-*lôô*? O *mundo* todo sabe que é o seu aniversário.

A realidade do que está acontecendo começa a formigar em meu cérebro. Taylor está aqui. Encontrei uma casa de praia, e Taylor está aqui, com dinheiro. Uma coisa para eu me orgulhar: não reajo à inundação de hormônios de felicidade, os tais que fazem você querer cheirar flores ou dizer eu te amo. Eu me contenho como um homem.

— Espere só até ver onde a gente vai ficar — diz Taylor, me arrastando pela rua. — Se deixarem você entrar. Está parecendo um *índio*.

— Pegou um hotel?

— Quartos conjugados, portanto é melhor se comportar, seu *serial killer*.

Fico mais pesado para ela me puxar. — Espere... consegui um lugar pra ficar que você não vai acreditar... na praia, com selva...

— Eca! Com, tipo, *aranhas* e *insetos*? *Eca!*

— Você nunca viu *Paixões Violentas*?

— Eu já paguei pelo quarto, Vern, tipo, *fala sério.*

Tanto faz. Enquanto caminhamos, lembro que preciso manter bastantes problemas à minha volta, para não estar nem aí pelo modo como ajo com ela. Você só consegue ser realmente você mesmo quando não tem mais nada a perder, entende? Foi um aprendizado que obtive. Pode parecer idiota, mas não é fácil, quando os seus sonhos estão acontecendo. Pode escrever, você pode até sentir a babaquice espreitando ao fundo. E, como sabemos, só de pensar nisso o seu sofrimento é pior. O aprendizado: a babaquice em potencial, quando um sonho se torna realidade, está relacionada à quantidade de tempo que você gastou alimentando o sonho. $B=TS^2$. Isso significa que você é até capaz da porra de vomitar.

Ela está usando short branco, mas não sei dizer se há uma marca visível de calcinha porque ele é meio que enrugado. Talvez uma das rugas tenha se formado sobre a topografia da marca da calcinha dela. Também veste uma camiseta cor de pêssego com o pequeno logotipo de um escorpião, e uma jaqueta meio apertada, que usa por cima. Os compridos membros morenos são unidos com perfeição ao corpo. Mas eu meio que olho esquisito para a jaqueta. Ele percebe e sorri.

— O avião parecia uma geladeira.

Está quase escuro quando chegamos ao hotel, um dos grandões. Ele me puxa pelo saguão, onde todo aquele pessoal passa a olhar para nós. Meus ombros arqueiam. De repente, tudo parece esquisito, como alguma espécie de mostruário de loja, apenas eu me mexendo. Só que não estou me mexendo, de maneira nenhuma. Apenas fico em silêncio.

Taylor pega a chave, e então a voz dela entra na quarta marcha, ou em ponto morto, melhor dizendo.

— Vamos subir... você vai adorar... *venha*.

Olho para seus perfeitos nariz e pele e cabelos. Ela sorri um sorrisinho sacana, um sorriso tesudo, e segura minha mão. Na verdade, ela segura primeiro meus dedos, apenas as pontas deles, e os acaricia o caminho todo até a palma. Recebo a porra de descargas elétricas no pinto. Entramos num elevador e subimos para o quarto dela. Ela tem um quarto legal, com vista para toda a baía. Vidrinhos de xampu resplandecem sob a luz ultrabranca do banheiro.

— Bem-vindo ao lar — diz ela. Apanha miniaturas de garrafas de tequila no frigobar, enquanto eu permaneço parado ali como um caralho sobressalente, e então ela se enrosca na cama mais próxima à janela. Alguma coisa na composição do ar-condicionado tem o cheiro de pele lambida, que traz à mente a pestilência de fortes odores frutosos, bainhas de elástico incrustadas de areia e mar; lábios salgados fazendo biquinho de almíscar e vinagre. Eu os disperso e sigo para a cama. Os cabelos dela cheirando a sol fazem tudo parecer um dia normal de férias; fofos, naturais e livres — imagino como o seu aniversário de dezesseis anos deveria ser. Mas a minha coroa vai estar em casa, lembrando que é o meu aniversário, e tentando apagar coisas de sua mente. Provavelmente, deve ter comprado o meu bolo enquanto eu ainda estava por lá, só para começar a gozar antecipadamente a comemoração. Imagino um bolo solitário sobre a mesa, com mamãe chorando em cima dele. "Céus, vai deixá-lo *empapado*!", diria Pam. Até mesmo a verdade das coisas, tipo ela estar no *Barn* com Pam, até mesmo isso me deixa triste. Taylor deve ter percebido algo desse refluxo, pois joga uma tequila para mim.

— Sai dessa.

Deixo a garrafa escapar das mãos.

— Tay... você está aqui pra comprovar que não estou cometendo nenhum crime. É uma testemunha, certo?

— Epa, sem essa. Não quero nem mesmo, tipo... tá sabendo? Só estou aqui pra... tá ligado?

— Mas, se um tribunal, isto é, se um...

— Não está *desistindo*, está, assassino? — Bate no lençol ao lado da coxa. — Venha pra Tay-Tay, menino mau.

Taylor levanta sua garrafa, e entornamos as nossas tequilas. Deito de costas na cama, como se estivesse usando revólveres. Ela rasteja meio para fora da cama, para pegar umas cervejas, e, ao fazer isso, sua bunda se estica no ar. Marca de calcinha. Biquíni. Estou fodido. Em meus sonhos, estamos sempre sozinhos, agarradinhos, em algum lugar isolado e em segurança, mas nunca num lugar tão luxuoso, como um quarto mobiliado. Sempre em uma clareira entre arbustos, ou num campo, onde ela me absorve como uma ameba, toda aroma de beijo, e coxas, e lábios soprando para secar o suor na minha pele. Parte do sonho inclui um tipo de ânsia para estar num quarto, trancado com ela, mas nunca estou. Até agora.

Depois de quatro drinques, estou deitado de costas, apoiado em um cotovelo, sentindo tipo, é o meu aniversário. Drinques são maravilhosos desse modo. Taylor chuta para o alto as sandálias de couro, uma delas voa para trás do televisor. Passa o dedo pela boca do gargalo da garrafa, e me examina através de olhos maliciosos.

— Vernon, me conta todas as coisas que você fez. — A voz é como a de uma menininha.

O que eu falei sobre roubada? Ela rola para mais perto de mim, até haver um centímetro de bafo entre nós, hálito de álcool com um longínquo toque de queijo. Não nos tocamos, de modo algum, mas ficamos flutuando, tragando dados químicos, como cachorros trêmulos. Então vem um choque da ponta de seu nariz, fio elétrico tocando em fio elétrico. Nos fundimos um na boca do outro, minha mão encontra a curva de sua bunda, surfa nela, um dedo mapeia a beira de uma calcinha — não penetra nem levanta — apenas provoca e desliza, movendo-se mais para cima, sentindo o clima mudar em volta da impetuosa sublevação dela, tudo por Vern.

— Menino sacana, violento — diz ela. — Confesse que matou por Tayla.

Seu sussurro se torna um filamento na renda, fibroso e endurecido pelo calor desesperado. Ela se contorce para fora do short, chutando-o para o chão perto do frigobar. Calcinha — A Fronteira Final. Abaixo o rosto, conforme as dobras sobre seu monte vão desaparecendo, a apertada glória se desfraldando, pressionando na direção do meu toque, forçando a palma da mão a comprimir o néctar através da seda, lagoas que escoam pelo elástico e escorrem pelas coxas.

— Mensageiro da morte... oh, meu *Deus*, assassino... *uuugh, meu Deus...*

Ela tenta fechar as pernas, serpeia violentamente, mas está perdida, eu estou inflamado, ainda mais empenhado agora que ela é cautelosa com sua umidade almiscarada. Puxo fora a calcinha gotejante e encaro um delta estremecendo com carnes, reluzindo com o suor que conduz picantes sedimentos provenientes de sua bunda; azeitona, canela em pó e molho de pimenta. Ela desiste, derrotada, sem restar um segredo no mundo animal. Seus joelhos se dobram para cima, e ela aceita minha língua, meu dedo, e meu rosto, grita e pinoteia, sulcos de tesão, tufos e apertos me sugam de volta para a fedorenta verdade úmida por trás de calcinhas, dinheiro, Justiça e limo, queimando trilhas através do meu cérebro como ácido sobre manteiga. A porra da anfetamina.

— Ugh, me *fode*! Me conta o que fez com aquelas pessoas, me diga que *adorou*.

Não emito nenhum som.

— *Me diga! Me diga que matou!*

Ela começa a apertar as pernas, se encolher, e eu sussurro até que ela relaxe, e me puxa de volta para o seu v. Já ouvi falar nesse tipo de garotas.

— *Foi, Vern, fez isso tudo por mim... por nós...?*

Sinto uma oscilação fatal na cabeça do pau, e eu o pressiono contra o lençol, esfrego a costura nas suas veias.

— Foi — gemo. — Fiz isso por você. — Continuo sussurrando, mas uma nova realidade se infiltra em mim, opressiva como o início de uma infecção. De repente, o beicinho dela transforma-se em borracha, sua brisa em camarão cru e manteiga metálica. Algo não está certo. Ela sai depressa para a beira da cama. Sua racha sorri zombeteira através da seda da calcinha, quando ela se curva uma última vez. Tenho a certeza de que é o fim de Taylor Figueroa para mim. Meu mundo se dissolve abaixo da barriga com um jorro tipo o esguicho de uma cobra peçonhenta através das órbitas dos olhos. Então, silêncio. Apenas um lento oceano se movendo lentamente, e loção de merda póscagada secando fria no meu rosto. Taylor veste o short, calça as sandálias, ajeita o cabelo diante do espelho.

— Tudo bem! — fala para o peitilho da jaqueta.

A porta se abre e entram quatro homens. Protejo a vista do clarão das luzes das câmeras.

— Vernon Gregory Little? — pergunta um deles. Tipo... dãã.

Eu conseguiria enfrentar todas as pessoas no saguão me encarando, se ao menos uma delas fosse Taylor. Ela não me encara, nem mesmo olha. Ela se agacha ao lado de um técnico sorridente, e escuta num fone de ouvido ligado por um fio à jaqueta.

Em seguida dá uma risadinha no microfone.

— É tão *emocionante*. Você acha mesmo que posso ancorar o programa? Tipo, *meu Deus*, Lalito...

Sou levado para longe de sua bunda agachada, uma bunda ainda mal seca da minha saliva e dos meus sonhos. Sua risada indiferente me acompanha pelo saguão. Pessoas em volta da entrada do hotel ficam em silêncio, quando passo com as mãos e as pernas algemadas. Você até mesmo pode ouvir as palmeiras interiores farfalhando com o ar-condicionado, tão silenciosas estão as coisas. Silenciosas e geladas, nem preciso lhe dizer. Um avião está à espera, no aeroporto. De imediato, você percebe que algum dinheiro foi investido na reportagem. Tipo, seria difícil dizer a algum âncora de TV que tudo não passou de um engano. Âncoras por todo o país iam se esporrar de rir aos montões, se você tentasse lhes dizer isso. Pelejo para elaborar um delírio com bastante chantilly. Mas não consigo, nem fodendo. Em vez disso, sufoco no perfume da aviação, e o som de "adeus" das turbinas choramingam, tipo como quando vovó costumava ir para o Norte. Pelo caminho, você pode ver passageiros nervosos arrastando os pés para a imigração, sem um pensamento na cabeça, além do brilho nas malas de grife. No meu caso, estou amarrado num tubo de metal, com dois delegados de polícia, que escolhem assuntos de conversa de acordo com o tipo de contraste que podem fazer com a porra da merda em que me encontro. Falam sobre seus carros, um jantar de filé, um jogo. Um deles peida.

Fico apenas sentado ali e observo uma lâmpada pisca-pisca na ponta da asa iluminar a escuridão lá fora. Após umas duas horas de piscadas, o que é demais, descemos através de túrgidos tumores que pendem sobre o Aeroporto Intercontinental de Houston. Quando o avião faz a volta para pousar, você tem o panorama de oito mil viaturas no solo, luzes refletindo no chão de concreto recém-molhado, e, provavelmente, também sirenes e campainhas de *game-shows* tocando. Tudo para o pequeno Vernon, Vernon Little. Após o pouso, o avião se volta na direção de uma arquibancada montada em uma área vazia nos arredores do aeroporto. Diminuímos a velocidade e paramos lado a lado da arquibancada, e sou inundado através da janela pelos flashes da turba da mídia. Você sente fisicamente a súbita vibração que diz *"lá está ele!"* É terça-feira, exatamente três semanas desde que o secador de roupas giratório do inferno passou a manejar nossas vidas. Embora sejam quatro da madrugada, você simplesmente tem certeza de que cada residência do país está sintonizada. "*Lá está o filho-da-puta!*"

Os delegados me conduzem abaixo pelos degraus do avião, e desfilam comigo diante da arquibancada. Atrás da arquibancada há uma cerca, e atrás da cerca você consegue ver hordas de gente furiosa, do tipo que sempre aparece quando há necessidade de gente furiosa. Sou erguido para a traseira de uma caminhonete branca, onde estão à espera alguns homens com jalecos de laboratório e capacetes. Eles me prendem com arreios a uma cadeira, e somos escoltados até a cidade por metade das viaturas policiais do mundo. Todos os helicópteros do mundo nos seguem sobrevoando, emitindo para baixo raios de luz como numa pré-estréia de Hollywood, a porra do Oscar do Limo, xará. Um aprendizado eu posso lhe transmitir daqui: carros da polícia não trombam por toda a parte. Não mesmo. Nem você tem idéias simplórias de como distrair os tiras enquanto dá no pé, deixa que eles trombem uns com os outros, pula de uma ponte e essa merda toda. E tem mais: assim que você entra num camburão, é imediatamente visitado pela certeza de que isso não vai acontecer. Eles dirigem a porra do carro corretamente, pode escrever.

Todo mundo tem a porra da sua diversão esta noite, mostrando a algum futuro júri imparcial o quanto devo ser inocente. Depois, sou trancado de volta no inferno. Não lá em casa, mas aqui, em Harris County, onde acontecem todos os grandes lances.

Na cela, fecho os olhos, faço uma remontagem da minha vida. Na minha montagem dessa coisa, nem mesmo estou numa grande merda. Em vez disso, sou um garoto lá fora que soube da roubada de uma *outra pessoa*, talvez algum *outro* garoto tivesse levado o rifle de ataque do pai para a sala de aula e fulminou metade dos seus colegas, sabe Deus que porra aconteceu. Eu seria o garoto que apenas *ouviu* falar a respeito. Ouviu a respeito de um pobre sacana, provavelmente o mais caladão, o pensador, o tal que meditava e essa merda toda, que se sentava no fundo da sala. Até a arma chegar à escola. Eu seria o cara que apenas *ouviu falar* a respeito, com o tipo de luxo momentâneo de decidir se devia ser indulgente ou ficar arrasado, ou nem sequer prestar nenhuma atenção, do jeito que as pessoas agem quando acontece uma merda que não as envolve. Esse é o tipo de dia que repasso em minha cabeça, ainda repleta de coisas liqüefeitas, e cachorros e tudo o mais, porém comigo como forasteiro, lá na rua, comprando sorvete, ignorando meus anos felizes, do jeito que fazemos, e apenas ficamos entediados e intratáveis.

Estou tentando dormir, quando os outros presos do meu corredor já estão acordando. Um deles me ouve suspirar, e joga algumas palavras através de sua porta.

— Little? Você é um puta astro.

— É isso aí — respondo. — Diz pro promotor.

— Que diabo, você vai ter a porra dos *melhorésimos* advogados, sabia?

— Meu advogado nem mesmo consegue falar direito a porra do inglês.

— Não — rebate o preso —, deram um pé na bunda dele, ele já era. Eu vi ele na TV dizendo que ainda está no caso, mas é cascata, ele nem mesmo foi contratado. Você agora vai ter um figurão, tá sabendo?

O cara, finalmente, acaba se calando, e eu tiro um ronco de merda de uma hora. Depois, um guarda vem me manobrar até um telefone no fim do corredor. Ele me leva marchando orgulhosamente ao passar pelas outras celas, tipo um desfile diante delas, e todo mundo se acotovela em suas portas para me ver passar.

— Aí, Burron! Burron Little, falô!

Sou posto sentado ao lado do telefone. O guarda coloca o fone de ouvido dele, depois tecla para a minha casa. O número está desligado. Peço que ele ligue para Pam.

— Hum-hum? — atende ela, com a boca cheia de comida.

— Pam, é Vern.

— Vern? Oh, céus, onde você *está*?

— Houston.

— Diabos, é isso mesmo... nós vimos na TV. Estão alimentando você?

O guarda se inclina e cochicha:

— Ovo e bife de chorizo, daqui a meia hora.

— Hã... vamos ter ovo e bife de chorizo.

— O quê? Só isso? Apenas bife de chorizo e ovo?

O guarda franze a testa. Faz um gesto mostrando uma bandeja cheia de complementos.

— E uma porção de outras coisas — digo.

O guarda me mostra o polegar para cima. Mamãe já está brigando pelo fone, você pode ouvi-la ao fundo. Finalmente, vence.

— Vernon?

— Oi, mãe.

— Você está *bem*?

— Acho que sim. Você está bem?

— Pois Lally largou Leona, se quer saber, não que a gente não achasse que ele não faria isso. Imagino que, agora, vai voltar rastejando com o rabo entre as pernas. — Solta uma espécie de grunhido irônico.

— Mãe, dá um tempo.

— Pois você não entenderia, ele precisa de uma mulher forte por perto, com toda essa nova responsabilidade... principalmente agora que ele deu um chega pra lá em Vaine.

— Responsa-*bilidade*?

— Pois você deve ter ouvido, ele comprou os direitos do seu julgamento e tudo o mais. A firma está em negociações para comprar também o instituto correcional em Huntsville, e ele simplesmente vai ultrapassar o limite, sem alguém que o entenda realmente, que se importe realmente. — Ela escuta por um momento o meu silêncio empedernido, e depois tenta melhorar a situação com um pouco de chantilly. — E então... teve um aniversário legal?

— Não mesmo.

— Pois este ano não comprei o bolo, eu não sabia se você estaria na cidade. De qualquer modo, se você aparecesse, eu poderia pegar um na Harris, eles agora estenderam o horário de fechamento até dez da noite, embora Marjorie não esteja gostando muito do novo esquema, pelo menos não por enquanto. Essas coisas levam tempo, acho eu.

Ainda estou decidindo se é uma coisa boa ou ruim essa síndrome de os entes queridos não conversarem sobre a merda óbvia. De certo modo, é meio que constrangedor, com toda essa enorme larva na minha vida escoando lentamente e fedendo diante de todo mundo. Entretanto, ninguém fala a respeito. Acho que isso fala por si mesmo.

Um belo café da manhã surge depois que encerro o telefonema, com torradas, mingau e batatas coradas acompanhando o meu ovo com bife de chorizo. Depois, chega o meu novo advogado, indicado pelo Estado. Escalaram Brian Dennehy como meu advogado, sem brincadeira, um cara todo corpulento e sábio. O Velho Ricochete Trapalhão foi mesmo demitido, acho. Outro pobre-diabo substituído por ricos-diabos. Esse Brian me dá alguma esperança de verdade, pois você tem certeza de que ele sempre ganha seus casos. Estou com uma bruta esperança, e sei que os jurados simplesmente vão adorá-lo, vão desejar que ele fosse seu pai, todo ríspido e benigno. Levo um demorado papo com o velho Brian, e lhe conto como vão as coisas.

— Está dizendo que é inocente? — surpreende-se. — Nem mesmo estava lá?

— Bem, o que quis dizer é que estive, tipo, na escola, e acho que o meu corpo passou pelo mesmo chão onde Barry Gurie caiu, mas...

Ele franze a testa e levanta a mão.

— Seu testemunho talvez não influencie um júri. Confia em mim?

— Hã... claro.

— Trata-se de uma defesa importante — diz lá da porta. — Não vamos abusar da nossa sorte. É importante para você, e importante para mim.

— Me alegro em ouvi-lo dizer isso.

— Sim, claro — confirma com a cabeça. — Julgamentos envolvendo a pena capital são a vanguarda do nosso sistema judiciário.

— Bem, Sr. Little, será o primeiro a julgar o novo sistema... desculpe o trocadilho. — O homem do tribunal dá uma risadinha e desvia o olhar. Sempre que ele ri, desvia o olhar. E ele ri muito, sentado ali, todo aconchegante, no catre da minha cela.

— Antes de decidir, precisa saber que não há nenhum tipo de pressão para apertar a cigarra, a qual será instalada visivelmente na sua... hã... no seu cercado de segurança. Uma câmera estará o tempo todo apontada para ela, para proteção contra acidentes. Mas se, a qualquer momento durante os procedimentos, você se sentir inclinado a mudar a sua alegação, ou, de algum modo, ab-rogar a informação fornecida até o momento, a cigarra lhe dará o recurso da ação instantânea e positiva, como também fornecerá uma valiosa ajuda visual à interpretação da Justiça para os telespectadores pelo mundo todo...

— Há uma cigarra pra dizer que sou inocente?

— Vernon, você *é* inocente. Até prova em contrário, lembra? — O homem atravessa o meu caminho e sorri no meu rosto como se eu fosse uma criancinha. — Eu lhe garanto que toda precaução foi tomada no projeto do sistema. Tanto o botão quanto as luzes que ativa são verdes, evitando-se, portanto, as implicações mais estressantes da cor vermelha. Além disso, embora a gente a chame, de brincadeira, de *cigarra*, o som produzido é mais parecido com o de um *carrilhão*...

# Quarto Ato

## Como minhas férias de verão

# dezenove

A cada quarenta e três piscadelas, os holofotes giratórios das viaturas policiais que seguem a minha van para Houston entram em sincronia. Elas piscam separadamente por algumas vezes, depois começam a piscar em série, como luzes condutoras. Então, por um segundo, todas reluzem ao mesmo tempo.

O que aprendo, enquanto estou sendo levado para Houston, sob nuvens baixas e imóveis, e helicópteros, para o primeiro dia do meu julgamento, é que a vida age da mesma maneira. Na maior parte do tempo, você sente o potencial da sincronia, mas apenas uma vez durante um espaço de tempo as coisas realmente se sincronizam. As coisas podem se sincronizar bem, ou se sincronizar mal. Eu, por exemplo. Estou sendo acusado de quase todos os assassinatos ocorridos no Texas entre a ocasião em que saí de casa até o momento em que trouxeram o meu traseiro de volta. Com o meu rosto por toda a imprensa, as pessoas passaram a me ver em tudo quanto é lugar, acho. Retenção, é como chamam isso. Tome cuidado com essa tapeação. E ainda sou acusado pela tragédia. Todo mundo simplesmente já esqueceu Jesus. Todo mundo, menos eu.

Deste modo, todo o verão se passou, desde que importunei você pela última vez com o meu papo. Isso aí; passei o verão inteiro trancado, à espera de julgamento. Jesus me fez companhia, de certo modo. Eu simplesmente não consegui conversar. A vida tornou-se real, acho. Talvez eu simplesmente tenha amadurecido. Tome cuidado também com essa tapeação, e falo sério.

Viro-me para a minúscula janela lateral da van e vejo deslizarem estacas de cerca. Um outubro úmido apropriou-se da paisagem e distorceu o brilho. Talvez fique melhor distorcido. É nisso que penso quando me recordo das últimas semanas. Por exemplo, a minha coroa tentou suicídio. Pam ligou sigilosamente para me pedir que fosse mais encorajador em relação a Lally, a geladeira e tudo o mais. Ela contou que mamãe, certo dia, se trancou em casa, ligou o forno no máximo e ficou sentada diante da porta aberta dele. Aparentemente, foi um grito de socorro, já que o nosso forno é elétrico. Agora, Pam a está alimentando.

Quanto a mim, por exemplo, sou hoje como uma geladeira, bolorenta, vazia, e nem ao menos ligada na tomada. Meu corpo se deu conta de que não necessita mais de dispositivos sensoriais, só precisa mesmo de uma carga de lógica realmente concentrada para sobreviver. Apenas o suficiente para jogar damas e ver TV, pois é assim que o corpo humano se mostra inteligente, suprimindo, desse modo, todo o supérfluo. E você nem desconfiava — eu preciso de óculos. O Estado descobriu que tenho uma péssima vista, e portanto, gentilmente, forneceu-me estes óculos novos. Não fiquei de modo algum muito convencido, a princípio, porque são meio que grandes, e grossos, com essa armação de plástico transparente. Mas, com a cabeça rapada, e todo arrumadinho, devo admitir que eles ficam legal, depois que você se acostuma. A roupa, realmente, é meio que maneira, com este conjunto azul-claro e meus óculos, com uma correia elástica para mantê-los em volta da cabeça. A correia era para ficar pendendo em volta do pescoço, mas eu a apertei para cima da cabeça, pois ela costumava ficar obstruindo a minha cruz. É — o Sr. Abdini me deu este crucifixo numa corrente. Nem pude acreditar, ele foi tão legal e coisa e tal. O velho Abdini dirigiu todo o caminho até aqui, só para me trazer essa cruz, com o pequeno mané nela. Bem, nem mesmo um pequeno mané, pois, tipo — é Jesus na cruz. Isto é, é difícil ver todos os detalhes, mas você simplesmente sabe que deve ser Jesus.

Levei um papo com o psicólogo daqui, e disse a ele que não tenho nenhuma das qualidades humanas, tipo qualquer habilidade ou coisa assim. Mas ele disse que não era verdade, ele disse que eu tenho uma alta e excelente percepção, e sensibilidade em relação aos meus semelhantes. De certo modo, acho que tenho esses talentos. Consegui farejar a roubada antes que tudo isso começasse, e acredito que essa coisa deve ser um talento. Isso deve contar para alguma coisa. A outra grande notícia é que deixei de falar palavrão, acredite se quiser. Creio que tenho usado parte desse tempo para, sabe como é, ver TV, e não dar ênfase ao lado ruim das coisas. Dar ênfase ao lado ruim das coisas foi identificado, no meu caso, como uma área problemática, isso e ter fixação anal, se me desculpa por dizer isso, em que todos os meus pensamentos acabam tendo relação com dejetos humanos, e roupas íntimas, e coisas que você deve saber. Uma grande área problemática, mas o psicólogo diz que a constatação é o primeiro passo para a mudança. Nem mesmo consigo mais imaginar odores fortes, palavra. Eu apenas ando assistindo a muitos velhos filmes na TV, conferindo o que fiz de errado no passado. Outro dia, um filme até mesmo me trouxe lágrimas aos olhos.

Uma multidão disposta a linchamento abarrota as ruas em volta do tribunal, jogando coisas, berrando e socando a van, enquanto sou levado através dela. Eu a observo pela janela minúscula, ela e as câmeras que a observam. Uma coisa ao fundo, porém, parece ser também uma multidão de meus partidários. A frente do tribunal virou uma espécie de Astrodome, com torres de câmeras e refletores, e estúdios transmitindo ao vivo, com personalidades nacionais dentro deles. E há furgões de fornecimento de comida, barracas de cachorro-quente, caminhões-geradores, furgões de maquiagem, barracas de camisetas, barracas de *buttons*, vendedores de balões.

Não sou levado diretamente para o tribunal, mas para uma sala de maquiagem atrás do prédio; aparentemente, porque serei "banhado por uma luz suculenta e difusa", como explica o mané que me coloca sentado e golpeia a minha cabeça. Alguns outros caras do julgamento estão aqui, colocando *blush* no rosto. Sorriem para mim, como se eu fosse um colega do setor de correspondência da firma deles, e conversam sobre o dia de hoje como se fosse um jogo de campeonato. Noto que a minha maquiagem é um tanto quanto pálida. Pálida e cinzenta.

Finalmente, sou conduzido por um longo corredor, tipo o cano de uma arma. Luzes brilhantes recortam o contorno de uma porta na extremidade, e sou levado através dela para a sala do tribunal. Lá vamos nós. Entro nessa sala como um inocente, devo dizer, e acredito que sairei dela pela porta da frente, assim que ouvirem a minha história. A verdade sempre prevalece no fim, sabe. Olho em volta para o elenco de toda a minha vida, que está sentado à espera em meio ao cheiro de pinturas com o dedo e figuras recortadas e com pipocas coladas nas ovelhas do pastor José. Câmeras zumbem, montadas em suportes giratórios, e as cabeças das pessoas se viram para me ver ser trancado naquela espécie de jaula de zoológico, com um microfone, e um enorme botão verde instalado na frente. A jaula tem barras pretas brilhantes colocadas a dez centímetros uma da outra, e fica mais alta dez centímetros da minha cabeça, quando estou de pé. Um guarda destranca uma porta nos fundos, enquanto um segundo homem me coloca lá dentro. Uma placa na porta da jaula diz que ela é feita de uma nova liga metálica que um homem sozinho não é capaz de destruir. Lanço um olhar em volta e vejo minha mãe ali, a boca cerrada de ponta a ponta, como um Muppet ou coisa assim. Seus pulsos estão enfaixados, creio que por causa do seu grito de socorro. Pam está sentada ao lado dela, com um rosto que lhe diz que elas estão repletas de embalagens plásticas de café da manhã de motel, do tipo em que os ingredientes vêm em formas iguais, como se tivessem sido feitos com um molde de argila. Elas adoram comida de hospital, café da manhã de motel e essas coisas. Hoje, mamãe tem sua própria câmera posicionada. Nada de girar faca, porém, você sabe disso. Atualmente, minha faca gira sozinha, agora que sou um cara adulto. Minha *consciência* é o que a faca acabará sendo, de acordo com o psicólogo. Uma faca é o maior presente que as pessoas podem lhe dar, segundo ele.

Meu novo advogado parece verdadeiramente positivo, o velho Brian, verdadeiramente confiante diante das coisas. Ele pára um instante para piscar para mim, e depois descarrega sobre sua mesa uma caixa com pastas de arquivo. Há também todo um novo grupo de promotores reluzentes. O chefe dos promotores inclusive usa calça tipo *baggy*, se você não acha que é vulgar demais observar isso, se não é muito regressivo em relação à minha área problemática. É o modo de ele dizer que o dia de hoje vai ser danado de engraçado. Na bancada mais alta, um velho juiz bate as mãos e gesticula com a cabeça para os advogados. Estoura o silêncio.

— Senhoras e senhores do júri — começa o promotor. — Hoje, abrimos um dos casos jurídicos mais resolvidos que este estado já presenciou. Uma pessoa está diante dos senhores, após exterminar a vida de trinta e quatro honestos cidadãos, muitos deles jovens... seus amigos, inclusive. Uma pessoa que admite abertamente ter estado na cena do massacre em uma escola secundária, e que foi identificada positivamente por testemunhas oculares nas cenas de dezesseis outros crimes capitais. Uma pessoa cujas fantasias da infância giravam em torno de derramamento de sangue e morte. Uma pessoa cujas impróprias tendências sexuais o uniram inextricavelmente ao outro pistoleiro do tiroteio na escola secundária. Senhoras e senhores... hoje, conhecerão uma pessoa, e uso o termo frouxamente, que, na tenra idade de dezesseis anos, suplantou o notório John Wayne Gacy na intensidade e ilimitabilidade de seu desdém pelos direitos mais básicos dos outros.

Varre a mão através da multidão até a minha gaiola. Rostos se voltam para a minha cabeça reluzente e meus imensos olhos flutuantes atrás das lentes. Permaneço impassível. O promotor sorri, como se lembrasse de uma velha piada.

— E vocês sabem — acrescenta — que, como Gacy, o rapaz alega inocência. Não de um único crime, no qual sua identidade poderia ter sido confundida. Mas das trinta e quatro mortes odiosas perpetradas através deste grande estado.

Partes do meu corpo já haviam se encolhido no momento em que Brian assume o pódio. Ele caminha lentamente em volta do espaço livre do tribunal. Então pára, para se apoiar na bancada do júri, e olha para o espaço reminiscente.

— Só Deus sabe — começa ele —, como é algo maravilhoso relaxar diante da TV, depois de um exaustivo dia de trabalho. — Esfrega o queixo, e caminha para a clareira. — Talvez eu assista a um filme. — Surge uma ruga em sua testa. — Preciso, porém, tornar a vida mais difícil para os artistas desse filme, já que todo mundo os reconhece na rua. Por que menciono isso? Menciono porque quatro ponto três assassinatos ocorrem a cada semana na região em que supostamente o meu cliente pisou. Quatro ponto três assassinatos ocorreram antes dos crimes dos quais ele é acusado... quatro ponto três ocorreram durante o seu suposto reinado de terror. E quatro ponto três estão ocorrendo esta semana, enquanto ele está aqui conosco. — Vira-se e encara cada membro do júri por vez. — O que vamos descobrir, senhoras e senhores, é que não existiu nenhuma alegação de assassinato contra o meu cliente até sua foto aparecer nas telas de nossos televisores. Desse momento em diante, praticamente cada assassinato ocorrido no Texas Central e além foi atribuído a ele. Isso significa que *todos os assassinos habituais* tiraram férias, e Vernon Gregory Little cumpriu praticamente *toda a quota de assassinatos registrados*, alguns ocorridos quase que simultaneamente, com armas diferentes, em extremidades opostas do estado. Por favor, perguntem a si mesmos: como? Por controle remoto? Não creio.

Meu advogado caminha até a jaula. Olha pensativo para mim, agarra uma das barras, e volta-se para o júri.

— O que me proponho mostrar-lhes, durante o curso deste julgamento, senhoras e senhores, é a amplidão da sugestionabilidade humana. A mídia chega à cena de cada crime com a foto de um único suspeito: o réu. E não apenas qualquer mídia. A mídia a serviço direto do homem que mais tem a lucrar com este processo. Um homem que construiu uma indústria... não, praticamente um *império*... montado sobre a incansável perseguição deste único e infeliz jovem. Um homem que, antes dos trágicos acontecimentos de vinte de maio, era um ninguém. Um homem que vão conhecer, e julgar por si mesmos, durante este processo.

Brian passeia diante dos jurados, puxa um pouco os punhos das mangas, e apóia-se de forma íntima no parapeito do cercado. Sua voz baixa de tom.

— Como isso aconteceu? Simples. Sob o clarão das luzes das câmeras, foi oferecida a um povo confuso e magoado a chance de participar do maior circo do horário nobre desde o julgamento de O. J. Simpson. "É esse o suspeito?", indagaram. O rosto é conhecido. Eles certamente o viram em algum lugar, e mesmo recentemente. Resultado? Até mesmo testemunhas *negras* de assassinatos de *negros* em bairros de *negros* reconheceram este estudante de dezesseis anos como o suspeito.

Ele esquadrinha o júri, aperta os olhos.

— Meus concidadãos, verão que este jovem humilde e tímido, sem registro anterior de qualquer transgressão, teve o azar de ser uma *vítima viva* da tragédia de Martirio. O evento o oprimiu até um ponto crucial no delicado desenvolvimento de sua humanidade. Foi incapaz de articular de modo apropriado a sua dor, não conseguiu assimilar a fragmentação que o cercava. Vou lhes mostrar que o único erro do rapaz... e um erro enorme... foi não gritar *"Inocente!"* rapidamente ou suficientemente alto.

O promotor abre bem as pernas diante disso, se não for muito indecente mencioná-lo. Mas gosto do que Brian disse. Olho em volta da sala, e fico maravilhado com o fato de que a Justiça fará uma visita aqui, exatamente como deve ser, exatamente como Papai Noel. Este é um lugar especial, reservado para a verdade. Claro que todo mundo está presunçoso, mas isso deve ser em função da confiança de que a Justiça está vindo. Pegue a datilógrafa do tribunal — a *estranhógrafa*, como ouvi alguém chamá-la, mas nem mesmo me pergunte por que precisam dela —, será que ela mantém a cabeça jogada para trás confiante de que a Justiça está vindo, ou apenas por causa do fedor das palavras, as coisas estranhas que precisa teclar naquela máquina de escrever serrada ao meio? E por que a máquina dela é serrada, será porque, num tribunal, não se pode ter todo o alfabeto? Você fica imaginando se ela gosta de ficar tão perto do limo, ou se até mesmo gosta disso. Vai ver que, depois do expediente, ela conta essas coisas às colegas, e todas apertam os lábios. Suspiram "oh, meu Deus" ou coisa assim. E vai ver que os advogados usam o tempo todo esse tipo de meio sorriso, inclusive em casa. Vai ver que eles se tornaram *advogados* por causa dessa habilidade superdesenvolvida de dar risinhos marotos que sugerem que você é a única pessoa no mundo ignorante o suficiente para acreditar no que você acabou de dizer. Vai ver que, quando eram bebês, deram um risinho maroto, e os pais disseram: "Olha, meu bem, um advogado."

A maravilha diante de tudo aquilo se esgota durante a hora do almoço do primeiro dia. Depois disso, fico sentado tipo um zumbi durante os dias de mapas e diagramas, pegadas e fibras. Surge a bolsa de ginástica de Jesus, com minhas impressões digitais nela. Isso mantém ocupados durante uma semana todos os cientistas do mundo. Eu só fico sentado ali, impassível, acho, com todos esses pensamentos ilógicos em minha cabeça, tipo, como diabos alguém sabe se uma fibra foi encontrada num sapato ou numa meia? Às vezes, os jurados cochilam, a não ser que venha uma nova testemunha lá da sala de maquiagem.

— Pode identificar a pessoa que viu perto da cena do crime? — indaga o promotor. Uma por uma, as testemunhas, estranhos para mim, arremessam os olhos e os dedos na minha direção.

— É ele, ali na jaula — dizem. — Foi o tal que vimos.

E, como em todos os dramas de tribunal, todos aparecem na primeira parte do programa, um por um, para contar sua história. Você espera para ver se vão ajudá-lo, ou afastá-lo do inferno. Quando o frio de novembro requer cobertores no meu catre da prisão, o processo já descongelou até os ossos.

— O Estado chama o Dr. Oliver Ganza.

Ganza encaminha-se para a cadeira das testemunhas. Suas bochechas realçam como seda recheada com creme. Faz o juramento, e troca um sorrisinho contido com o promotor.

— Doutor... é um psiquiatra especializado em desordens de personalidade?

— Sou.

— E está aqui hoje como uma testemunha especializada e imparcial, sem relação com qualquer contato profissional que possa ter tido com o réu?

— Sim.

O juiz levanta um dedo na direção do promotor, o que significa parar. Então, se dirige ao meu defensor.

— Advogado... o seu protesto se perdeu no correio?

— Não, meritíssimo — responde Brian. E permanece imóvel.

— Esse é o terapeuta do seu cliente. Devo pressupor que vai ignorar o conflito?

— Como desejar, senhor.

O juiz mastiga o interior da boca. Em seguida, consente.

— Prossiga.

— Dr. Oliver Ganza — pergunta o promotor —, em sua opinião profissional, que tipo de pessoa cometeu todos esses crimes?

— *Protesto!* — grita o meu advogado. — Não está provado que os crimes foram obra de uma única pessoa.

— Concedido — retruca o juiz. — O Estado devia saber disso.

— Vou reformular a frase — diz o promotor. — Dr. Ganza... esses crimes lhe sugerem um padrão?

— Com toda a certeza.

— Um padrão comum à área em que é especializado?

— Características associadas a desordens de personalidade anti-social.

O promotor prende o queixo entre o polegar e o indicador.

— Mas pode-se afirmar que essas características pertencem a uma só pessoa?

Ganza ri baixinho.

— A alternativa é uma epidemia de desordens anti-sociais localizada, durante exatamente seis dias.

O promotor sorri.

— E o que torna diferente do resto de nós quem sofre dessas desordens?

— Essas personalidades prosperam diante da gratificação instantânea... são incapazes de tolerar a menor frustração de seus desejos. São hábeis manipuladores, e têm uma invulgar auto-estima que os torna alheios aos direitos e às necessidades dos outros.

— É correto pensar que essas não são doenças mentais tidas como tais, já que não envolvem qualquer redução de responsabilidade por parte de quem as sofre?

— Bastante correto. Desordens de personalidade são desajustes de caráter, desvios nos mecanismos de obtenção de recompensa.

O promotor baixa a cabeça e assente pensativo.

— Ouvi o senhor mencionar desordem de personalidade *anti-social*. Existe um termo mais comum para descrever quem sofre dessa desordem?

— Personalidades anti-sociais são, bem... é o psicopata clássico. — Um arquejo abafado percorre o tribunal. Meus óculos ficam mais grossos e mais pesados.

— E as manifestações conhecidas dessa desordem incluem assassinato?

— Protesto — grita Brian. — A maioria dos assassinos não é de psicopatas, e nem todos os psicopatas cometem assassinato.

Os olhos do juiz baixam aborrecidos sobre o promotor.

— Advogado... *por favor* — diz ele. Você percebe que ele quer pronunciar palavras mais fortes, mas diz apenas "por favor". A diferença entre o que ele *quer* dizer e o que *pode* dizer é que deixa seu olhar intimidado, eu garanto. O promotor aperta as pequeninas nervuras que se fazem passar por lábios, e volta-se para Ganza.

— Pois bem, doutor... quem sofre da desordem que mencionou, estou certo em imaginar que são *impassíveis* aos resultados de suas ações... não sentem remorso?

— *Protesto!* Carência de remorso é condizente com inocência!

O promotor volta-se para o júri e sorri afetadamente. Eu permaneço impassível.

— Negado — diz o juiz. — Não há referência ao seu cliente. — Ele acena com a cabeça para Ganza responder.

— Esses doentes têm um nível de excitação muito mais alto do que o senhor ou eu — afirma Ganza, exibindo as bochechas para o promotor. — Seu apetite por emoções pode levá-los a riscos cada vez maiores, sem atenção às conseqüências.

— Emoções tais como assassinato?

— Sim.

O promotor deixa essa coisa se assentar um pouco no chão do tribunal. Seu fedor adeja na direção do júri. Ele vira-se para olhar para mim, ao fazer a pergunta seguinte a Ganza.

— E diga-nos... a sexualidade tem algum papel em tal comportamento?

— O sexo é o nosso impulso mais forte. Naturalmente, trata-se de um canal primário para comportamentos apontados na direção da obtenção e manutenção de poder sobre outros. E, na mente anti-social... morte e sexo são freqüentes companheiros de cama.

— E, em termos leigos, como se originam essas características?

— Bem, uma fixação pode ser desenvolvida na infância...

— Uma fixação por, digamos, uma mulher? — O promotor baixa o rosto, mas ergue a vista para a cadeira das testemunhas.

— Bem, sim, o objeto de fixação masculina é freqüentemente feminino.

— Um sociopata poderia matar uma mulher para sentir emoção?

— Sim, ou talvez... matar *por* ela...

— Não tenho mais perguntas.

Macarrão com molho de queijo para o almoço de hoje. E pão. Mais tarde, ele fermenta nas minhas entranhas, quando o meu advogado se aproxima da cadeira das testemunhas, sorrindo.

— Oliver Ganza, como tem passado?

— Muito bem, obrigado.

— Diga-me, doutor... essas desordens anti-sociais pioram com a idade?

— Não necessariamente... para serem classificadas como tais, as características precisam existir por volta da idade dos quinze anos.

— Esse problema é tratável aos quinze anos?

— A maior parte das desordens permanecem tratáveis em qualquer idade, se bem que, em relação às verdadeiras personalidades anti-sociais, os resultados sejam questionáveis.

— Quer dizer que não podem ser tratadas com sucesso?

— Essa é a evidência prevalecente.

Meu advogado passeia um pouco em volta do tribunal, cabeça baixa, pensando. Calculando pi, provavelmente. Então, pára.

— No seu relatório para a Corte Municipal de Martirio recomendou que o meu paciente fizesse um tratamento ambulatorial com o senhor, em vez de ser detido?

Ganza levanta a vista para o juiz. O juiz acena com a cabeça para ele responder.

— Sim — responde Ganza.

— Uma abordagem suave para um psicopata intratável, não acha?

A irritação salta para o rosto do doutor.

— Esses casos são difíceis de ser diagnosticados em uma sessão.

— Mas, há pouco, não teve problema em assegurar isso para o júri. — Brian dá um risinho maroto. — E, doutor, em relação às conotações sexuais que mencionou... seria igualmente possível para uma mente anti-social se fixar num homem, ou num menino? — Começa a caminhar num círculo que se estreita em volta de Ganza.

— Claro. Jeffrey Dahmer é um bom exemplo.

— Mas o que diferenciaria um desejo homossexual habitual de uma fixação patológica?

— Bem, hã... consentimento. Um desviado patológico pode ludibriar ou forçar seus alvos, sem se importar com os desejos deles.

— Então, uma pessoa que força seus desejos em meninos seria um psicopata?

— Poderia ser, certamente, sim.

Ganza não aparenta mais presunção. Meu advogado completa seu círculo, e então crava-lhe um olhar que diz "vamos brincar".

— Oliver Ganza — medita. — Já ouviu falar no nome "Harlan Perioux"?

Ganza fica branco.

Brian volta-se para o júri.

— Senhoras e senhores... juiz... por favor, desculpem a linguagem que vou usar. — Aproxima-se da cadeira das testemunhas, e inclina-se para o rosto de Ganza. — Se não, talvez tenha ouvido falar de um site na Internet chamado *Bazar de Bundas de Bambis*.

— Como assim?

— Um homem chamado Harlan Perioux foi indiciado,

em Oklahoma, por alcovitar e corromper adolescentes para esse website... diga-nos, por favor, sob juramento... o senhor sabe algo a respeito disso?

— Não tenho que responder a isso.

Brian sorri um sorriso preguiçoso. Apanha em sua mesa alguns documentos e os ergue no ar.

— Tenho provas que mostram que o senhor, Oliver Ganza, usou anteriormente o nome Harlan Perioux. — Um acentuado murmúrio irrompe no tribunal. — Eu afirmo, doutor, que, cinco anos atrás, foi indiciado, com esse nome, por quatro acusações relacionadas à corrupção de menores para o seu website.

— Acusações que nunca foram provadas.

— Além disso, doutor, sou de opinião de que ainda é dono e operador desse site, agora com o nome de *Serenata de Sodoma*.

Alguém no fundo contém uma gargalhada. O juiz fecha a cara.

— Estou certo, doutor? — pergunta Brian, lenta e claramente. — Sim... ou... não?

Os olhos de Ganza disparam rapidinho para o juiz. Este gesticula com a cabeça para ele responder.

— Não. Não absolutamente, não.

— Minha última pergunta: é verdade que também tratou de Jesus Navarro Rosario, por volta da época em que ocorreu a tragédia na escola, em maio deste ano?

O olhar de Ganza baixa para o chão.

— E que o presenteou com roupas íntimas femininas, um débito de compra que pode ser rastreado até o seu cartão de crédito?

Brian levanta um saco plástico. Dentro, há a calcinha que Jesus usou em seu último dia de vida.

# vinte

Sento na privada da prisão me sentindo um pouco esperançoso, para ser franco, deixando apenas que minhas pressões mundanas crepitem através do meu trato intestinal. Sei que não devia dizer isso, mas exercitar o seu trato é um dos maiores baratos da vida, maluco. Trata-se de outra coisa a respeito da vida que nunca lhe é ensinado. Aliás, não só não lhe é ensinado, como ensinam a você o oposto, tipo é coisa do demônio ou algo assim. Quando você pensa a respeito, é como minha mãe inventou todas as malditas regras do mundo.

Mas não penso nisso, de maneira nenhuma. É de manhã, e o ar na sombra tem aquela aspereza nebulosa e úmida que você sente no inverno. Tenho algum tempo antes que eles me coloquem no camburão para a viagem de volta ao tribunal, por isso fico fazendo hora aqui nos banheiros mais próximos do pátio da prisão. Tenho até um Camel para fumar, um novo-e-formidável Camel com filtro, de Detiveaux, que está sendo julgado por um importante roubo. Ele está se sentindo generoso por conta de sua namorada ter trazido o novo bebê deles para uma visita. Disse-lhe que a criança se parece com ele, o que é verdade, embora seja uma menina. Agora, eis-me aqui soprando chumaços de fumaça azul, e tentando deixar a cinza entre as pernas, sem queimar o meu órgão reprodutor.

Todos os meus problemas saltam de meu trato como ratos de um avião, e simplesmente fico mais leve e mais esvaziado a cada segundo. Bolando planos como um louco. Tratos, cara, *maldição*.

A viagem para o tribunal é cinzenta e normal. Da sala de maquiagem, ouço helicópteros estrondeando acima do prédio, para o caso de eu fugir ou coisa assim. Ha. Tipo: é isso aí. Eles *gostariam* que eu fugisse, só para poder evitar o peso do arrependimento que terão quando eu ostentar a minha inocência. Eles vão ter de comer aquele velho prato frio. Sento-me empertigado com esse tipo de justo otimismo durante a maquiagem de hoje, comendo fritas. Eles devem ter farejado por aí essa velha verdade, para de repente me alimentarem com fritas. O único problema é que apertaram demais as algemas para a minha caminhada até a jaula, e tenho que curvar o ombro até a bochecha, onde me sujei com ketchup. Enquanto tento limpar o ketchup, observo um raio de luz avançar lentamente sobre o assoalho da sala do tribunal, até a cadeira das testemunhas ficar iluminada como o Monte Sinai. O som de couro gasto peleja degraus acima em direção ao fundo. Sem mesmo olhar, você sabe que é minha mãe indo embora. Cada manhã, ela é fotografada ao chegar, mas não consegue suportar o conteúdo do dia. Pam vai estar lá fora, no Mercury, ambos os pés nos pedais.

O juiz chega, cumprimenta todos com a cabeça, e me recosto para assistir ao meu Destino passar diante de mim.

— O Estado chama Taylor Figueroa.

Taylor atravessa a multidão, vestida com um terninho cinza e saia curta. Joga os cabelos para trás, olha para as câmeras com um sorriso de garota do vizinho, e depois fica parada, alta como uma baliza, para fazer o juramento. Meu

Deus, como ela é linda. Dentro de mim rasteja um sabor de como as coisas poderiam ter sido. Eu o elimino.

— Srta. Figueroa — começa o promotor —, por favor, declare sua idade e ocupação.

Taylor mordisca o lábio, como se estivesse pensando a respeito. Quando fala, sua inflexão aumenta, depois diminui, depois volta a aumentar no fim, como um carro mudando de marchas. O efeito fedor de escola.

— Acabei de fazer dezenove, e, tipo, era estudante, mas agora estou, tipo, tentando uma carreira na mídia.

O promotor assente, compreensivo, e depois franze a testa.

— Não quero provocar nenhuma tensão inadequada, mas verá que este processo exige que sejam feitas algumas perguntas delicadas... por favor, levante a mão, se isto se tornar muito incômodo.

Taylor raspa um dente no lábio.

— Tudo bem, tá ligado?

— É muito corajosa. — O promotor pende a cabeça. — Srta. Figueroa... já foi... assediada?

— *Assediada?*

— Isto é, já lhe foi mostrado um interesse desproporcional por um estranho, ou alguém que conheceu por acaso?

— Acho que sim, é, um cara.

— O que a fez pensar que o interesse dessa pessoa era incomum?

— Bem, tipo, ele surgiu do nada, e começou a confessar uma porção de crimes e... tá ligado?

— Já o conhecia anteriormente?

— Hã-hã, tipo, isto é.... acho que o vi certa vez, do lado de fora de uma festa.

— *Do lado de fora* de uma festa?

— É, tipo, ele não tinha sido convidado ou coisa parecida.

— Havia mais alguém do lado de fora dessa... festa?

— Não.

O promotor gesticula com a cabeça para o chão.

— Quer dizer que essa pessoa estava sozinha, do lado de fora de uma festa à qual não podia comparecer. E ele falou com você?

— Hum-hum. Ele me ajudou a entrar na traseira de um carro.

— Ele *ajudou* você a entrar na *traseira* de um *carro*? E o que aconteceu depois?

— Tipo, minha melhor amiga apareceu, vindo da festa, ou sei lá, e esse cara foi embora.

Meus olhos percorrem os membros do júri, revisando suas idades até o nível em que todos teriam filhas como Taylor. As sobrancelhas deles revelam uma nova inclinação.

O promotor espera até que tudo seja absorvido. Em seguida, pergunta:

— Bem, e onde viu novamente essa pessoa?

— Em Houston.

— Ele reside em Houston, ou em algum lugar de Harris County?

— Não. Ele estava a caminho para, tipo... México.

— Vindo de onde?

— De Martirio.

O promotor dispara um olhar significativo para o júri.

— Martirio para o México, via Houston, é um desvio e tanto.

— É, tipo, eu nem pude acreditar que ele tinha ido só pra me ver, e confessar todas essas coisas e... tá ligado...?

— E o que aconteceu depois?

— Minha prima apareceu, e ele saiu correndo.

Neste momento, Taylor baixa a cabeça, e todos prendem a respiração, para o caso de ela chorar ou coisa assim. Mas ela não faz nada. O promotor espera até ter certeza de que ela não faz, e então dispara a bala de canhão.

— Está vendo essa pessoa aqui no tribunal?

Taylor não levanta a cabeça, apenas aponta para a minha jaula. Baixo o rosto, para tentar captar seu olhar, mas ele está grudado nos seus sapatos. O promotor contrai os lábios, e dá início, metodicamente, a pregar o resto da minha cruz.

— Que fique registrado que a testemunha identificou o réu, Vernon Gregory Little. Srta. Figueroa, deve ter ouvido a defesa alegar que Vernon Little estava no México por ocasião dos assassinatos mais recentes. Dizem que você sabia que ele estava lá. Sabe se ele estava lá?

— Bem, tipo... ele estava lá, quando cheguei.

— De um modo preciso, saberia dizer há quanto tempo o réu estava no México?

— Três horas talvez, no máximo.

— Então não pode sustentar a alegação do réu de que ele não estava aqui, para ter praticado todos esses crimes?

— Acho que não.

O promotor segue para o cercado das testemunhas, pousa um braço na balaustrada, e sorri afetuosamente para Taylor.

— Está quase acabando — diz suavemente. — Apenas nos diga, sem pressa, o que aconteceu durante essas horas no México?

Taylor se retesa. Inspira.

— Ele tentou, tipo... fazer amor comigo.

— Foi então que ele confessou os assassinatos?

— Hum-hum.

O ar é aspirado por todo o aposento, por todo o mundo, provavelmente, seguindo-se rumores de cochichos. Minha alma berra por causa da ferroada, mas meu advogado me crava um olhar tranqüilizador. O verde da minha jaula começa a parecer convidativo, à medida que, cada vez mais lentamente, a sala, as câmeras e o mundo se viram para me examinar mais detalhadamente. O promotor apenas sorri, volta para sua mesa, e pressiona um botão de um gravador sobre ela.

"Foi", minha voz arranha através do tribunal. "Fiz isso por você." E toca sem parar. "Fiz isso por você, por você, foi. *Fui eu.*"

Brian arma uma cara bem marota para a inquirição. Enfia as mãos nos bolsos e pára diante de Taylor, como o pai dela ou coisa assim. Apenas olha para ela, como se ela fosse dar a desculpa mais idiota que ele já ouviu. Os olhos dela baixam um pouco, e depois se arregalam, tipo *"o que foi?"*

— Você viu o réu durante três horas no México?

— Hum-hum.

— Portanto, pelo que lhe consta, ele poderia ter estado em qualquer outro lugar do mundo fora dessas três horas?

— Acho que sim.

— Por que Vernon foi se encontrar com você no México?

Taylor revira os olhos... coisa melosa de garotas.

— Bem, pra fazer sexo, ou confessar, tá ligado?

— Você pagou para ele fazer sexo com você?

Taylor recua.

— De jeito nenhum!

— Então, naquele dia, nenhum dinheiro trocou de mãos entre vocês?

— Não, bem, tipo...

— Responda sim ou não, por favor.

— Veja, mas...

— Sim. Ou não.

— Sim.

— Então deu algum dinheiro a Vernon Little... aliás, trezentos dólares. — Brian vira-se para a platéia, e levanta uma sobrancelha. — Diabos, esse rapaz deve ser o tal. — Uma risadinha percorre o fundo.

— Protesto! — brada o promotor.

— Concedido — diz o juiz.

Brian me dá uma piscadela, depois se dirige novamente a Taylor com o seu olhar mais paternal.

— Vernon Little sabia que você estaria no México naquele dia?

— Veja... mas, tipo...

— Você o surpreendeu, não foi? Usou uma oferta de dinheiro para atraí-lo... um adolescente confuso, inocente e desesperado... a um local onde você surgiu do nada. Essa é a verdade?

A boca de Taylor estremece vazia por um segundo.

— É, mas me disseram...

Meu advogado levanta a mão para ela, depois cruza os braços.

— Afirmo que você foi contratada para executar essa proeza. Foi contratada para ludibriar o réu, não pela polícia, e não necessariamente por dinheiro, mas atraída com promessas de celebridade pelo homem que está por trás de toda essa charada.

Ela apenas encara Brian.

— Taylor Figueroa... por favor, diga a este tribunal o nome do homem que a levou ao México.

— Eulalio Ledesma.

Não tenho mais perguntas.

Lally surge no topo da escada, vestido todo de branco. Seu rosto está pálido. Rugas furiosas se contorcem em cada bochecha, enquanto, por dentro, ele trinca os dentes. A multidão vira-se para olhá-lo, enquanto ele segue pelo corredor, e penetra na luz. Eu me viro para olhar a multidão. Você percebe que ela o adora. O promotor é o primeiro a inquirir.

— Eulalio Ledesma... esteve numa posição ímpar para observar o réu, primeiro como amigo íntimo da família, e depois, tenho certeza, como um cidadão responsável...

— Tsc, com licença — diz Lally. — Eu tenho uma reunião com o secretário de estado... isto vai demorar muito?

— Não posso falar pela defesa, mas serei breve — retruca o promotor. — Apenas nos diga, por favor... se pudesse definir o réu em uma palavra, qual seria ela?

— Psicopata.

— Protesto — berra Brian.

— Concedido... o júri deve ignorar tanto a pergunta quanto a resposta. — O juiz move um olhar duro para o promotor. — E o advogado deve lembrar que um jovem pode ser executado como resultado deste processo.

O promotor gesticula para o júri como se suas mãos estivessem atadas, mas o juiz o demove rapidamente com uma carranca. Ele sai de fininho de volta para Lally.

— Talvez possa dizer ao tribunal, Sr. Ledesma... o réu lhe contou alguma coisa, em particular, sobre a tragédia na escola?

Lally aperta bem os lábios, do jeito que faz o seu melhor amigo, quando é obrigado a contar à mãe dele que você comeu o último biscoito.

— Nada semelhante — responde.

— Algo que ele fez sugere o seu envolvimento?

Lally inspira fundo. Olha para mim, com olhos negros, inchados, e sacode a cabeça.

— Em algumas noites, ele falava enquanto dormia. — O lábio inferior começa a quicar. — Rugia enquanto dormia, melhor dizendo... "Bum", dizia. "Tome isto... bum...". Um soluço se liberta de sua garganta. Um silêncio mortal se espalha pelo mundo.

O promotor baixa a cabeça, e espera um momento respeitoso. Então diz:

— Lamento por fazê-lo passar por isso...

Lally ergue a mão trêmula para eximi-lo.

— Qualquer coisa para levar paz a essas almas infelizes.

Fungadas irrompem no tribunal. Não há mais nenhum vestígio de marotice no promotor, nem a cem quilômetros dele. Oito séculos depois, ele pergunta simplesmente:

— Também viu o réu matar o policial Barry Gurie?

— Do chão, onde eu estava caído, ferido, vi o réu correr na direção do policial Gurie. Ouvi uma luta, e depois três tiros...

O promotor assente, depois volta-se para o meu advogado.

— A testemunha é sua.

Brian ajeita a gravata e se dirige à cadeira. O silêncio é crocante como ossos de lagarto.

— Sr. Ledesma... há quanto tempo é repórter de televisão?

— Quase quinze anos.

— Trabalhando onde?

— Na maior parte do tempo em Nova York e Chicago.

— Não em Nacogdoches?

Lally franze a testa.

— *Oh*, não — trapaceia um furtivo *piradigma*.

— Nunca visitou?

— *Oh*, não.

Brian dispara nele um sorriso compreensivo.

— Nunca contou uma mentira, Sr. Ledesma?

— *Tsc...*

— Sim ou não?

— *Ooh*, não.

Meu advogado assente e volta-se para o júri. Levanta um cartão de visitas.

— Senhoras e senhores, estou para mostrar um cartão de visitas à testemunha. Ele diz: "Eulalio Ledesma Gutierrez, Presidente e Técnico-Chefe, Consertos de Mídia de Nacogdoches." Desliza-o pelo ar até o rosto de Lally. — Sr. Ledesma... este é o seu cartão de visitas?

— Ora, *tenha dó* — trapaceia Lally. Subitamente, ele é como um velho trem antiquado.

Brian dá-lhe o seu olhar mais duro.

— Uma testemunha vai atestar que distribui este cartão como sendo seu. Pergunto novamente... este é o seu cartão?

— Já disse que *não*.

— Meritíssimo, pode permitir-me a anexação de uma testemunha a esta inquirição, com a finalidade de identificação...?

— Prossiga — ordena o juiz.

Meu advogado acena com a cabeça para o fundo da sala.

A porta dupla se abre com um rangido, e dois auxiliares conduzem para o interior da sala uma coroa mexicana. Brian espera até que ela seja levada cambaleante até o topo dos degraus, e depois aproxima-se de Lally.

— Sr. Ledesma... esta é a sua mãe?

— Não seja ridículo — vocifera Lally.

— Lally! Meu *Lalo*! — grita a coroa. Ela se solta dos auxiliares, mas seu pé engancha num anteparo do corredor, e ela tomba no chão. O juiz levanta-se de seu assento, e franze a testa enquanto a coroa é ajudada a se pôr de pé. Ela chora e tenta detectar a voz de Lally. Ele permanece calado. Suas bochechas enrugam-se duplamente.

Brian espera o silêncio retornar antes de se dirigir à coroa.

— Sra. Gutierrez, por favor, diga ao tribunal... este é o seu filho?

— É ele.

Ela puxa os seus ajudantes pelo corredor abaixo, mas um pé erra um degrau, e fica suspensa nos braços deles. O juiz apenas contrai os lábios, como se tivesse pisado num baço. Olha de esguelha para a velha mulher, depois sacode a cabeça.

— Senhora... pode apontar para o seu filho?

A respiração é cancelada no mundo tudo.

— Lalo? — chama. — Eu-*lalio*? — Ele não responde. Nisso, um dos advogados cruza os braços, e nesse nanoroçar de suas mangas, a velha mulher hesita e aponta para o promotor. — Lally!

O promotor abre os braços, em desespero. Os olhos do juiz desabam sobre o meu advogado.

— Um momento... devo entender que esta testemunha é deficiente visual?

— Toda mulher reconhece a voz de um filho, meritíssimo.

— Lalo? — funga a mulher, agora se aproximando da *estranhógrafa*.

O juiz suspira.

— Como, em nome de Deus, imaginou conseguir uma identificação positiva?

— Meritíssimo — começa Brian, mas o juiz retira os óculos, bate com eles na bancada, e abre bem os braços.

— Advogado... esta senhora *não enxerga*.

Uma boa noite de sono não me aconteceu esta noite. Eu me revirei e me debati com os horrores de Jesus, sabedor de que participo de uma loteria para me juntar a ele em carne. Quando sou trancado na minha jaula, na manhã seguinte, a atenção de todo mundo está voltada para mim. Claro que Brian se levanta e argumenta, diz que se trata de um logro e tudo o mais. Mas você tem a sensação de que todo mundo meio que sabe que Lally foi o prego final. Mudanças sutis no aposento lhe dizem que eles sabem; a cabeça da *estranhógrafa*, por exemplo, está recuada um grau a mais.

Enquanto tudo isso acontece, sinto uma vibração de Jesus. Ela diz para eu diminuir minhas perdas, esquecer meus segredos de família — diz que já fui leal acima e além do chamado do dever, e devo deixar que eles encontrem a arma. Diz para eu lhes contar sobre a evacuação intestinal que tive do lado de fora da escola, naquele dia. Isto é, cocô deve conter uma porção de provas sobre um cara. Provavelmente, você poderia clonar uma porção de outros caras a partir dele, e depois perguntar-lhes por que fizeram aquilo. Um dos meus dedos toca o botão verde da jaula, tateia sua superfície. Câmeras zunem para perto. Você simplesmente sabe que multidões na rua, pessoas em aeroportos, gente no conforto de seu próprio odor em casa, homens em barbearias no Japão, crianças matando aula na Itália estão sintonizados, prendendo a maldita respiração. Você sente um bilhão de horas cumulativas de vida humana sendo reduzidas pela furiosa pressão sangüínea. Poder, xará. Aperto os lábios, e traço uma delicada linha em volta da cigarra, brincando com ela, fingindo ter consideráveis opções. O súbito silêncio na sala faz Brian rodopiar. Ao ver minha mão sobre a cigarra, se apressa em minha direção, mas o juiz silva atrás dele.

— *Deixe-o!*

Não aperto a cigarra para mudar a minha história. Aperto porque a minha história não está sendo contada. Tenho uma iluminação sobre os dez anos que pareceram como se eu estivesse ouvindo toda essa multidão de tecedores de *piradigma*, com sua indústria de especialistas em fibras de tapetes, e psiquiatras e tudo o mais, que me liquidaram com o seu maldito blablablá. E você sabe simplesmente que o Estado não vai embarcar nenhum especialista para me ver. O que aprendi é que você precisa dessa indústria, demais. Porque, embora você não tenha permissão para dizer isso, e espero que não seja coisa do demônio eu dizer isso — a dúvida razoável não se aplica mais. Não na prática, não tente me dizer que se aplica. Talvez, só se o seu gato mordeu o hamster do vizinho, tipo em *Judge Judy* ou coisa assim. Mas depois que eles enviaram patrulhas a mais, e construíram uma jaula no tribunal, pode esquecer. Você tem que comparecer com uma prova de inocência simples, indo de honesta a excelente, que qualquer um pode perceber apenas assistindo à TV. Caso contrário, eles enfiam a marteladas nove séculos de provas técnicas, tipo um milênio consecutivo de aulas de matemática, e é aí que eles liquidam com a dúvida razoável.

Sem nada realmente a perder, pressiono a cigarra. Ela produz um som como o de um xilofone caindo de um avião, e subitamente sou cegado por uma tempestade de fogo de flashes de câmeras. A última coisa que vejo é a boca de Brian Dennehy escancarar.

— Juiz — digo.

— Shhh! — engasga-se Brian.

— Prossiga, rapaz — diz o juiz. — Devemos ativar o procedimento de retratação?

— Não, senhor, é apenas que... Eu pensei que teria uma chance de contar como as coisas aconteceram realmente, mas eles só estão perguntando coisas que me fazem parecer ruim. O que eu quero dizer é que tenho testemunhas desde a ocasião da tragédia.

— Meritíssimo — alega o promotor —, o Estado espera poder preservar a estrutura deste caso, depois de todo o empenho gasto nele.

O juiz o encara inexpressivo.

— E eu espero, advogado, que o Estado, como esta corte, procure preservar a *verdade*. — Sorri cordialmente para a câmera, e depois ordena: — Façam o rapaz prestar juramento.

— Meritíssimo — clama Brian, levantando uma mão impotente.

— Silêncio! — exclama o juiz. Acena com a cabeça para mim. — Faça o seu discurso, Sr. Little.

Inspiro fundo, e faço o juramento rotineiro sobre a Bíblia. Brian senta-se com a cabeça apoiada nas mãos. Então, invisto direto para o cerne de minha preocupação.

— Nunca estive metido em nenhuma fria. O meu professor, o Sr. Nuckles, sabe disso, ele sabe onde eu estava. O motivo pelo qual eu não me encontrava na sala foi porque ele me mandou buscar uma vela para a experiência da gangorra... se ele tivesse falado antes, não teria havido nenhuma dessas suspeitas.

O juiz encara os advogados.

— Por que essa testemunha não compareceu?

— Foi julgado incapaz pelos seus médicos — diz Brian. — Além do mais, tínhamos certeza de que as acusações relacionadas ao incidente da escola secundária seriam retiradas, com base nas provas existentes.

— Creio que precisamos ouvir o Sr. Nuckles — sugere o juiz. — Olha acima, para as câmeras. — Creio que o mundo vai *exigir* ouvi-lo. — Abana a mão para os oficiais de Justiça. — Expeçam uma ordem para o seu comparecimento... iremos até a beira de seu leito, se necessário.

— Obrigado, senhor — agradeço. — Uma outra coisa é...

— Já garantiu o seu lado, rapaz. Agora, por questão de Justiça, deixarei que o promotor lhe faça algumas perguntas.

Acho que ouvi o meu advogado chorar. O promotor ajeita o sorriso e se aproxima.

— Obrigado, juiz. Vernon Gregory Little, como está passando?

— Bem, eu acho... Eu só queria dizer...

Ele levanta a mão.

— Sua afirmação é a de que nunca viu as últimas dezesseis vítimas... correto?

— Veja, a coisa é...

— Responda sim ou não, por favor.

Olho para o juiz. Ele consente.

— Sim — digo.

— E só viu as vítimas da escola depois que estavam mortas ou moribundas... correto?

— Sim.

— Mas admite que estava na cena dos assassinatos?

— Bem, sim.

— E declarou, sob juramento, que estava na cena de dezoito mortes, embora não tenha visto todas essas mortes ocorrerem.

— Hum-hum. — Meus olhos pestanejam, tentando acompanhar a aritmética da coisa.

— E jurou que nunca viu nenhuma dessas dezesseis vítimas mais recentes... mas acontece que todas também estão mortas. — O promotor corre a língua em volta da boca, franzindo a testa. É um tipo avançado de marotice, caso você não saiba. Em seguida, sorri para o júri, e diz: — Não acha que a sua miopia está começando a causar problemas na cidade? — Gargalhadas borbulham por todo o tribunal.

— Protesto!

— Deixe, advogado. — O juiz descarta Brian e gesticula para eu responder.

— Eu nem mesmo estava lá, durante as últimas mortes — afirmo.

— Não. Onde estava?

— No México.

— Entendo. Tinha algum motivo para estar no México?

— Hã... Eu estava tipo fugindo, sabe...

— Estava fugindo. — O promotor contrai os lábios. Olha para trás, em direção aos jurados, que, em sua maioria, são donos de caminhonetes e coisas do gênero; algumas coroas de aparência severa, e uns dois homens irritáveis. Um dos manés, você tem certeza, passa a ferro suas meias e cuecas. Todos imitam o gesto labial do promotor. — Vamos tirar isso a limpo... afirma que é inocente de qualquer crime, e nunca nem mesmo viu metade das vítimas. Certo?

— É.

— Mas admite ter estado presente no primeiro massacre, e foi identificado de forma positiva nas cenas dos outros assassinatos. Concorda que trinta e uma pessoas o identificaram neste tribunal como sendo a pessoa que viram por ocasião dos últimos assassinatos?

— Protesto — exclama Brian. — É notícia velha, meritíssimo.

— Juiz — alega o promotor —, só estou tentando determinar a percepção do réu diante dos fatos.

— Negado. — O juiz gesticula com a cabeça para mim. — Responda à pergunta.

— Mas...

— Responda sim ou não à pergunta — pede o promotor. — Foi identificado, neste tribunal, como suspeito, por trinta e um cidadãos?

— Hã... acho que sim.

— *Sim ou não!*

— Sim.

Meu olhar desaba no chão. E assim que me dou conta do que os meus olhos estão fazendo, o resto de mim sente aquela primeira onda de pânico. Calor corre para trás do meu nariz. O promotor faz uma pausa, a fim de dar ao meu corpo espaço suficiente para me trair diante da TV.

— Pois bem, tendo sido a sua presença determinada nas cenas dos trinta e quatro assassinatos... você nos disse anteriormente que estava *fugindo*. — Ele dá um olhar enviesado para o júri. — Não consigo imaginar *por quê*. — Uma risadinha intumesce por toda a sala.

— Porque todo mundo suspeitava de *mim* — explico.

O promotor arremessa os braços para os lados.

— Depois de trinta e quatro assassinatos, isso não me surpreende!

Pára por um instante, enquanto seus ombros quicam com uma gargalhada silenciosa. Sacode a cabeça. Esfrega a te,sta. Enxuga uma lágrima do canto do olho, inspira fundo, em seguida cambaleia alguns passos até minha jaula, ainda tremendo de rir. Mas, quando ergue a vista para mim, ela queima.

— Estava no México no dia vinte de maio deste ano?

— Hã... esse foi o dia da tragédia, portanto... não.

— Mas acabou de dizer que estava no México por ocasião dos assassinatos.

— Eu me referi aos mais recentes, sabe...

— Ahh, *entendo*, já *saquei*... você foi ao México para *alguns* dos assassinatos... é essa agora a sua história?

— Eu só quis dizer...

— Deixe-me ajudá-lo — diz ele. — Você agora afirma que foi ao México na ocasião de *alguns* assassinatos... certo?

— Hã... é.

— E onde você estava, quando não se encontrava no México?

— Em casa.

— Que fica nas proximidades da propriedade de Amos Keeter, não é mesmo?

— Sim, senhor, mais ou menos.

— Que foi onde o corpo de Barry Gurie foi encontrado?

— Protesto — diz o meu advogado.

— Meritíssimo — insiste o promotor —, queremos

determinar que todos os assassinatos ocorreram antes de ele fugir.

— Prossiga... mas fique à vontade para chegar logo à questão.

O promotor dá as costas para mim.

— O que estou dizendo é... você, reconhecidamente, é o assecla mais íntimo do pistoleiro Jesus Navarro. Mora bem perto das cenas de dezessete homicídios. Foi identificado em todos eles. Ao ser interrogado, pela primeira vez, evadiu-se do gabinete do xerife. Depois que foi preso e solto sob fiança, fugiu para o México... — Apóia-se nas barras, casual e cansativamente, e deixa o rosto repousar sobre o peito, a fim de que os olhos arremetam para cima. — Admita — fala baixinho, persuasivo. — Você matou todas essas pessoas.

— Não, não fui eu.

— Entendo que matou todas elas, e simplesmente perdeu a conta dos corpos que se acumulavam.

— Não.

— Não perdeu a conta?

— Eu não matei elas.

O promotor contrai os lábios e suspira pelo nariz, como se um trabalho extra acabasse de surgir no encerramento do expediente.

— Declare seu nome completo, por favor.

— Vernon Gregory Little.

— E onde estava exatamente no México?

— Em Guerrero.

— Alguém pode comprovar isso?

— Pode, o meu amigo Pelayo...

— O motorista da aldeia no litoral? — Anda a passo lento até sua mesa e apanha um documento de aparência oficial. Levanta-o. — O depoimento juramentado de "Pelayo" Garcia Madero, da aldeia citada pelo réu — diz para a corte. Pousa cuidadosamente o papel, e olha em volta da sala, atraindo a atenção de cada um, individualmente. — O Sr. Garcia Madero afirma que só conheceu um jovem americano em toda a sua vida... um mochileiro que conheceu num bar no Norte do México, e que levou para o Sul em seu caminhão... um mochileiro chamado *Daniel Naylor*...

# vinte e um

A vida passa correndo diante dos meus olhos neste quatorze de novembro, minúsculos clarões de estranha existência, como as duas semanas de vida de um mosquito. O último minuto dessa vida está repleto com a notícia de que o Sr. Nuckles testemunhará no último dia do meu julgamento, daqui a cinco dias. Observadores dizem que, agora, só ele é capaz de me salvar. Lembro-me da última vez em que o vi. Vinte de maio deste ano.

— Se as coisas não acontecem, a não ser que você as veja acontecer — diz Jesus —, elas ainda acontecem, se você pensa que vão acontecer... mas não conta pra ninguém?

— Parece que não, a não ser que ninguém não veja você não contando — digo.

— Porra, Vern. Esquece. — Seus olhos apertam-se como o fio de uma faca, e apenas pedala adiante. Não acho que ele consiga agüentar outra semana como a passada. Sua ânsia por qualquer nesga de poder na vida às vezes é assustadora. Ele não é um herói dos esportes, ou um crânio. Ainda mais devastador, não se pode dar ao luxo de comprar novas marcas. Vias de retidão permitidas estão fora de seu alcance, sabe? Não me entenda mal, o cara é inteligente. Sei disso pelo milhão de longos minutos gastos caçando insetos, construindo aviões, lubrificando armas.

Fracionando-se e voltando a se recompor, sabendo que sabe que eu sei que ele tem o coração mole. Sei que Jesus é humano numa medida que ninguém gastaria seu dinheiro para quantificar. Só eu sei.

A classe é um forno de pizza nesta manhã de terça-feira, todos os odores costumeiros cozidos dentro de um sabor persistente de saliva sobre metal. Raios de luz empalam desprezíveis eleitos em suas carteiras. Jesus está trancado em sua postura escolar, iluminado pelo maior dos raios. Olha fixo para a carteira, desnudando as costas, expondo sua faca. Você, provavelmente, deve ter uma faca no corpo, para que os seus entes queridos possam girá-la à vontade. Precisa tomar cuidado para que ninguém mais descubra onde está cravada. Jesus é a prova de que você deve tomar um tremendo cuidado.

— Oi, Jesus, o seu rabo tá pingando — diz Max Lechuga. Ele é o cara fortudo da classe, você conhece o tipo. Gordo, para ser honesto, com uma boca inflável.

— Não cheguem perto do rabo de Jesus, ontem à noite, os bombeiros perderam mais quatro homens lá dentro. — Os gêmeos Gurie ficam em volta dele, açulando. Então, Max olha para mim. — Vermie... curtiu uma relação anal esta manhã?

— Vá se foder, Lechuga.

— Me força isso, sua bicha.

— Eu sou espada, seu cuzão.

Lorna Speltz é uma garota que está sempre um passo atrás do resto da gente. Finalmente, ela entende a primeira piada.

— Vai ver que um *caminhão inteiro* de bombeiros deve estar lá também — diz isso com uma risadinha. Isso autoriza a idiota a dar partida. Hi, hi, hi.

A escola nunca ensina a você a respeito dessa lacerada escória humana, isso é de matar. Você passa todo o seu tempo aprendendo a capital do Suriname, enquanto esses retardados entalham as iniciais deles em suas costas.

— Vamos prestar atenção, amantes da ciência. — Marion Nuckles chega em meio a uma lufada de pó de giz Calvin Klein, todo animado e erétil. É o único sujeito que você vai ver usando calça de veludo cotelê num calor de trinta e três graus. Parece até que ele usaria calças curtas de couro sem dar risadas.

— Quem se lembrou de trazer uma vela? — pergunta. De repente, percebo que preciso amarrar o tênis. Igual a todo mundo, exceto Dana Gurie, que exibe um estojo dourado de velas de aromaterapia.

— Oops... deixei a etiqueta com o preço! — Agita bem devagar a caixa para lá e para cá. Parece até que ela realçou o preço com uma pilot. Essa é a nossa Dana. Ela costuma se ocupar em dedurar quem vomitou na sala. Os orientadores vocacionais dizem que ela dará uma excelente jornalista.

Lechuga se levanta da carteira.

— Acho que Jesus já usou a vela, professor.

Bufadas exploratórias de gargalhadas. Nuckles enrijece.

— Pode elaborar melhor isso, Max?

— O senhor não vai querer tocar na vela de Jesus, só isso.

— Onde acha que ela esteve?

Max avalia o potencial da platéia.

— No rabo dele.

A classe detona pelo nariz.

— Sr. Nuckles — chama Dana —, estamos aqui para receber uma educação, e isso não me parece nada educativo.

— Isso mesmo — concorda Charlotte Brewster —, temos o direito constitucional de ficar protegidos contra influências de desvios sexuais.

— E algumas pessoas têm o direito de não serem perseguidas, Sra. Brewster — rebate Nuckles.

— É *Srta.* Brewster, senhor.

Max Lechuga veste a sua cara mais inocente.

— Droga, foi apenas uma piada, ora.

— Pergunte a Jesus se ele achou graça — diz Nuckles.

— Bem — dá de ombros Charlotte. — Quem sai na chuva...

— Usa guarda-chuva — pipila Lorna Speltz. Errado, Lorna. *Dãã*.

Nuckles suspira.

— O que faz vocês pensarem que a constituição defende os seus interesses em detrimento dos do Sr. Navarro?

— O fato de ele ser um baitola — responde Beau Gurie. Nem mesmo pergunte.

— Obrigado, Beauregard, por esse incisivo sumário do assunto em questão. Quanto a você, *Srta.* Brewster, creio que vai descobrir que a nossa eminente constituição impede que viole os direitos fundamentais de uma pessoa.

— Não estamos violando nenhum direito — alega Charlotte. — Nós, o povo, decidimos gozar um pouco com quem quer que seja, e temos esse direito. E quem quer que seja tem o direito de nos gozar de volta. Ou nos ignorar. Caso contrário, quem sai na chuva...

— É pra se queimar! — Errado, Lorna. *Dãã*.

— Isso mesmo, senhor — afirma Lechuga. — É constitucional.

Nuckles percorre a largura da sala.

— Em nenhum lugar, nos documentos do Estado, *Dou-*

*tor* Lechuga, verá escrito: "Quem sai na chuva...". — Ele escande as palavras de forma espessa e cremosa. Trata-se de um erro tático em relação a Charlotte Brewster, inflamada do jeito que está. Ela não tolera perder, não mesmo. Seus lábios assumem a forma de um ânus. Os olhos ficam úmidos.

— Está me parecendo, senhor, que perde muito tempo em defender Jesus Navarro. Uma porção de tempo. Vai ver, a gente não está a par da situação...

Nuckles congela.

— O que quer dizer com isso?

— Acho que não surfa muito pela Internet, não é mesmo, professor? — Lechuga arremessa um olhar em volta da sala. — Creio que ainda não viu eles... os sites de rapazes.

Nuckles vai na direção de Max, tremendo de raiva. Jesus abandona a carteira, com um estrondo, e corre para fora da sala. Lori Donner, a deusa da classe, corre atrás dele. Nuckles gira.

— Lori! *Jesus!* — Persegue os dois pelo corredor.

Vê o pai de Jesus, o velho Rosario? Ele nunca se viu nessa situação. Sabe por quê? Porque ele foi criado lá do outro lado da fronteira, onde eles têm uma sensata tradição de estourar totalmente quando a primeira coisa os atinge. Jesus pegou a doença dos bundões brancos de reprimir tudo. Preciso encontrá-lo.

A classe, eventualmente, assume o papel diante da cena, o de espectadores inocentes de um evento casual. Cabeças sacodem maduramente. Os gêmeos Gurie engolem uma risadinha. Então, Max Lechuga deixa sua carteira e vai à bancada de terminais de computadores perto da janela. Um por um, ativa os protetores de tela. Saltam para os monitores imagens de Jesus nu, curvado sobre uma maca tipo de hospital.

Alcanço Nuckles, no corredor do lado de fora da sala. Ele ainda não viu as telas dos computadores.

— Senhor, quer que eu encontre Jesus?

— Não. Leve aquelas anotações para o laboratório, e veja se me consegue uma vela.

Pego em sua mesa o maço de anotações, e saio. Já posso ver no corredor o armário de Jesus aberto; sua bolsa de ginástica sumiu. Nuckles retorna à sala. Acho que viu as fotos, porque vocifera:

— Vocês, canibais, *ousam* me falar sobre a *Constituição*?

— A Constituição — discorre Charlotte — é um instrumento de interpretação, em ocasião oportuna, para a maioria governante.

— E?

— Nós somos a maioria. Esta é a nossa época.

— *Bambi, Bambi!* — canta Max Lechuga.

Gotas de orvalho descem na ponta dos pés pelas bochechas de Lori Donner, caindo sem ruído no caminho do lado de fora do laboratório.

— Ele pegou a bicicleta dele. Não sei aonde foi.

— Eu sei — afirmo.

Acho que ela se sente segura por Jesus ter ido embora do jeito como foi. Ela é de fato apenas solidária. Ainda não estou certo de que modo lidar com o novo Jesus. É como se ele tivesse visto muita TV, ficado embotado e pensasse que qualquer coisa é possível. Como se o mundo de repente fosse a Califórnia.

— Lori, eu preciso encontrá-lo. Você me dá cobertura?

— O que digo pro Nuckles?

— Diga que caí ou coisa assim. Diga que volto pra aula de matemática.

Ela segura a ponta de um dos meus dedos e o massageia.

— Vern... diga pro Jesus que podemos mudar as coisas, se permanecermos unidos... diga pra ele... — Começa a chorar.

— Vou nessa — digo. O chão se separa do meu New Jacks, e salto numa boa sobre o prédio da escola, faço isso no meu filme. Estou a cinqüenta metros distante de Lori antes de perceber que a vela e as anotações de Nuckles ainda estão em minha mão — mas não vou querer estragar a minha saída tipo Cruzado de Capa. Simplesmente enfio tudo no bolso traseiro, e continuo correndo.

Cães sob o sol e piche derretido atingem o meu nariz, enquanto vôo para a Keeter na minha bicicleta. Também capto a rajada de roupas íntimas femininas para clima quente, as tais folgadas de algodão, as tais brancas com furinhos para o ar circular. Não estou dizendo que captei cheiros de verdade, não me entenda mal. Mas os componentes desta manhã coriácea os trazem à mente. Como Nuckles diria, as roupas íntimas são *evocadas*. Viajo por essa névoa de fortes odores, me esquivando de arbustos conhecidos ao longo da trilha da Keeter. Uma chapa de ferro range numa rajada, de algum modo tornando este um dia importante, um pivô. Mas estou sem graça. A emoção me coloca na categoria dos puxa-sacos da escola, dando um tapa no baseado do drama de outra pessoa. A tragédia do seu vizinho passa a ser um grande negócio, acho eu, porque o dinheiro não compra.

Avisto pegadas recentes na terra. Jesus foi mesmo para a toca. Os últimos arbustos estalam à minha volta, enquanto me espremo para a nossa clareira. Mas ele não está aqui fora. Para ele, é incomum não ficar por aqui, amuado, e atirar em algumas latas com um dos rifles. Largo a bicicleta no chão e sigo até o alçapão da toca. O cadeado está no lugar. Minha chave está em casa, na caixa de sapatos no meu armário, mas consigo levantar uma ponta do alçapão o suficiente para dar uma olhadela no poço. O rifle do meu pai continua lá. O de Jesus sumiu. Sigo suas pegadas até o lado mais distante da depressão, vasculho o horizonte por toda a volta. Então, prendo a respiração. Ali, bem distante, vai Jesus — uma mancha ao longe, de pé, pedalando, voando, de volta para a escola, com sua bolsa de ginástica. Grito atrás dele, e me pego correndo como o menino daquele velho filme "Shane... volte!" Mas ele sumiu.

A circulação sangüínea reestarta no meu corpo. Isso é interpretado pelos meus intestinos como uma janela de conveniência. Valeu. Meu cérebro trava diante de um fogo-cruzado de mensagens, mas não há muito que eu possa fazer. Acredite em mim. Retiro do bolso as anotações manuscritas de física de Nuckles. É tudo que tenho como papel higiênico. Decido usá-las, e depois me livro delas dentro da toca. Um leve pressentimento me diz que não serão uma prioridade, quando eu voltar para a escola.

No caminho de volta para a escola, sou seguido, e depois superado, por uma manta de nuvens de lapso temporal, barrentas como frutas de traseiro destinadas ao ventilador. Você sente no caminho como a brisa surra seu rosto, entope seus sinos com trapos, prestes a arrancá-los quando chegar o momento. A roubada tem seus próprios hormônios. Olho por cima do ombro para a moldura de um dia ensolarado encolhendo, sumindo. Adiante está escuro, e estou atrasado para a matemática. Está escuro, estou atrasado, e minha vida desliza em direção a um novo mundo alienígena. Ainda não saquei o antigo mundo alienígena, e agora ele é novamente novo.

A escola, quando retorno, tem um fedor de sanduíches que não serão comidos, lancheiras amorosamente arrumadas, jocosamente, negligentemente arrumadas, que, à noite, ficarão rançosas com lágrimas frias. Sou envolvido pelo fedor antes de conseguir virar de costas. Deito no chão, ao lado do ginásio de esportes e, por entre os arbustos, observo vidas jovens esguichar através do escorregadio ar mucoso. Nos momentos maciços, a mente borrifa seus sentidos com gelo. Não para amortecer o cérebro, mas para amortecer a parte que aprendeu a esperar. É isso que aprendo enquanto os tiros são disparados. Os tiros soam como uma marcha de carrinhos de compras.

Encontro um pano embolado enfiado na sombra do ginásio. O calção de Jesus, o tal que ele guarda no fundo do armário. Alguém cortou um buraco na traseira e pintou o contorno com pilot marrom. "Bambi" está escrito acima. A poucos metros dali, está caída sua bolsa de ginástica. Eu a apanho. Está vazia, exceto por uma caixa de munição pela metade. Mantenho os olhos baixos, não olho além do gramado. Dezesseis unidades de carne sobre o gramado já desistiram de suas almas. Carne vazia zune como se estivesse cheia de abelhas.

— Ele veio atrás de mim, mas pegou Lori... — Nuckles rasteja sobre a barriga virando a esquina, devorando de volta o ar em blocos. — Ele disse para não segui-lo... outro rifle, na Keeter...

Um dos dedos de Jesus o traiu. Acertou Lori Donner, sua única outra amiga. Ergo a vista para a entrada principal da escola e o avisto arqueado sobre o corpo recurvado dela, gritando, horrendo e solitário. Nunca mais vejo seu rosto com sua aparência normal. Ele sabe o que precisa fazer. Giro para longe, enquanto o meu amigo ex-pateta toca o cano da arma com a língua. Meus braços esticam-se para Nuckles, mas ele recua. Não entendo por quê. Olho para ele. Sua boca desaba nas pontas, como uma máscara de tragédia, e a saliva escorre. Então, um frio me encharca. Sigo os olhos dele até a bolsa de ginástica e o resto de munição ainda seguros firmemente em minha mão.

# vinte e dois

Nuckles parece pálido e pastoso, ao percorrer o corredor do tribunal, os cabelos reduzidos a tufos. Se você o visse, diria que ele teve algo mais do que um colapso nervoso. Está esquelético e frágil sob a tonelada de maquiagem.

— Marion Nuckles — pergunta o promotor. — Pode identificar Vernon Gregory Little neste tribunal?

Os olhos encovados de Nuckles rastejam pela sala. Param na minha jaula. Então, como se contrário ao vento de um furacão, ergue um dedo para mim.

— Que fique registrado que a testemunha identificou o réu. Sr. Nuckles, pode confirmar se era o professor da turma do réu entre dez e onze horas da manhã de terça-feira, dia vinte de março deste ano?

Os olhos de Nuckles deslizam sem nada registrar. Ele começa a suar, e agarra-se ao parapeito do cercado das testemunhas.

— Meritíssimo, devo protestar — diz Brian —, a testemunha não está em condições de...

— Shh — faz o juiz. Observa Nuckles com olhos aguçados.

— Eu estava lá — diz Nuckles. Os lábios tremem, e começa a chorar.

O juiz agita uma mão urgente na direção do promotor.

— Vá direto ao assunto — sibila.

— Marion Nuckles, pode confirmar que, durante algum momento desse horário, entregou ao réu umas anotações com a sua caligrafia e o encarregou de uma incumbência fora da sala de aula?

— Sim, sim — confirma Nuckles, tremendo violentamente.

— E o que aconteceu depois?

Nuckles começa a fazer esforço para vomitar sobre o parapeito.

— Escarneceram do amor de Jesus... apagaram o seu perfume por toda a terra...

— Meritíssimo, *tenha dó* — brada Brian.

— Imergiram tudo no sangue de criancinhas...

O promotor mantém-se suspenso no tempo, boquiaberto.

— O que aconteceu? — grita. — O que *Vernon Little* fez exatamente?

— Ele os matou, matou todos...

Nuckles irrompe em soluços, ladra-os como um lobo, e, da minha jaula no novo mundo, ladro soluços de volta, eu os arremesso entre barras como se fossem ossos. Meus soluços ressoam através de ambos os resumos finais, borrifam a viagem para as celas atrás do tribunal, e continuam durante a visita de um funcionário, que me informa que o júri se retirou para um hotel, a fim de considerar a questão de minha vida ou morte.

Sexta-feira, vinte e um de novembro, é um dia enfumaçado, formigando com uma sensação de que a matéria sólida consegue passar através de você como o ar. Observo o primeiro jurado pôr os óculos e levantar para o rosto uma folha de papel. Mamãe não pôde comparecer hoje, mas Pam veio com Vaine Gurie e Georgette Porkorney. Vaine tem a testa franzida e parece um pouco mais magra. Os velhos olhos de porcelana de George ondulam em volta da sala, ela se distrai com outros pensamentos. Treme um pouco. Você não tem permissão de fumar aqui. E olhe só para Pam. Quando faço contato visual com ela, inicia um alvoroço de gestos que parecem descrever nós dois fazendo juntos, em breve, uma farta refeição. Apenas desvio a vista.

— Sr. Primeiro Jurado, o júri chegou a um veredicto?

— Chegamos, senhor.

O oficial de Justiça lê a primeira acusação para o júri.

— Como declaram o réu... culpado ou inocente?

— Inocente — responde o primeiro jurado.

— Sobre a segunda acusação de assassinato, o de Hiram Salazar, em Lockhart, Texas... como declaram o réu, culpado ou inocente?

— Inocente.

Meu coração bate através de cinco inocentes. Seis, sete, nove, onze. Dezessete inocentes. O promotor torce o lábio. Meu advogado está orgulhoso em sua cadeira.

— Sobre a décima oitava acusação de assassinato em primeiro grau, o de Barry Enoch Gurie, em Martirio, Texas... como declaram o réu, culpado ou inocente?

— Inocente — responde o primeiro jurado.

O funcionário lê uma lista com os meus colegas de turma abatidos. O mundo prende a respiração, quando ele ergue a vista para perguntar o veredicto.

Os olhos do primeiro jurado pestanejam, depois baixam.

— Culpado.

Mesmo antes de ele dizer isso, sinto as seções da firma da minha vida se fecharem para encerrar suas atividades; arquivos são fragmentados, documentos importantes são guardados em caprichosas caixas etiquetadas, luzes e alarmes são desligados. Enquanto a casca do meu corpo é conduzida para fora do tribunal, sinto um único homenzinho sentado no fundo da minha alma. Ele está curvado sobre uma mesa de carteado debaixo de uma lâmpada nua de baixa tensão, bebericando cerveja choca em um copo de plástico. Imagino que ele deve ser o meu zelador. Imagino que ele deve ser eu.

**Quinto Ato**

# Me ves y sufres

# vinte e três

No dia dois dezembro fui condenado à morte por injeção letal. Natal no Corredor da Morte, maluco. Sejamos justos, o velho Brian Dennehy tentou o melhor que pôde. No fim das contas, parece que não vão escalar o verdadeiro Brian para o filme para a TV, acho que é porque ele não perde os seus casos. Mas o meu recurso vai extrair a verdade. Há um novo processo de via rápida de julgamento de recursos, o que significa que poderei sair em março. Eles reformaram o sistema, para que gente inocente não tenha que passar anos no corredor. Não pode ser ruim. A única novidade com relação a mim é que engordei nove quilos desde a sentença. Isso me protege um pouco deste frio de janeiro. Fora isso, minha vida continua parada, enquanto as estações correm à minha volta.

Os olhos de Taylor cintilam fulgorosos na tela. A TV faz com que eles faísquem, mas se movem de um modo estranho, como se ela os contivesse com uma correia. O sorriso é congelado, como se tivesse saído de uma fôrma de gelatina. Eu a observo quase-mas-não-tanto me encarar, até que, um minuto depois, percebo que está lendo algo atrás da câmera. Suas frases devem estar escritas ali. Após outro instante, percebo que está lendo algo sobre mim. Minha pele esfria enquanto a compreensão se manifesta.

— E, quando chegar o grande dia — diz ela —, todos, inclusive as testemunhas, se reunirão às cinco e cinqüenta e cinco, no saguão ao lado da sala de visitação. A última refeição será servida entre três e meia e quatro horas da tarde, e depois, em algum momento antes das seis, ele terá permissão de tomar banho e vestir roupas limpas.

Um pensamento fugaz, impassível, borbulha pela minha mente: que Pam terá de supervisionar a minha última refeição. "Oh, céus, está ficando *empapada*..."

— Logo após as seis horas — prossegue Taylor —, ele será retirado da área de celas e levado para a câmara de execução, e preso com correias a uma maca. Um médico do Estado vai inserir em seu braço um cateter intravenoso, e fazer passar por ele uma solução salina. Em seguida, as testemunhas serão conduzidas à câmara de execução. Depois que todos estiverem instalados, o diretor do presídio lhe pedirá que diga suas últimas palavras...

O apresentador do noticiário cacareja uma risada, quando ela diz isso.

— Ora — comenta —, eu recitaria o *Guerra e Paz* como as minhas últimas palavras! — Taylor apenas ri. Ela ainda tem aquele riso assassino.

Aliás, tenho visto Taylor bastante, nestas últimas semanas. Primeiro, eu a vi no *Today*, depois ela esteve no *Letterman*, falando sobre sua coragem e o nosso tipo de relacionamento. Nunca imaginei que tínhamos sido tão íntimos, até ouvi-la falar a respeito. Ela também saiu na *Penthouse* de novembro, com fotos bem bonitas tiradas no museu penitenciário. É lá que guardam a "Old Sparky", a primeira cadeira elétrica do Estado. A *Penthouse* de novembro tinha umas fotos de Taylor posando ao lado da Old Sparky, bem atraentes, se não é muito audacioso de minha parte dizer isso. Tenho uma pregada na minha cela, não de corpo inteiro ou coisa assim, apenas o rosto. Você também pode ver um pedaço da cadeira ao fundo. Acho que a injeção letal não ficaria tão legal para pose de modelos, com Taylor deitada sobre a maca com o lençol por cima ou coisa assim.

No banco que há na minha cela, tenho um daqueles brinquedos com filas de bolas de metal penduradas em linha de pesca, que batem umas nas outras. Ao lado disso, fica a minha toalha, com as ferramentas do meu projeto de arte escondidas sob ela. É, ainda escondo coisas debaixo de minha roupa para lavar. Alguns hábitos são um verdadeiro desafio para se largar. Então, ao lado da toalha, fica a mini-TV que Vaine Gurie me emprestou. Estico a mão e mudo o canal.

— O tal de Ledesma está errôneo, é um criminal, há muitos outros fatos ocultados do que os que pereceram no tribunal. — É o meu velho advogado, Abdini, falando numa mesa-redonda de coroas, na TV local. Olhem só o velho Ricochete ali, o meu pobre-diabo. Está vestido como se estivesse indo para uma discoteca turca.

— O recurso de Vernon Little está sendo apreciado atualmente, não é mesmo? — pergunta a apresentadora.

— Está — diz uma outra coroa —, mas não parece nada bem.

— A polícia nunca contratou a outra alma, por exemplo — prossegue Abdini.

— Como é que é? — pergunta outra da mesa-redonda.

— Acho que ele quis dizer que nunca encontraram a outra *arma* — deduz sua colega.

Todas as coroas riem educadamente, mas Abdini apenas olha zangado para a câmera.

— Eu vou contratar...

Volto a zapear pelos canais, para ver quem mais está sobre a carniça. Em outro programa, um repórter conversa com Lally.

— Mas o que diz para aqueles setores da comunidade que o acusam de comercializar o lixo?

— Tsc, bobagem — rebate Lally. — Em primeiro lugar, a transmissão em si é um empreendimento não-lucrativo. Os rendimentos vão direto para o Estado, em vez de lançar mão do dinheiro dos contribuintes para sustentar um dos piores criminosos do país. Em segundo, assegura o nosso direito fundamental de *ver* a Justiça ser feita.

— Está propondo então, efetivamente, financiar o sistema penal do Estado através da venda dos direitos de transmissão de execuções de prisioneiros? Isto é... o último momento de um prisioneiro não é um tanto *particular*?

— De modo algum... não esqueça que todas as execuções são testemunhadas, mesmo hoje em dia. Nós estamos simplesmente aumentando a platéia, para incluir qualquer um que se interesse pelo correto exercício da lei. — Lally bota a mão no quadril. — Não faz muito tempo, Bob, todas as execuções eram públicas... até mesmo realizadas na praça da cidade. O crime diminuiu, a satisfação pública aumentou. Por toda a história, tem sido um direito da sociedade punir delinqüentes com suas próprias mãos. Faz todo sentido devolver esse direito à sociedade.

— Conseqüentemente, o voto pela Internet?

— Exatamente. E não estamos falando aqui apenas de execuções... estamos falando da derradeira TV-realidade, através da qual o público pode monitorar, via cabo ou Internet, toda a vida dos prisioneiros no corredor da morte. Poderá viver entre eles, por assim dizer, e tomar uma decisão sobre o merecimento de um prisioneiro à condenação. Desse modo, a cada semana, telespectadores por todo o planeta poderão votar para decidir qual prisioneiro deverá ser executado a seguir. É o humanitarismo em ação... o próximo passo lógico em direção à verdadeira democracia.

— Mas, certamente, o devido processo ditará o destino do prisioneiro?

— Claro, e não devemos mexer nisso. Mas o novo processo de via rápida de apelação significa que os últimos recursos à lei feitos pelos prisioneiros são decididos muito mais cedo, depois dos quais, acho que o público deveria ter uma participação no desenrolar das ocorrências finais. — Lally dispara uma risada marota para o repórter, e abre bem os braços. — Na tradição dos progressos significativos, é de uma simplicidade ofuscante, Bob: criminosos custam dinheiro. A TV popular produz dinheiro. Criminosos são populares na TV. Junte tudo isso e, *presto*... problema resolvido.

O repórter faz uma pausa, enquanto um helicóptero pousa ao fundo. Depois, pergunta:

— O que tem a dizer àqueles que alegam que os direitos dos prisioneiros serão violados?

— Ora, *tenha dó*... prisioneiros, por definição, vivem em *privação* de direitos. De qualquer modo, hoje em dia, condenados podem definhar durante anos em instituições, sem conhecer seu destino... você não diria que *isso* é cruel? Em última análise, estamos dando a eles o que a lei sempre prometeu, mas nunca cumpriu... agilidade. Não terão apenas isso, mas também um maior acesso à orientação espiritual, e opções de músicas para acompanhar o evento final deles. Até mesmo produziremos um segmento especial em torno de suas últimas palavras, com imagens ao fundo escolhidas por eles. Pode acreditar... os prisioneiros vão acolher de bom grado essas mudanças.

O repórter sorri e assente para Lally.

— E em relação às notícias de que está engrenando uma candidatura ao Senado?

Desligo o televisor. Não estou ansioso por ter câmeras aqui. Nós temos apenas uma privada aberta, sabe? Acho que é aí onde está a grana. O pessoal da Internet vai poder escolher a que celas assistir, mudar os ângulos da câmera e tal. Na TV normal, haverá uma edição com os melhores momentos do dia. Então, o público em geral votará por telefone ou Internet. Eles escolherão quem deverá morrer a seguir. Quanto melhor atuarmos, quanto mais divertirmos, mais tempo poderemos viver. Ouvi um velho condenado dizer que seria como a vida de um ator de verdade.

Antes de as luzes se apagarem, me sento para brincar com as bolas de metal que se chocam, algo que tenho feito muito ultimamente. Ella Bouchard me mandou pelo correio um *poma*, que às vezes leio também, sobre corações sinceros e essas coisas. Sei que se soletra *poema*, mas ela não o faz, pelo menos por enquanto. Evito o *poma* esta noite, e apenas brinco com as bolas de causa-e-efeito. Então Jones, o guarda da prisão, traz o telefone à minha cela. O celular é uma das coisas maneiras do esquema de Lally. Isso e as portas nos cubículos dos chuveiros, e os isqueiros eletrônicos, embora eles não produzam chama.

Pego o telefone com Jonesy.

— Alô?

— Pois — diz mamãe — eu não sei quem andou falando com Lally...

— Quem *não* andou falando com ele, é mais apropriado.

— Pois não banque o arrogante, Vernon, meu Deus. Só estou *comentando*, apenas isso. As pessoas andam xeretando sobre o seu pai, e também andaram incomodando as meninas. Era de se esperar que Lally andasse bastante ocupado com todas essas coisas. Enquanto isso, preciso economizar dinheiro para fazer alguma coisa com aquele maldito banco de jardim, a cada dia ele fede mais...

— Xeretando?

— Bem, você sabe, perguntando por que nunca encontraram o corpo do seu pai e tudo o mais. Lally tem andado tão tenso, desde que largou Georgette... até mesmo Pam e Vaine perceberam.

— Vaine agora está no seu clube, hein?

— Pois ela tem passado maus bocados com Lalicom tirando o corpo fora do grupo da SWAT. O xerife está levando pra ela todos os seus problemas domésticos, e ela está sob tremenda pressão pra provar sua competência... você simplesmente não *empatiza*, Vernon.

— Há muita coisa que eu não posso fazer, mamãe.

— Eu sei, só estou *comentando*, apenas isso. Se ao menos ele voltasse pra casa, as coisas seriam diferentes.

— Não fique esperando por ele.

— Pois há *amor* em jogo, uma mulher *percebe* essas *nances*.

— Nuances, mãe.

— Oops... preciso desligar, Pam e Vaine acabam de chegar, e ainda não acabei o zíper da calça de Pam. A Harris está liquidando hoje o estoque virtual e há uma porção de promoções. Prometa que vai ficar bem...

— Palmyra está usando *calça comprida*...?

Ela desliga. A voz de Taylor escoa de um televisor na cela

ao lado, e por isso volto a chocar as bolas, só para ficar olhando para elas. Estou muito atormentado, no momento, para trabalhar no meu projeto de arte. Talvez mais tarde.

— Que saco, Little — berra um condenado lá do corredor. — Vá se foder com o caralho da porra desse ruído!

É um cara legal, o condenado. Todos eles são maneiros, aliás. Combinaram tomar uma cerveja juntos, com costeletas e bifes, quando chegarem ao céu. Ou aonde for. Para ser honesto, eu ainda planejo tomar algumas aqui na terra. A verdade continua lá fora, virginal e à espera. De todo modo, não ligo muito para o corredor. Tem uma coisa estranha com essas bolas, assim que você coloca elas para se chocar. Você fica ligado direto. Largo duas bolas, e duas iguais do outro lado saltam com um estalido; apenas uma bola metálica no meio transmite todo o impacto.

— Burron Little, seu cuzão viado escroto filhadaputa — grita o condenado.

— Pelamordedeus — berra Jonesy —, vamos parar com isso, tá?

— Jones — chama o condenado —, juro que vou me foder todo, se ele não parar de quicar a porra dessas bolas.

— Fica frio, o garoto tem o direito de se divertir — alega o guarda. — Sabe como é ter um recurso pendente. — Ele é legal, o velho Jones, embora não seja muito inteligente. Às vezes, pára na minha cela para dizer que meu perdão foi concedido. “Little, o seu perdão foi concedido”, diz ele. Depois, apenas dá uma risada. Eu também rio muito nesses dias.

— Jonesy, num tô brincando — brada o condenado. — A porra desse clic, clic, clic é o dia todo e a porra da noite, o garoto tá pirando... consiga pra ele algum tempo com *Lasalle*, pelamordedeus.

— É isso aí, é você quem dá as ordens por aqui. Me dá a porra de um milhão de dólares que vou pensar no seu assunto — retruca Jones. — De qualquer modo, ele não precisa de Lasalle. Não precisa de nada de Lasalle. Agora, cale a porra dessa boca.

— Little — grita o condenado —, que se foda o seu maldito recurso, eu vou espremer o seu rabo com a porra do Roto-Rooter, se não largar de mão essas bolas.

— Ei — ladra Jones. — O que eu acabei de falar?

— Jonesy, o garoto tá maluco, precisa de *Lasalle* pra ajudar ele a encarar o seu Deus.

— Vai ser preciso mais do que Lasalle pra endireitar esse garoto — diz Jones. — Vão dormir agora, vamos logo com isso.

— *Eu tenho a porra dos malditos direitos fundamentais na porra desta espelunca* — berra o condenado.

— Vai dormir, caralho — ladra Jonesy. — Vou ver o que posso fazer.

Fico bem quietinho. Quem é Lasalle? A idéia de encarar o meu Deus perfura o meu cérebro como um rebite.

Um guarda aparece diante de mim, depois do café da manhã, e me leva da minha cela.

— Isso, isso — entoam os condenados, enquanto arrasto os pés pelo corredor.

Descemos alguns degraus para o andar inferior do prédio, que é como intestinos, se não for grossura demais eu dizer isso, e acabamos numa espécie de corredor escuro e úmido, com apenas três celas. As celas não têm grades ou janelas, apenas portas tipo cofre de banco, com portinholas de observação reforçadas.

— Se você não fosse quem é, nem desceria aqui — diz

o guarda. — Somente vocês, os assassinos famosos, vêm pra cá.

— O que é aqui embaixo? — pergunto.

— Veja como se fosse uma capela.

— O pastor está aqui embaixo?

— O pastor *Lasalle* tá aqui. — Pára na última porta, e a destranca com um molho de chaves.

— Você prende o pastor aí? — pergunto.

— Eu prendo *você* aí.

O guarda aciona um interruptor do lado de fora da porta, e uma pálida luz verde brilha nas sombras da cela. Está vazia, exceto por duas armações de catres de metal, que se dobram para as paredes de cada lado.

— Sentaí. Lasalle tá vindo.

Recua para o corredor, e lança um olhar para as trevas do poço da escada. Um minuto depois, você ouve um retinir e um arrastar de pés, e um velho homem negro aparece, usando um surrado boné de mecânico, camisa e calça cinza normais. Exibe uma espécie de sorriso aturdido. Você percebe que ele já está há um tempão por aqui.

— Bata, quando quiser sair — diz o guarda a ele, e tranca a porta.

O velho negro baixa o catre do lado oposto, e se instala rangente sobre as molas nuas, como se eu não estivesse ali. Em seguida, enfia o boné sobre o rosto, cruza os braços no colo, e fecha os olhos, bem à vontade.

— Quer dizer que... é um pregador? — pergunto.

Ele não responde. Um minuto depois, você ouve um suave chiado vindo de duas narinas, e vê a língua dele descansar dentro da boca. Em seguida, o rosto pousa no peito. Ele dorme. Eu o examino por cerca de seis décadas, até me entediar com as sombras e a umidade, depois escorrego para fora do catre, e me afasto para bater na porta e chamar o guarda.

Lasalle agita-se atrás de mim.

— Jovem pária empedernido — diz ele —, todo valente e solitário, mais velho do que sua idade...

Meus pés ficam soldados no chão.

— Trotando para longe, a fim de pegar outro ônibus pra fora da cidade. — Me viro e vejo um olho amarelo se arregalar e brilhar na minha direção. — Apenas um ônibus sai destas paragens, jovem... e você sabe aonde ele vai.

— Como é que é? — Olho para aquela velha forma afundada, observo seu lábio pender apático do queixo.

— Sabe por que está aqui embaixo comigo? — pergunta.

— Não me disseram. — Volto a sentar no catre defronte, e escorrego o corpo para ver por baixo da sombra do boné dele. Seus olhos reluzem no escuro.

— Apenas um motivo, garoto. Poisquê ainda não tá pronto pra *morrer*.

— Acho que não — digo.

— Poisquê você passou todos esses anos tentando entender as coisas, e, ao entender as coisas, ficou ainda mais enrolado do que antes.

— Como é que *sabe*?

— Poisquê sou humano. — Lasalle range até a beira do seu catre. Tira do bolso da camisa um enorme par de óculos, e os coloca. — Como se sente em relação a nós, os humanos?

— Droga, não sei mais. Todo mundo vive vociferando seus direitos, e essas coisas, e dizem, "prazer em te ver", mas preferem ver você no rio, com a garganta cortada. É isso que eu sei.

— Garoto, não é a verdade — retruca Lasalle com uma risadinha.

— Não é? As pessoas mentem, sem mesmo pensar nisso, como parte do seu dia-a-dia: "Professor, eu acordei com febre". E depois passam o *resto* de suas vidas falando pra *você não* mentir...

Lasalle sacode a cabeça.

— Amém. Pra mim, parece que não planeja mais se juntar a essas pessoas, prefere não estar mais por perto.

— Tem razão nisso aí, pastor.

— Bem — diz ele, olhando para o teto da cela —, você teve seu pedido atendido.

Isso meio que me atinge de banda. Levanto-me.

— O que mais desejou, jovem? Aposto como já desejou uma ou duas vezes poder calar sua mãe, aposto como sonhou em sair de casa...

— Acho que sim...

— *Presto* — diz ele, abrindo as mãos. — Você tá parecendo cada vez mais sortudo.

— Mas, espere... essa não é a lógica correta...

Seu olhar me trespassa, a voz assume um tom severo.

— Ahhh, quer dizer que é um garoto *lógico*. Você se ressente das mentiras de todos os demais, e dos hábitos que detesta em todos os demais, poisquê é *lógico*. Aposto como não consegue me dizer uma coisa que *ama*.

— Hã...

— Isso é poisquê você é um homem importante, todo calejado e independente? Ou, espere, me deixe adivinhar... talvez seja poiscausa da sua velha... aposto como ela é o tipo de dona que faz você se sentir culpado pela mínima coisa, o tipo que, provavelmente, lhe dá os mesmos cartões de felicitações idiotas no seu aniversário, com cachorrinhos e trens a vapor...

— É ela mesma.

Lasalle consente, e sopra um pouco de ar pelos lábios.

— Rapaz, essa mulher deve ser uma babaca estúpida. Deve ser a porra da megera mais burra que já vagou por esta terra, provavelmente com um rabo tão solto, que...

— Epa, *epa*... tem certeza de que é um *pastor*?

— Garoto, ela é a porra de uma bruaca egoísta...

— *Peraí, maldito seja!*

Há um ruído na porta, a portinhola escurece.

— Calminha aí — pede o guarda.

Percebo que estou de pé, com os punhos cerrados. Quando volto a olhar para Lasalle, ele está sorrindo.

— Nada de amor, hein, garoto?

Sento-me no catre. Larvas de velcro sobem rastejantes a minha espinha.

— Vou lhe dizer uma coisa, de grátis... terá mel na vida, se amar as pessoas que o amam primeiro. Alguma vez viu a sua mãe escolher um cartão de aniversário pra você?

— Não.

Ele dá uma risada.

— É poisquê não há horário vago na agenda de um garoto para observá-la ler cada palavrinha nesses cartões, traduzir cada sentimento em sua alma. Você, provavelmente, esconde a coisa em seu armário, poisquê está ocupado demais para ler as palavras que há dentro dela, sobre os raios de sol do dia em que veio ao mundo. Hein, Vernon Gregory?

Quentura me sobe aos olhos.

— Você ferrou tudo, jovem. Reconheça.

— Mas eu não pretendia que nada disso acontecesse...

— As coisas precisavam acontecer, garoto. Coisas diferentes dessas. Você apenas não encarou o seu Deus. — Lasalle vasculha o bolso da calça e tira um trapo para eu enxugar os olhos. Em vez disso, uso minha manga. Ele se estica e envolve uma mão enrugada na minha. — Rapaz — diz ele —, o velho Lasalle vai lhe contar como as coisas funcionam. Lasalle vai lhe revelar o segredo desta vida humana, e você vai se espantar por nunca ter percebido isso antes...

Enquanto ele diz isso, ouço um movimento no corredor lá fora. Passadas. E então a voz de Lally.

## vinte e quatro

— O segredo para essa primeira votação pública — diz Lally — é não dar muitas opções. Precisamos escolher uma pequena lista de prisioneiros, divulgá-los bem, e depois liberar as linhas para a votação e ver quem tem um bom desempenho.

Pelos sons, parece que ele está com pelo menos mais outros três homens. O guarda bate apressado do outro lado da porta, mas não a abre, tipo como se quisesse apenas que a gente se calasse.

— Temos cento e quatorze prontos para partir — informa outro homem. — Pretende colocar mais ou menos três dúzias para a primeira votação?

— Tsc, de jeito nenhum. Pretendo colocar dois ou três, no máximo. Detalhar suas personalidades para os telespectadores, mostrar entrevistas, a reconstituição dos seus crimes, as lágrimas dos parentes das vítimas. Depois, durante a última semana, dar aos candidatos o acesso a uma webcam, ao vivo... uma batalha corpo-a-corpo pela empatia.

— Entendo — diz o cara. — Tipo o *Big Brother*, hein?

— Exatamente, e assim foi vendido para os patrocinadores.

— Mas como vamos selecionar os dois primeiros? — indaga um terceiro homem.

— Isso não tem a mínima importância, desde que os crimes sejam suficientemente bárbaros. Mas, dia desses, ouvi uma expressão que me interessou muito. Creio que foi num programa de prêmios ou coisa assim... *"O último irá primeiro"*, disseram. Isso soa bem, não acham?

— Excelente — diz o quarto homem. — Associação de um produto à identificação de um desejo.

— Exatamente.

As passadas deles ficam mais lentas, ao se aproximarem da cela, e você vê o guarda bater continência.

— Algum motivo para estar aqui embaixo, guarda? — indaga Lally.

O guarda imediatamente arrasta os pés, e depois uma sombra passa pela portinhola.

— Abra esta porta — ordena Lally. A chave gira, e ele olha no interior. — O que temos aqui? — Vira-se para o guarda. — Os homens não deveriam ficar isolados?

— Ah, claro, claro — concorda o guarda, mexendo nervosamente as chaves. — É tipo uma terapia, sabe? Um pouco de orientação torna a vida mais fácil no Corredor.

Lally franze a testa.

— Esse garoto é um assassino em série... certamente, é um pouco tarde para ter alguma orientação. De qualquer modo, estas celas estão fora dos limites, pois vamos instalar aqui a pós-produção de som.

— Como vai a sua mãe? — pergunto para Lally. As palavras vertem da minha boca como saliva. — Filho-da-puta.

— Credo, garoto! — censura o guarda.

Lally reprime um impulso de me agredir, seus colegas de negócios o mantêm impassível. Meus olhos o perfuram com uma morte lenta.

— Não há preces suficientes no céu que me impeçam

de foder com a tua raça — me ouço sussurrar. Até mesmo Lasalle recua.

Lally apenas sorri cheio de chinfra.

— Tranque-os lá em cima.

— Sim, senhor — diz o guarda. Ele se empertiga e abana uma mão furiosa para mim e Lasalle. Tento fazer contato visual com Lasalle, mas ele apenas se arrasta adiante.

— Lasalle... qual é o segredo? — cochicho atrás dele.

— Depois, garoto, depois.

Lally sorri para mim, quando deixo o aposento.

— Ainda tenta sacar as coisas, hein, pequeno homem? — Solta uma gargalhada asmática, e depois sua voz se junta aos ecos, enquanto conduz o seu pessoal para longe. — Então lançaremos a primeira votação no dia quatorze de fevereiro.

— No dia de São Valentim, o dos namorados? — pergunta outro homem.

— Exatamente.

Adivinha só: você pode receber correspondência com propaganda no Corredor da Morte. Uma semana antes da primeira votação, recebo uma carta premiada de um concurso avisando que ganhei um milhão de dólares; pelo menos é o que diz no envelope. Acho que você precisa comprar enciclopédias ou coisa assim para ganhar isso, ou para talvez ganhar. Também encontro um vale-brinde do *Bar-B-Chew Barn* me habilitando a ganhar um *Chik'n'Mix*, na compra de dois, em qualquer uma de suas filiais em todo o Estado. Isso aí, eles agora estão por todo o Estado. Amanhã, o mundo, acho.

Estou trabalhando no meu projeto de arte, quando ouço Jonesy caminhar pelo Corredor em direção a mim. Piadinhas lançadas das outras celas me indicam a posição dele. Está trazendo o telefone. Fico tenso e escondo os meus trecos de arte. Como sempre acontece, a grande notícia me alcança antes de Jonesy chegar com o telefone. Eu a ouço em uma TV do Corredor.

— ... O corpo do americano será transportado hoje para casa. Quarenta refugiados também morreram nas escaramuças — diz o noticiário. — Depois do intervalo... o fim da linha para o *serial killer* Vernon Gregory Little; temos as últimas notícias sobre o indeferimento de seu recurso, e também... o pato e o hamster que simplesmente não aceitaram um não como resposta!

Jones não olha para mim, apenas me entrega o telefone.

— Vernon, eu lamento — crepita o meu advogado através do fone. — Não tenho palavras para lhe dizer como me sinto.

Eu apenas fico calado.

— Não há mais nada que possamos fazer.

— E a Suprema Corte? — pergunto.

— No seu caso, receio que o processo de via rápida tenha deixado fora de alcance essa opção. Lamento...

Pouso o telefone no catre, escutando cada ruga do cobertor como se fossem cascalhos em meus ouvidos.

À noite, instalam câmeras em minha cela, e retiram todos os televisores e rádios do Corredor. Não temos permissão para ver como anda a votação, é por isso. Eu apenas fico sentado quieto no canto mais escuro, e penso nas coisas. Nem mesmo brinco com minhas bolas de bate-bate. Chegam para mim oito zilhões de cartões do Dia de São Valentim, enviados por doentes mentais de todo o mundo. Alguém, do setor de correspondência, foi legal o bastante para me mandar apenas um, o de Ella Bouchard. Eu a deixei na minha lista de endereços, não me pergunte por quê. Mas eu não o abri. O Corredor está supersilencioso esta noite, por uma questão de consideração, acho. São chamados de a pior escória do mundo, mas meus colegas de Corredor conhecem algo a respeito de consideração.

Preciso de outro encontro com Lasalle. Enquanto prossegue a primeira votação, me pego pensando bastante em algumas das coisas que ele me falou. Não que tivessem feito muito sentido, anteriormente, quando eu tinha uma chance de viver. Mas aquilo botou um ovo na minha mente, que começou a crescer. Encarar o meu Deus. Entrementes trocam correspondência com anúncios, os outros condenados conversam sobre a votação do público esta semana e apostam em quem será o primeiro a ir embora. É isso que eles fazem enquanto reclamam por causa de seus televisores e rádios. Não apostam em ninguém deste Corredor, mas você conhece a sensação de ser o último na sala de espera do dentista? Esse sou eu, neste instante. O problema da votação é que, até o último dia, você não vai saber se é você. Você precisa ficar preparado. Às vezes, bolo grandes planos para parecer maluco na minha execução, usar meias nas orelhas ou coisa assim, ou dizer algo bizarro como minhas últimas palavras. Então, choro um pouco. Aliás, esses dias estou chorando muito para um homem, eu sei disso.

No último dia de votação, não consigo agüentar mais. Dentro de uma hora, o mundo saberá quem vai morrer. Tento aliciar Jonesy, para conseguir mais algum tempo com Lasalle, mas ele não está interessado. Discute com outro sobre quem vai cuidar da linha telefônica do governador na câmara de execução durante as primeiras execuções. Eventualmente, grita lá do corredor para mim.

— O Sr. Ledesma deu ordens pra não receber mais visitas — diz ele. — De qualquer modo, daqui a pouco talvez você não tenha mais que se preocupar com coisa alguma.

No fim das contas, volto a bater as minhas bolinhas de metal, até os outros condenados se juntarem às reclamações. Tudo que isso faz é irritar Jonesy.

— Quem de vocês, seus fodidos, tem um milhão pra pagar por favores especiais?

— Vai se catar — gritam os condenados.

Eu apenas suspiro. O remoinho de ar bolorento farfalha um papel no meu banco. Uma idéia farfalha junto com ele.

— Jonesy — falo, ao apanhar a carta do concurso. — Aqui está o seu milhão.

— É, *falô* — diz ele.

— Não estou brincando... olhe — levanto o envelope.

— Você acha que eu nasci ontem? — bufa Jonesy. — Todas as manhãs preciso varrer a porra dessas porcarias da entrada da minha casa.

Tento uma risada matreira com ele.

— Táá legal — digo, matreiro.

— Tuu-do bem... mas este é um compromisso com vínculo legal de um pagamento de um milhão... você sabe que não podem fazer isso, se não for verdade, e está dito bem aqui, em vermelho e branco.

— Ei, Little — chama um condenado. — Está dizendo que recebeu a mais recente carta premiada de um concurso?

— Isso aí.

— Está escrita com tinta preta ou vermelha?

— Vermelha.

— Meus Deus, Jesus que está no céu... eu te dou duzentos por essa carta — oferece.

— Deixa eu ver isso. — Jonesy pega a carta através da minha grade. Ele a examina por um segundo, e depois diz: — Está com o seu nome, não serve pra mim.

— Guarda Jones — falo, como se fosse um professor ou coisa assim —, o meu kit de execução tem o meu testamento... posso *deixar* isso pra você, entende?

— Little, espere! — grita um outro condenado. — Eu te dou trezentos por essa carta.

— Não fode — berra outro. — Eu dou *quinhentos*!

— Vamos acabar com essa porra — brada Jonesy. — Não ouviram ele dizer que deu pra *mim*? — Consulta o relógio, depois aponta através da grade para os meus chinelos. — Se prepare.

Quando o tinir de seu molho de chaves está fora do alcance, uma risadinha flutua através do Corredor.

— Hrr-hrr-hr, Jonesy babaca — entoam os condenados.

— Little — diz o condenado da cela ao lado. — Finalmente, você aprendeu a se virar.

O guarda Jones me conduz pessoalmente ao longo do Corredor e escada abaixo para um encontro com Lasalle. Tivemos que nos desviar de um carregador empurrando um carrinho lotado com televisores e rádios, em seu caminho de volta às celas. Isso significa que a votação se encerrou. Atrás dos eletrodomésticos, segue um emproado homem de terno preto com a papelada da execução. É seu trabalho entregar os documentos ao carcereiro-chefe de um Corredor, a fim de que este possa entregá-los ao condenado. Quando o homem de terno passa, vejo Jonesy movimentar, quase que imperceptivelmente, uma sobrancelha para ele. O homem, do mesmo modo quase imperceptível, sacode a cabeça, e segue adiante.

— Nenhum dos meus rapazes vai morrer hoje — comenta Jones. Minhas entranhas relaxam. Vou viver novamente, por enquanto. Quando chegamos ao piso de baixo, desta vez um piso diferente, Jones enfia a cabeça em uma sala de aparência normal, mas não há ninguém lá dentro. Grita para um guarda, no Corredor acima.

— Lasalle está por aí?

— No banheiro — responde o guarda —, cagando.

Jonesy me leva para o bloco dos banheiros, no andar abaixo, e me conduz direto para lá.

— Não vamos esperar ele sair? — pergunto.

— Não dá tempo... hoje é dia de execução, e tenho que ir lá pra baixo. Você tem cinco minutos. — Lança um olhar astuto em volta, depois me deixa com aquele gotejar ecoante de água soando a merda, e vai para o outro lado da porta.

Me agacho no chão de concreto molhado, e vasculho por baixo dos cubículos atrás de uma evidência de vida. Dois cubículos estão com as portas fechadas, não que você possa trancá-las nem nada. Sob uma porta estão à mostra um par de chinelos da prisão e o tipo de calça usada normalmente pelos presos. Sob a outra, um par de sapatos pretos engraxados e a calça azul de um terno. Bato nesse cubículo.

— Lasalle... é Vern.

— Oh, meu Deus. O que acha que eu posso fazer por você da porra de uma privada da prisão?

— Hã... me ajudar a encarar o meu Deus. — Ironicamente, banco o esperto. Acho que é irônico, bancar o esperto, quando você está na latrina da prisão no dia da execução de um pobre coitado.

— *Merda* — ele reclama.

Hoje está todo mundo tenso, sabe. A tensão até mesmo zumbe através dessa porta de privada, como se a gente tivesse se encontrado na seção de congelados do *Morte-Mart* ou coisa assim. Ondas se erguem para me tragar.

— Quer mesmo encontrar o seu Deus? — pergunta Lasalle. — Então fica na porra da posição de joelhos.

— Hã... sabe, tá meio que molhado aqui, Lasalle.

— Então faz a porra de um pedido pra Papai Noel. Peça aquilo que mais deseja neste maldito mundo.

Penso por um segundo, na maior parte me perguntando se devo ir embora. Então, depois de um instante, ouço o ruge-ruge das roupas de Lasalle no interior do cubículo. Dá descarga no vaso. Abre a porta. Seu velho pescoço de peru aparece, enfiado para fora de colarinho e gravata. O lábio inferior apenas se projeta emudecido.

— E então? — pergunta, olhando em volta. — Você é um homem livre? — Olho em volta, como um retardado, enquanto ele ajeita a gravata e levanta uma mão educada para a porta. — Guarda Jones — chama —, alguma notícia sobre o perdão do garoto? — Jonesy apenas solta uma gargalhada, uma gargalhada realmente imoral. Lasalle olha para mim. — Papai Noel já era.

— Que pregador você é, hein — digo. Eu me volto para a porta, mas ele agarra meu braço e me vira de volta. Uma veia tubulosa salta de seu pescoço, latejante, como se habitasse um órgão reprodutor.

— Seu *merda* idiota e cego — vocifera, o bafo como uma lixa quente no meu ouvido. — Cadê esse *Deus* de quem fala? Você acha que um ser caridoso inteligente iria dizimar bebês pela fome, ficar olhando gente decente gritar e queimar e sangrar cada segundo do dia e da noite?

Não existe nenhum Deus. Apenas a porra de *gente*. Você está entalado com o resto de nós neste covil de cobras de *carências* humanas, carências frustradas e calcificadas em *necessidades,* doloridas e cruas.

A explosão deixa-me perplexo.

— Todo mundo precisa de alguma coisa — murmuro.

— Então não venha chorando pra mim poisquê se meteu no caminho das necessidades de outro homem...

— Mas, Lasalle...

— Por que acha que o mundo está corroendo as próprias pernas? Poisquê os bens estão bem ali, mas não conseguimos a porra de alcançar eles. Por que não conseguimos alcançar eles? Poisquê o mercado pra promessas não precisa que a gente consiga. Isso não é obra de nenhum Deus. Isso é obra do ser humano, animais que imaginam um Deus lá fora pra segurar a barra. — Lasalle projeta um lábio trêmulo no meu rosto. — Se manca, porra. Necessidades diversificadas mantêm este mundo girando. Satisfaça essa diversificação e suas necessidades serão satisfeitas. Nunca ouviu dizer "dê ao povo o que ele deseja"?

— Já, mas... onde fica Deus nisso tudo?

— Garoto, você realmente perdeu o barco. Vou tornar tudo bem simples, pra que até mesmo um merda como *você* possa entender. O Papai Deus nos criou até a gente poder usar calça comprida; depois, ele licenciou seu nome para as notas de dólar, deixou umas chaves de carro sobre a mesa, e se mandou da porra da cidade. — Água escorre de suas órbitas. — Não olhe acima pra nenhum céu em busca de ajuda. Olhe pra baixo, pra nós, os loucos sonhadores. — Agarra meus ombros, me gira e me tange na direção do espelho na parede. — Você é o Deus. Assuma a responsabilidade. Exerça o seu poder.

Surgem quatro homens na porta: dois guardas, um capelão, o cara de terno preto.

— Está na hora do evento final — anuncia o terno.

Meus olhos disparam para o cubículo onde o outro prisioneiro faz o seu tranqüilo cocô, mas os homens passam direto por ali e seguram Lasalle. Seu lábio novamente se projeta emudecido, os ombros pendem. Com o canto do olho, vejo Jonesy me chamar.

— Lasalle? Você é um *condenado*? — pergunto.

— Não por muito tempo — responde mansamente. — Ao que parece, não por muito tempo.

— Vamos, Little — chama Jones da porta. — Lasalle venceu a primeira votação.

— Mas, Lasalle, esse é, tipo... o segredo da vida?

Ele estala a língua nos dentes e balança a cabeça, enquanto o grupo o conduz para a porta.

— Quero dizer... como, na prática...?

Ele levanta a mão para os guardas. Eles param.

— Quer saber como você *faz* isso? Aumente sua importância... observe qualquer animal, à procura de dicas. Quanto a nós, *humanos*... dá uma sacada nisso... — Puxa um isqueiro do bolso, e gesticula para fazermos silêncio. Clica o isqueiro uma vez, delicadamente, depois estica um ouvido na direção dos cubículos da privada, onde o outro condenado continua fora de vista. Após um momento, você ouve um roçar dentro do cubículo. Em seguida, um isqueiro clica lá dentro. Vemos uma nuvem de fumaça se elevar, depois que o condenado traga um cigarro que ele nem mesmo sabia que estava querendo. O poder da sugestão. Lasalle vira-se para mim, com um sorriso, e clica seu isqueiro no ar. — Descubra suas necessidades, e eles dançarão de acordo com a porra da música que você tocar.

Jonesy agarra o meu braço quando o grupo segue para o corredor. Livro-me dele, e lanço-me uns dois passos atrás de Lasalle, mas Jonesy enfia os braços entre os meus, me imobilizando por trás com uma chave-de-braço. Ele só precisa disso. Não me debato.

— *Obrigado, Lasalle* — berro.

— Não esquenta, Vernon God — vem a voz dele.*

— Garoto — diz Jonesy, ao me levar pela escada —, você engoliu mesmo o papo furado dele.

— Tinham me dito que ele era um pregador.

— É, *isso aí*. Clarence Lasalle, a porra do assassino do machado.

Esta noite, fico acordado, deitado no meu catre, enquanto a execução de Lasalle zune nos televisores ao longo do corredor. Espero ouvir a voz de Taylor, mas um dos meus colegas internos diz que ela deixou o programa para tentar ser uma repórter itinerante. Ela agora tem todos os contatos, acho. Precisa apenas de uma grande reportagem. De qualquer modo, só pegamos a última hora do programa. Lasalle não fez nenhuma declaração final, o que meio que pareceu indiferença. Escolheu *I Got You under my Skin* como sua música final. Que sujeito.

Esta vista do meu teto se torna cada vez mais familiar pelo resto da semana, e até mesmo trabalho no meu projeto de arte, debaixo de uma toalha, deitado aqui, de costas. Os aparelhos eletrônicos desaparecem novamente, logo após a execução de Lasalle, e fico pensando no seu último papo. Tudo pareceu tão simples, como um filme para a TV ou coisa assim, tipo qualquer coisa velha à qual acrescen-

*Em português, Vernon Deus, trocadilho com o nome Vernon Gregory. (*N. do E.*)

taram música de violino. Isso me faz pensar, porém, sobre a minha maldita vida desperdiçada. Eles nem sequer têm uma espécie de emprego para o tipo de talento que possuo. Acho que a tragédia é que eu deveria ter estado lá como o promotor, ou mesmo Brian Dennehy — eu sou o tal que pode sentir coisas em relação às pessoas, situações e tudo mais. Claro, não sou um excelente aluno nem nada, ou atleta nem nada, mas tenho esses talentos, estou certo de que tenho. Acho que, do modo como os *piradigmas* se juntaram contra mim, o cálculo final da piração no sistema de poder era uma indicação para eu ir em frente, mas não fui. Um aprendizado, porém: o meu grande defeito é o medo. Em um mundo onde você *supostamente* é um psicopata, não gritei alto o bastante para seguir adiante. Fiquei constrangido demais, droga, para bancar Deus.

Observe qualquer animal, disse Lasalle. Dê a eles o que eles desejam, e observe qualquer animal. Consigo entender o dar coisas, mas passo todas as noites, a caminho dos Idos de Março, sobrevivo a duas, depois a mais três votações para execução, tentando reconhecer as dicas dos animais. Acabo observando aquelas inúteis mariposas pardas que dão pancadas em volta da luz da minha cela, lascas de feltro arrancadas da noite, perdidas e confusas. Acho que são animais. Ouvi dizer que as mariposas, na verdade, são programadas para voar em linha reta, guiadas pela lua. Mas essas luzes tipo supermercado bagunçam sua navegação. Agora olhe para elas. Observo uma presa atrás da gaiola de luz, socando pó das asas em baforadas. Em seguida, "Thp", rodopia para o chão, despedaçada. A luz apenas zune. A lua já era. Consigo me identificar com as mariposas, maluco.

Animais imaginários começam a contaminar meus sonhos, *spaniels* de linho que brincam com Jesus, mas, à luz do dia, pelejo para que o conceito de Lasalle faça sentido. Acho que o único animal duradouro que conheço é Kurt, o cachorro, e não tenho certeza se ele vai valer quando for revelado o Segredo de Tudo. O velho Kurt, que enlouquece com o cheiro do churrasco do vizinho, que enche a bola de sua auto-estima por ser o presidente do circuito de latidos. Você saca que ele não seria presidente de droga nenhuma se o circuito soubesse o quanto ele é desprezivelmente pequeno. Ele seria motivo de piada da cidade, se soubessem. Mas não sabem.

Sento-me no catre. Kurt se vira bem com o latido de um cachorro muito maior.

# vinte e cinco

— Pois, Vernon, você está usando o banheiro todos os dias?

— Pô, mãe.

— É que, esta semana, você vai concorrer com aquele aleijado adorável, que supostamente matou os pais. E ele chora o tempo todo. O tempo *todo*.

— Está querendo dizer que pareço culpado?

— Pois, diante da câmera, você apenas fica deitado, olhando pro teto; Vernon, você é tão *impassível*.

— Mas eu não *fiz* nada.

— Não vamos começar com isso novamente. Só não quero que, quando o dia chegar, você não esteja... sabe como é, *pronto*... amanhã são vinte e oito de março, isto é, vai haver outra votação decisiva...

O Corredor da Morte sempre faz silêncio quando minha coroa telefona. Acho que é assim também na terra-TV, pois você sabe o quanto ela é capaz de ser divertida.

— Recebeu a coisa que mandei pra Pam? — pergunto.

— Pois, sim, e nós duas agradecemos muito. Sabe, estávamos mesmo comentando...

— Mãe... acho que devia usar isso na, sabe... na ocasião...

— Pois era isso que estávamos comentando... — Espero um pouco, enquanto ela soluça um pouquinho e assoa o nariz. Meus olhos também estão enevoados. Deixa o aparelho por um segundo, para se recompor, e volta com um suspiro. — Desse modo, poderemos nos lembrar de você do jeito que era... imaginar que você saiu em sua bicicleta...

— Claro — concordo. — Foi por isso que enviei o vale-brinde... podem usá-lo em qualquer filial, sabe.

— Pois estamos muito gratas, principalmente depois que você vê quanto anda custando ultimamente um *Chik'n'Mix*. Pam e eu usaremos o vale-brinde, e Vaine vai pagar o dela.

— E, mãe... diga pra vovó que ela não precisa vir aqui.

Há uma pausa na ligação.

— Pois... Vernon, eu não contei pra vovó, sabe... sobre o problema. Ela é velha, só assiste mesmo ao canal de compras, e não vai ver o noticiário... acho que esse poderá ser o nosso segredinho, tá?

— E quando eu não aparecer na primavera, para aparar a grama?

— Oh, diacho... Vernon, as meninas acabam de chegar, e ainda não terminei a saia de Vaine.

— Vaine está usando *saia*?

— Escute, meu bem, estamos cabalando votos pra você, portanto não se preocupe... tem gente que acaba passando anos no *corredouro* da morte...

Depois da ligação, deito no catre e cultivo coisas na mente. Necessidades, cara, necessidades humanas. Certa vez, mamãe disse que Palmyra curtia comida porque era a única coisa que conseguia controlar na vida dela. Isso não fugiria do prato, nem a enfrentaria. Penso a respeito e vejo Leona absorvendo atenção como raios de sol; o velho Sr. Deutschman saboreando suas insípidas mutilações. Compaixão pingando vertiginosa na dolorida esponja da vida de mamãe. Queijo derretido e Vaine Gurie. Dêem-lhes tudo o que desejam, declaro.

Sei que o vale-brinde do *Barn* é um bom desejo para conceder a Palmyra, mas preciso pensar em algo especialmente para mamãe, embora outra morte na família provavelmente vá solidificar sua verdadeira necessidade, tipo, de compaixão. Mas a vergonha tem que ser para mim. E, sabe de uma coisa? Quem mais eu gostaria de satisfazer, antes de partir, é a velha Sra. Lechuga. Ela agüentou uma barra pesada, e me arrependo das coisas que disse sobre Max. Acho que estou simplesmente colocando muito chantilly em tudo isso, esse negócio de suprir necessidades e seja lá o que for... mas, que diabos. Você só morre uma vez. Estranhamente, acho até mesmo que deveria oferecer alguma coisa à velha mídia imbecil. Você é até capaz de adivinhar o que ela deseja realmente.

Depois, vem Taylor. Oh, Tay. Ela agora é unha-e-carne com esses caras da mídia, repórteres e tal, com helicópteros e essas coisas, e não vai ser fácil conceder um desejo a ela. O que ela deseja realmente é uma nova reportagem bombástica para deslanchar sua carreira. Talvez apenas um telefonema bem amável quebre esse galho. Talvez isso possa resolver o mais difícil dos desejos, um telefonema bem amável.

Percorro a lista de desejosos, até chegar a Vaine Gurie. Ela agora parece andar numa boa com Pam, nem queira se meter nisso. A única coisa que consigo imaginar que ela deseja é um maníaco homicida para o seu grupo da SWAT praticar. Ela não é fácil. Mas, para ser honesto, acho que apenas me detenho em Vaine para evitar conceder o desejo de Lally. Sei como é que é esse negócio divino, e a coisa perdoável a fazer é conceder um desejo a Lally, apesar de ele já ter quase tudo. Apenas um pequenino vale-brinde, sabe.

Os aparelhos eletrônicos voltaram mais cedo nesta manhã de domingo, dando ao dia uma sensação revigorante. Vinte e oito de março. Dia da execução de alguém. Desta vez, os engenheiros montam os televisores de forma permanente, e instalam um sistema que os desliga durante as votações. Emoções uivam como matilhas de cães em minha alma, quando uma porção de papelada chega junto com a bandeja do meu café da manhã. Primeiro, um folheto sobre como agir diante das câmeras, e o que não dizer ou fazer. Todo o Corredor deve ter recebido um, já que todo mundo anda dizendo e fazendo as coisas erradas. Sob o folheto, há uma página de papel brilhante mostrando algumas caricaturas de condenados, com setas sobre suas roupas e tal, dando dicas para suas últimas palavras. Depois, um formulário contém uma lista de opções musicais para o Evento Final: você tem que escolher uma música para antes de as testemunhas entrarem na câmara e outra para o Evento propriamente dito. Na maior parte, a lista contém só músicas bem velhas. Sei que, quando chegar o momento, vou me arrepender das minhas escolhas. Apenas terei de ser corajoso diante dessa onda.

Enquanto assimilo as coisas, o tranqüilo domingo habitual baixa sobre o Corredor. Você ouve o farfalhar de alguns papéis. Então, um condenado chama baixinho.

— Burron... você está legal, cara?

Viro a última folha de papel da minha pilha. Debaixo dela, está a ordem para a minha execução, a ser realizada às seis desta noite. Olho para ela como se fosse um guardanapo ou coisa assim. Depois, caio de joelhos, abro o berreiro como uma nuvem de tempestade e rezo a Deus.

# vinte e seis

As pessoas são mais amistosas comigo na tarde do dia da minha morte. Os condenados são mais amistosos pelo fato de não perturbarem, especialmente o tal a quem dei as minhas bolas de bate-bate. Todos os demais evitam silenciosamente o assunto. É um dia com a sensação de estar sendo atarefado, tipo um dos dias quando sua mãe tem que assar um bolo urgente e tudo dá errado, com sentimentos negligenciados, uma sensação de que, de algum modo, esqueci alguma coisa, deixei o forno ligado, não tranquei a porta. A sensação de que posso fazer isso, quando voltar.

Depois que os meus pertences estão todos caprichosamente dobrados sobre a mesa, e meu catre está despido, chegam quatro executivos com um câmera. Meus colegas de corredor agitam dedos por entre suas grades, e gritam saudações enquanto arrasto os pés pelo corredor.

— Aí, Burron... fode com eles, cara, *mija* naqueles filhos-da-puta...

Benditos sejam. Seguimos pela passagem por onde Lasalle desapareceu, não para uma viagem até a unidade de Huntsville, mas para a nova Suíte de Eventos, aqui em Ellis, logo no andar de baixo. Agora é uma instalação só de ida, com carpete e tudo o mais, com pinturas nas paredes. Perdi a chance de um último passeio, mas, pelo menos, a suíte tem janelas. Parece cinza e frio lá fora, com apenas o estalido de alguns insetos. Uma parte de mim fica decepcionada por não haver tornados e tempestades de fogo na noite da minha morte, mas, pensando bem — quem eu penso que sou, certo?

Exatamente como prometeu, Pam supervisionou a minha última refeição. *Chick'n'Mix Choice Supreme*, com fritas, centros de costeletas, antepasto de milho e duas tigelas com salada de repolho. Como ela é inteligente — mandou o pessoal da cozinha rechear as tigelas com pão, para absorver qualquer excesso de vapor e manter crocantes os pedaços do fundo. Mas você percebe que a salada de repolho não foi coisa de Pam — só pode ter sido de mamãe, por ser saudável. As meninas estarão comendo a mesma coisa, esta noitinha, quando eu estiver na maca. É o que elas desejam, imaginar que eu apenas saí e estou por aí com a minha bicicleta, em vez de estar sendo executado.

Às quatro e meia, vou evacuar meu trato intestinal em um banheiro privativo. Até mesmo me dão um exemplar da *Newsweek* para ler, e um Marlboro para tragar. Estou entorpecido, como se estivesse anestesiado ou coisa assim, mas ainda aprecio esses pequenos gestos. A *Newsweek* diz que Martirio teve a mais rápida taxa de crescimento econômico do mundo, com mais novos milionários até do que a Califórnia. A capa mostra uma porção de Gurie jogando dinheiro para o alto e sorrindo. Nem tudo, porém, são flores: se você continuar lendo, diz ali que eles estão sendo processados como responsáveis pela tragédia da Califórnia, por causa do uso das estatísticas que forneceram. Típico de Martirio, devo dizer.

Uma hora antes da minha execução, posso dar alguns telefonemas particulares. Primeiro, tento minha casa, depois a de Pam. Não atendem, eu já devo ter sido deixado de lado por elas. Mamãe tem passado maus bocados, e Pam também, acho eu. Benditas sejam. Elas não têm secretária eletrônica, e por isso não posso dizer apenas "eu te amo" ou coisa assim. Mas, de certo modo, isso me fornece coragem para dar outros telefonemas.

Primeiro, tento Lally, para acabar logo com isso. A secretária dele quase desliga, antes de eu lhe dizer por que estou ligando. Lally está numa reunião no novo shopping de Martirio. Ela me transfere para o telefone dele.

— Grande homem! — exclama, ao atender. Eu lhe dou o que deseja, e revelo onde está escondida a minha arma. Ele parece aceitar pacificamente o gesto.

A seguir, ligo para a Sra. Lechuga. Puxa, como fica surpresa, e até mesmo tenta disfarçar a voz para eu pensar que é engano.

— Oh, meu Deus — exclama.

— Sim? — respondo. Ela tem passado maus bocados, bendita seja. No fim das contas, acho que ela ficou feliz por eu ter ligado. Por saber do seu amor pela informação e sua velha posição como presidente da brigada da ducha vaginal, tenho certeza de que ela simplesmente adorou o desejo que lhe concedi. De certo modo, eu a designei para o centro de comando dos desejos desta noite.

A onda cerebral seguinte é ligar para Vaine Gurie, que está a caminho para encontrar mamãe e Pam no *Barn*. Eu lhe dou o que deseja realmente — simplesmente o que ela deseja de verdade, se você pensar bem a respeito. Ela acaba ficando verdadeiramente comovida em me ouvir, e promete transmitir o meu amor às meninas. Acho que *é* amor, afinal de contas, daquele jeito simplório como temos nós, os humanos.

Finalmente, como o meu último telefonema neste mundo, tento Taylor Figueroa. Ela atende pessoalmente, e sua voz, de imediato, me leva de volta a outra época e lugar — um lugar úmido, com sabor de fruta, se não for muito obsceno eu dizer isso. E adivinhe só: eu lhe dou a chance pela qual estava esperando. Solta um gritinho de felicidade, e diz para eu me cuidar. Parece até que ela fala sério.

Quando desligo o telefone, aparecem dois guardas com um capelão, e me conduzem à suíte de maquiagem.

— Não se preocupe, queridinho — diz a coroa da maquiagem —, um pouco de *blush* vai te dar o maior realce.

Outra coroa cochicha:

— Você quer pasta de dente, ou acha que consegue se virar sozinho? — Dou uma bufada, diante da pergunta, e ela olha para mim, confusa. Então ela meio que saca, e também ri. Nem todo mundo saca a ironia das coisas, foi o que aprendi.

A seguir, chega uma garota com uma prancheta e me faz assinar um documento em que renuncio às minhas últimas palavras. Vou partir em silêncio, exatamente como Lasalle. Em troca, peço-lhe um favor especial. Ela chama um produtor, para dar uma checada, e então ele concorda. Posso tirar a camisa para o Evento. Ela conduz o pastor, os guardas e a mim por uma reluzente passagem até a câmara de execução. Meus joelhos ficam fracos tipo a sensação de desfalecimento que você tem com odores de um hospital; o pastor até mesmo segura meu braço, quando ouço a música que toca no corredor.

*"Galveston, oh Galves-ton — I am so afraid of dying..."**

Passamos pela sala de controle de transmissão, e adivinhe só: eles devem ter conseguido uma autorização, para

*"Galveston, oh Galves-ton — Tenho tanto medo de morrer..." (*N. do T.*)

tocar no programa, o tema da previsão do tempo da TV. Detesto esse tema. Fecho os ouvidos até chegarmos a um aposento simples, branco, com uma janela em uma das paredes e, além dela, cadeiras tipo de cinema.

*"Before I dry the tears she's crying..."**

Tiro a camisa. Minha pele agora está quase sarada do meu projeto de arte. Tatuadas com enormes letras azuis no peito estão as palavras *"Me ves y sufres"* — "Me vês e sofres". Um assistente do médico me ajuda a subir na maca, que é meio no formato de uma pessoa, tipo o buraco deixado depois que um personagem de desenho animado atravessa uma parede. Capto o olhar de relance de Jonesy em uma sala nos fundos. Ele deve estar cuidando do telefone do governador. O governador, agora, é o único homem que pode deter isto. Ele precisaria de uma baita evidência convincente para fazer isso. Jonesy se vira, ao me ver. Ele nem fica perto do telefone.

Guardas me prendem à maca usando grossas tiras de couro com fivelas de metal, depois o assistente ressalta uma veia no meu braço, e me dá uma pequena injeção, de anestésico, acho. Fixa uma agulha comprida em um tubo, que passa pela parede vindo da sala dos fundos. Desvio a vista quando ele desliza a agulha para dentro da minha veia. Após um instante, uma fria solução começa a fluir.

Uma lanterninha surge atrás do vidro que me separa da área das testemunhas, e as pessoas começam a ocupar os seus lugares. A frágil Sra. Speltz é a única pessoa que reconheço. Salvo a onda de tristeza que capto em seus olhos

---

*"Antes de eu secar as lágrimas que ela está chorando..." (*N. do T.*)

assombrados, sinto-me na verdade aliviado por ela ser o destaque da área das testemunhas. Nada ali sugere que vou perder qualquer festa, depois que me for. Então, justamente quando estou pensando nisso, acontece a coisa mais terrível: uma jovem alta e bonita, vestida com um conjunto azul-claro se espreme pela última fileira até o seu lugar, inflamando minha virilha e tirando-a da aposentadoria. Até os guardas se viram para olhar enquanto ela se senta, puxando modestamente para baixo a bainha da saia. Então, olha para mim. É Ella Bouchard. Cara, o equipamento dela chegou. Olhos cor de tremoço-de-flor-azul me chamam através do vidro.

Agora, começa a tocar *Sailing*, pois, quando o Destino vem, ele vem com tudo. Tento engolir, mas minha boca está lenhosa. Um aprendizado terminal se revela a mim: que, apesar de todas as sirenes, campainhas de *game-shows* e tambores da vida, é da natureza do homem morrer silenciosamente. O que eu quero dizer é: que tipo de vida era *aquela*? — uma porção de filmes, e gente falando de filmes e programas sobre pessoas falando de filmes. Mesmo assim, acho que pedi isso. Por ser negativo, destrutivo. Lembro-me de que, certa vez, pedi ao meu pai para me apanhar em um lugar, mas fiquei triste quando ele chegou, porque tinha passado a amar o lugar. É assim que a morte me apanha.

Sinto uma coceira em volta da agulha, e fecho os olhos. Vozes na câmara ficam mais suaves, e me sinto escorregar à distância, acima e sobre a maca, para um devaneio. Olho abaixo para mim mesmo, mas, em vez do pânico, em vez da morte súbita, flutuo para fora da câmara e sobre a paisagem lá fora, onde meus sentidos são preenchidos com o cheiro de grama aparada. Sou transportado, claro como o dia, de volta para casa, para Beulah Drive. Eis a Sra. Porter, e eis o meu pátio da frente. É hoje, é agora mesmo. A bomba louva-a-deus golpeia minha alma conforme uma Mercedes-Benz preta flui pelo meu acesso para carros. A cortina da Sra. Lechuga se contrai. Mamãe não está em casa esta noite, o que é incomum. Está comendo fora, com Pam. Observo Lally descer do carro. Bendito seja o filho-da-puta no inferno. Benditos sejam seus ossos esmagados e enfiados nos ligamentos dos seus fodidos olhos vomitantes, bendita seja sua boca para me chupar, extrair minha bile, a fim de que isso o mantenha morto em um lugar onde permaneça consciente e duro e fodido e frio, tremendo e libertando a porra de vermes e limo de órgãos que explodem e se fodem todos enquanto eu rio.

Ele parece excitado com o desejo que lhe concedi. Sei que a questão da segunda arma de fogo sempre o incomodou. Penetra na casa pela cozinha, e segue para o armário do meu quarto, onde encontra a caixa de sapatos contendo a chave do cadeado, exatamente como lhe disse. Ao lado dela está uma garrafa de ginseng. Você não consegue ver os pontos de LSD que enfiei nela todas essas luas atrás. Sorri e a apanha.

Um som inconfundível me atrai para os fundos da casa. É o Eldorado, subindo a rua lentamente. Pela primeira vez, na vida de Leona, ela estaciona na deselegante extremidade da Beulah Drive. Nem ela nem George nem Betty conversam, nem retocam a maquiagem. Sequer respiram. Estacionam debaixo de um salgueiro e ficam sentadas, esperando. Ninguém, ninguém mesmo, ignora as instruções de Nancie Lechuga. Observo junto com as coroas Lally entrar no carro e ir embora. Elas o seguem a uma distância discreta. As cortinas da Sra. Lechuga tremem e fecham-se atrás delas. Ela está de volta como encarregada da brigada, benza-a Deus.

Mamãe e Pam estão agora se amofinando diante de um frango, enquanto *muzak* esteriliza a vida de alguma velha canção. Uma pilha de cinco centímetros de guardanapos de papel empapados com suas lágrimas está sob um chuvisco de sal e migalhas. Fico comovido por meu espírito estar com elas, como nos velhos tempos, quando curtir juntos era tipo tocar um velho disco favorito e reviver os frêmitos que você sentiu quando o escutou pela primeira vez. Nem Pam nem minha mãe estão falando qualquer coisa relevante, e essa é a beleza da coisa. Não sei se é proposital ou tipo uma dessas coisas genéticas o fato de as pessoas simplesmente percorrerem cômodas e velhas rotinas sem sentido, quando a merda atinge o ventilador.

Mamãe diz apenas:

— Pois eles andaram mudando as coisas por aqui, desde a última vez.

Pam diz:

— *Oh, céus*, tem razão, o caixa costumava ficar *ali*.

Tudo que posso dizer é que devem tê-lo mudado num espaço de cinco segundos, por causa do tempo todo que essas meninas passam na espelunca. Mas onde está Vaine? Normalmente, ela é sempre *pontual*, quando se refere a *frangos*.

Corro como a brisa acima dos meus velhos caminhos percorridos, através de Crockett Park, em direção à Keeter. Lally não pode conter uma risadinha, ao chegar ao início da Keeter. Não consegue parar de gargalhar enquanto sacoleja pela trilha, e certamente está uivando, quando a toca surge à vista, conforme a dose cavalar de alucinógenos começa a distorcer sua percepção. Sua última ação estável é enfiar a chave no cadeado da toca, abrir o alçapão e apanhar o rifle do meu pai. Minha velha coroa me legou a herança desse rifle, com a condição de que nunca o levasse para perto de casa. Tive que agir rápido, no dia em que papai desapareceu. Mamãe estava muito tensa. Ela superou isso comprando um móvel para o jardim — é mole?

O estrondo de um helicóptero se aproximando cutuca o ácido na corrente sangüínea de Lally, elevando-o ao máximo. A vista começa a se liqüefazer diante de seus olhos. Ele é um maníaco homicida enlouquecido pela droga, à solta em nossa comunidade. Volta as costas para a luminosidade irradiando baixo sobre escarpas, só para dar de cara com um holofote apontando para ele do outro lado.

— Largue a arma! — vocifera uma voz. É Vaine, com seu grupo da SWAT. Ela protege os olhos contra a poeira levantada pelo helicóptero baixando para o pouso.

Lally gira num círculo enlouquecido, confuso, acariciando o rifle, apagando as impressões digitais de mamãe, e suas preocupações, para sempre. Conforme Taylor Figueroa sai curvada do helicóptero, juntamente com um câmera, Lally ergue o rifle e solta um grito num tom sinistro.

— *Ma*-mi — berra, encontrando o gatilho com ambas as mãos. — *Mamá!*

Veja só Taylor, tipo — oh, meu *Deus*!

— *Abram fogo!* — grita Vaine para o grupo.

A porra do rosto de Lally é uma máscara que eu adoro, suspensa para sempre no tempo, enquanto as balas zunem e perfuram o céu noturno. Ele dança em pleno ar, enquanto nacos de seu corpo tamborilam no chão como chuva, antes de sua carcaça estrebuchante golpear o chão. O Eldorado de Leona precisa dar uma guinada, para evitá-lo.

— Uau, mas era pra estar escondido, tipo... *na* merda? — pergunta Leona, precipitando-se do carro numa nuvem de fumaça de cigarro.

— Acho que Nancie quis dizer que a *história* sobre a merda era valiosa — tosse Betty, batendo a cinza do cigarro em meio à poeira. — Apenas a *evidência* de merda, e a *história* se confirma...

— Meu bem — diz George —, uma fonte de riqueza é uma fonte de riqueza, esteja *na* merda, *sobre* ela ou *próxima*; agora, me dê essa lanterna...

— Nossa — exclama Betty, roçando através dos arbustos em volta da minha toca. — Parece que alguém já esteve aqui...

Minha visão se dissolve, a mente tremula de volta para a maca, e me encontro ainda vivo, os dentes trincados num sorriso. Que anestésico do caralho, maluco. Olho adiante para ver os guardas gesticularem com a cabeça uns para os outros, avisando que estão prontos. Quando o primeiro trovão estala lá fora, me viro para piscar para Ella através do vidro. Então, fecho os olhos. Espero que as profundezas venham me reclamar, pois o frio no meu braço torna-se gelado, ou não se torna coisa alguma, apenas para desaparecer em meio ao clarão, com tudo o mais em volta, inclusive o velho eu bunda-mole.

*Sailing*
*Takes me away*
*To where I've always heard it could be*
*Just a dream and the wind to carry me*
*And soon I will be free...**

De repente, um bombardeio de ruídos alastra-se através das janelas e fendas, desce as escadas e ductos da prisão, mil vozes e punhos e pés acionados por alguma deixa invisível. Meus olhos esbugalham-se para ver se Deus ou o diabo vieram reclamar a minha alma lodosa. Em vez disso, Abdini irrompe na área das testemunhas, seguido por uma horda de câmeras. A cadeia inteira deve estar assistindo, ao vivo, pela TV. Abdini tem numa das mãos um bolo de papel pardo sujo, e uma vela derretida na outra. Levanta ambos diante do vidro, cantando, pulando. São as anotações de Nuckles, as tais que usei para limpar o rabo naquele dia fatídico.

— Exame *provou*! — grita.

Um telefone toca nos fundos. Um momento depois, estico o pescoço e vejo Jonesy caminhar incerto para o interior da câmara, sacudindo a cabeça. Ele se curva na ponta da maca, coloca as mãos em concha na boca.

— Little... o seu perdão chegou.

---

*Veleiro
Leve-me embora
Para onde eu sempre soube ser possível
Apenas um sonho e o vento me carregarem
E logo eu serei livre... (*N. do T.*)

# vinte e sete

As coroas examinam o envelope como se fosse o corpo de um bebê morto.

— Com certeza, é um daqueles carros italianos, um *Romeu e Julieta* ou seja lá o que for — diz George.

— Eu sei — retruca Betty —, mas por que mandaram esse folheto pra Doris?

— Meu bem, não diz *Doris* na frente, diz *Leona*. Só o *endereço* é de Doris.

— Mas *por quê*?

George sacode a cabeça.

— Loni quer que a gente saiba que ela está comprando um desses carros esporte, acho eu.

Betty aperta os lábios e estala algumas vezes a língua nos dentes.

— Eu *sei*, mas por que ela simplesmente não apareceu, como sempre faz, ou nem mesmo telefonou? Talvez, afinal de contas, ela tenha ido fazer os tais implantes...

George sopra uma coluna de fumaça, completando-a com um anel, que se ergue e viaja acima da caixa do *Central-Vac* sobre o tapete.

— Betty, não me enche o saco, tá? Você sabe muito bem por quê.

— Oh, *Senhor* — irrita-se Betty. — Mas esse foi o *ex-ex-marido* dela, a tragédia não teve nada a ver com *ela*...

George revira os olhos.

— Eu sei, eu *sei*, mas algumas pessoas talvez questionem a qualidade de um casamento que levou um homem a perseguir meninos adolescentes só por curtição... vocês têm que admitir que *já era*, até mesmo para *Marion Nuckles*, não importa o psiquiatra fajuto com quem ele se juntou. E, diabos, pelamordedeus, Betty, não me venha agora com essa de dizer "Eu sei".

— Eu *sei*.

George bate com os dentes. Depois, seus olhares se encontram e elas desatam numa incontida gargalhada.

— Meninas, está aqui! — grita mamãe lá da cozinha. — É a de portas duplas! — Ela tenta manter a boca abatida, enlutada por Lally, mas seus olhos a traem. A minha velha coroa simplesmente adora ficar enlutada. Trata-se de uma de suas necessidades, acho. O velho gatinho subjugado.

Ouço Brad chamar do corredor, e por isso me retiro furtivo para a cozinha, onde uma pilha de papelada da mídia repousa sobre o banco, juntamente com alguns contratos do meu agente. No topo da pilha está um fax da capa da revista *Time* da semana que vem... o título proclama: "Fé-de-mais!" A foto mostra os restos ressequidos da minha merda, embrulhados nos papéis da aula de Nuckles, em um laboratório de ciências. Atrás, Abdini, orgulhoso, segura o bilhete que Jesus deixou na toca, para Nuckles e Ganza, os amantes e empreendedores da Internet. "Vocês disse que era amor, seus degenerosos", diz o bilhete, com os seus velhos rabiscos infantis. Meus olhos pingam por Jesus. Uma coisa, entretanto: o bilhete, inadvertidamente, concedeu um velho e enorme desejo a Nuckles e Ganza. Agora, eles terão todos os garotos que sempre desejaram, lá na prisão. De algum modo, porém, você sente que talvez eles estejam mais dando do que recebendo. Mas, que diabos. Como o próprio Nuckles diria — "A cavalo dado não se olham os dentes".

Mais além, sobre o banco da cozinha, está um exemplar do jornal de hoje, com a manchete: "Velhas Fezes Familiares." A foto mostra Leona, na Keeter, segurando pedaços de cocô. Mais além ainda, há uma matéria sobre Taylor. Ela vai ficar bem. Provavelmente, não conseguirá preencher a calcinha como antes. Talvez consigam implantar nela uma nádega de silicone ou coisa assim, quem sabe?

Mamãe me leva para fora da varanda até o banco do jardim, por onde o homem do necrotério anda de um lado para o outro.

— Deixe-me apertar a sua mão, jovem — diz ele. — Seu pai ficaria orgulhoso.

— Obrigado — respondo, respirando o dia azul-claro.

— Pois é, foi uma reviravolta e tanto. Qual é o seu segredo?

— Me ajoelhei e rezei, senhor.

— Maravilha — diz, e se vira para mamãe. — E, senhora... acho que já podemos resolver aquela antiga questão do seguro... claramente, o corpo não pode ser encontrado.

— Pois obrigada, Tuck — agradece mamãe, passando a mão sobre o banco do jardim.

— Sr. Wilmer! — chama George da varanda. — Veja o que pode fazer por aquela pobre mulher de Nacogdoches...

— Será um prazer, Sra. Porkorney... agora, se cuide, está bem?

Depois que ele vai embora, mamãe franze a testa diante da caixa da geladeira que vem sendo empurrada num carrinho pelo acesso. Ela franze a testa com intensidade extra, não só porque é duplamente viúva, mas porque Leona lhe ensinou a não revelar muita alegria diante de novos bens materiais. Você precisa fingir que eles não têm importância, foi o que ela lhe ensinou, isso e como jogar a cabeça para trás, quando der uma risada. Mas ela não me engana.

Me inclino sobre o banco e absorvo o pegajoso fervor de mamãe. Quando as coroas se juntam a nós, a Sra. Lechuga surge em sua janela, do outro lado da rua. Joga um pequeno aceno, e me dou conta de quem está faltando, para completar o estojo de dados da minha vida — Palmyra. Mas, ora — acho que não é todo dia que você joga fliperama no *Oprah*.

— Vern — diz Betty —, Brad está simplesmente desesperado pra lhe mostrar o presente de aniversário dele.

Tento assentir educadamente com a cabeça, mas meus olhos ficam presos num pedaço de carne rosada sarapintada atrás dos salgueiros do fim da rua. É Ella, com sua mala de viagem. Veste um suéter de lã sobre um folgado vestido de algodão, que ruge-ruge repleto de brisa melosa. Sorri quando percebe que a estou observando. Eu disse a ela que mandaria um carro, mas insistiu em dar um último passeio a pé pela cidade, que menina maluca. De qualquer modo, a gente vai voltar. O México não é assim tão longe.

— Kurt, *fica*! — A velha Sra. Porter estrondeia pela sua porta de tela, e peleja pelo gramado com uma mesa repleta de brinquedos de tricô. Então, quando atravesso o acesso para me encontrar com Ella, Brad pisoteia a varanda atrás de nós.

— Buuum! *Engole merda, filhadaputa!*

— É melhor que não esteja carregado — diz Betty. —

*Bradley Pritchard!* Não aponte essa coisa, ou vou devolver ela imediatamente pra loja!

Eu o ignoro, esfregando lábios com Ella. Então, nós dois nos viramos para observar a Sra. Porter arrumar seus brinquedos ao longo da rua. Ela está montando a porra de uma barraquinha, pelamordedeus. Nós apenas engolimos as risadinhas.

— Dona — chamo lá da rua. — Sra. Porter!

Ela empina a cabeça, de um modo gentil, e abana um pequeno aceno.

— Todo mundo já foi embora, Sra. Porter. Tudo voltou ao normal...

FIM

## Agradecimentos

*Dê-me uma índole que neste mar encapelado da vida*
*Adore ter suas velas enfunadas com um vento vigoroso,*
*Ainda que as vergas tremam, os mastros estalem,*
*E seu navio enlevado navegue com o bordo tão baixo*
*Que faça água, e a quilha sulque o ar.*

George Chapman

Amor para Katz, por amavelmente costurar e enfunar novas velas tão excelentes; para meus pais e família, pelo seu gosto pelo mar; e a todos aqueles cuja fé abriu espaço sob uma quilha destroçada.

Para o Pátio dos Milagres de Burnbury: Morangos para Dawn & Mark, que praticaram a amizade com furtiva reserva de sobra para o crime; Lisa, por energia e chocolate; Bubbles & Frog, que não me abandonaram em Hong Kong; Val Wilson, Martinez, e o ambiente social de Cavendish por esclarecimento e vodca; aos CWs — Hawker Siddeley!

Que os Watras estejam com Hog, Hildegard, e toda a turma de Bara; *Abrazos pa Toño y los cuates — ora si verda carnales*; para Junius e família pela longevidade da fé; Lynn Pearce & família pelo cuidadoso incentivo; para todos cujas praias continuam sujas com os meus pecados — isto poderia ser o cabo de um esfregão...

Agradecimentos especiais a Clare Conville, da Conville & Walsh, Lee Brackstone e todos da Faber and Faber, pelo vigor com o qual içaram esta vela para a brisa, e a Grant Stewart, cujo olho aguçado foi o primeiro a avistar a embarcação se aproximando.

P.S.: Gumby — ainda quer aquele assassinato?

Este livro foi composto na tipologia Zapf
Elliptical BT, em corpo 11/15, e impresso
em papel off-set 90g/m² no Sistema Cameron
da Divisão Gráfica da Distribuidora Record.